묵향 22

폭풍전야(瀑風前夜)

묵향 22
묵향의 귀환

초판 1쇄 발행일 · 2007년 01월 24일
초판 3쇄 발행일 · 2025년 11월 30일

지은이 · 전동조
펴낸이 · 유용열
기　획 · 김병준
편　집 · 김은희, 유지원
펴낸곳 · 도서출판 스카이미디어

주소 · 서울시 동대문구 용두동 234-35번지 대명빌딩 201호
전화 · (02)922-7466
팩스 · (02)924-4633
E-mail · skymedia62@hanmail.net
출판등록 · 제6-711호

Copyright ⓒ 전동조 2025

값 9,000원

ISBN · 978-89-92133-02-9　04810
ISBN · 978-89-92133-00-5　(세트)

※ 온라인상의 불법 복제물의 유포나 공유는 저작자의 재산권을 침해하는
　중대한 범죄 행위로 관련법에 의거해 처벌 대상이 됩니다.
※ 작가와의 협의에 의하여 인지는 생략합니다.
※ 잘못된 책은 본사나 구입하신 서점에서 교환해 드립니다.

DARK STORY SERIES Ⅲ

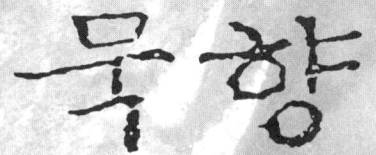

폭풍전야(瀑風前夜)

전동조 장편 판타지 소설

22 폭풍전야(瀑風前夜)

차례
폭풍전야(瀑風前夜)

천마동에서 나온 아르티어스 옹 ·················· 7
의문의 마교 고수들 ····························· 16
무영문과 개방의 협력 ·························· 32
드러나는 혈겁의 비밀 ·························· 48
마교 호법원의 비애 ···························· 60
이진덕의 똥배짱 ······························· 67
현천검제의 생존과 개방 ························ 82
다시 시작되는 비무 ···························· 94
묵향의 풀리지 않는 분노 ······················ 115
옥화무제의 꿍꿍이 ···························· 135

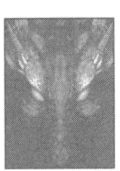

차례
폭풍전야(瀑風前夜)

무림맹에서 되살아난 마교의 꿈 ·················145

악비 대장군 ················167

마화도 여자랍니다 ················178

길흉화복을 점치는 태을복술원 ···············194

곤륜파를 끌어들여라 ················211

재상 진회의 눈물 ················224

행방불명된 악비 대장군 ················248

아미파 여승들과 흑풍대 무사 ···············267

기묘한 동거 ················278

이 남자가 살아가는 법 ················285

천마동에서 나온 아르티어스 옹

천마신교 외총관 삼면인마 소무면 장로는 요즘 들어 무지하게 바쁜 나날을 보내고 있었다. 1년쯤 전만 해도 거의 아무 일도 하지 않고 빈둥거려야만 했던 때와 비교하면, 지금은 하루하루가 눈알이 핑핑 돌아갈 정도로 바쁘게 흘러가고 있었다.

묵향 교주가 돌아온 후, 마교는 노선을 완전히 바꿨다. 그것은 바로 그가 꿈에도 그리고 있었던 중원 진출이다. 설무지가 중원에 있는 모든 분타들을 철수시켜 버린 상황이었기에, 그는 교주의 명령에 의해 수십 개에 달하는 분타들을 한꺼번에 만들어야만 했다.

이것만 해도 엄청난 일거리인데, 그 외에 새로운 일거리까지 생긴 상황이다. 즉, 교외에 나가 있는 전투대들에 대한 지원이 그것이다. 그리고 그들이 마교를 빠져나갔음으로 인해 총단의 방어선에는 엄청난 구멍이 뚫린 상태였다. 얼마 전 패력검제가 난동을 부릴 수 있었던 것도 다 총단 내의 주력 전투대들이 외부로 빠져나갔기에 가능한 것이었다. 그렇지 않았다면 상대가 아무리 화경급 고수라고 하지만 겨우 한 명이 그토록 난리를 칠 수는 없었다.

"이봐, 식량 보급에 대해서 알아보라고 한 건 어떻게 되었나?"

"최대한 비밀을 요하는 상태에서 식량을 수송하려면, 안휘성 분타에서 보내는 수밖에 도리가 없습니다, 외총관님."

"안휘성 분타가 3천6백 명이나 되는 인원이 먹을 식량을 비밀리에 수송할 만한 능력을 지니고 있을까?"

"그렇다면 주위에 있는 다른 분타들에서 인원을 차출하여 안휘성 분타를 지원해 주는 것은 어떻겠습니까? 일단 모두들 건량을 넉넉하게 지닌 상황에서 출발했으니, 한 달은 버틸 수 있지 않겠습니까?"

"아무래도 그렇게 하는 수밖에 없겠군."

이때, 소무면 장로는 실내로 들어오는 수석장로를 발견하고 재빨리 자리에 일어섰다.

"아니, 여기까지 오시다니…, 통보를 주셨으면 제가 그쪽으로 갔을 텐데 말입니다."

"아닐세, 한참 바쁜 걸 뻔히 아는데, 노부가 이쪽으로 오는 게 옳겠지. 본교에 있는 거의 모든 세력이 빠져나간 관계로 자네가 고생이 많구먼."

"일거리가 없어서 빈둥거리는 것보다는 이게 훨씬 낫습니다."

"그렇게 생각한다니 다행이구먼."
"그런데 여기까지 어쩐 일이십니까?"
"한 가지 물어볼 것이 있어서 말일세."
"무엇을 말입니까?"
"내 홍진 장로에게서 재미있는 얘기를 들었는데 말이야."
홍진 장로라면 교주 직속의 정보 단체 비마대의 대주다. 그가 해 준 재미있는 얘기라면, 정확히 어떤 내용인지는 알 수가 없지만 아주 비밀스런 정보일 것이다. 그런데 왜 정보 단체의 장도 아닌 자기에게 찾아와서 그것에 대해서 물어본다는 말인가? 소무면 장로는 이해할 수가 없었기에 어리둥절한 표정으로 질문을 던졌다.
"어떤 재미있는 얘기였습니까?"
"초 부교주님께서 요즘 마영각에 간혹 들르신다고 들었는데, 자네도 혹시 알고 있었나?"
초류빈 같은 무공광이 마영각에 들락거릴 이유가 없었다. 그렇기에 소무면 장로는 고개를 갸웃하며 중얼거렸다.
"마영각이라구요?"
소무면 장로는 부하에게로 시선을 돌리며 명령했다.
"마영각에서 보내온 보고서를 가져와라."
"옛."
잠시 후 부하는 두툼한 문서철을 가져왔다.
"흐음…, 그게 사실이라면 마영각주가 올린 보고서에 그런 내용이 포함되어 있을 텐데……."

이리저리 문서를 뒤적거리던 소무면 장로는 이윽고 문서 하나를 집어 들며 외쳤다.

"여기 있군요."

소무면 장로는 문서의 내용을 쏜살같이 읽어 내린 후, 어리둥절한 표정으로 그것을 수석장로에게 건네주며 말했다.

"허허, 초 부교주님께서 본교에 들어와서 처음으로 관심을 보인 대상이 겨우 허드렛일이나 하는 하녀라니……. 이걸 어떻게 받아들여야 할지 모르겠습니다."

"초 부교주님께서는 원래 여색을 탐하시는 분이 아니지 않은가?"

"그러니 어떻게 처리해야 할지 난감하다는 거죠. 하룻저녁 수청을 들어드리도록 예쁘게 단장시켜서 그분의 처소로 보내야 할지, 아니면 중매를 서야 할지……. 웬만한 계집이라면 중매를 서는 방향으로 가는 것이 옳겠지만, 그 계집의 신분으로 봤을 때 말을 잘못 꺼냈다가 그게 아닐 경우 되려 이쪽에서 경을 칠 우려도 있지 않습니까?"

"그럴 가능성도 있지. 하지만 중요한 건 그런 것들보다도 부교주님께서 눈독들이고 계신 계집을 다른 놈이 건드리는 거야. 행여 그런 불상사가 일어나지 않도록 자네가 신경 좀 쓰는 게 좋지 않을까 해서 하는 말일세, 알겠나?"

"예, 명심하겠습니다."

"부탁 좀 하겠네. 만약 나중에 이 일로 인해서 노부가 질책을 받게 되는 사태가 벌어진다면, 자네는 어찌 될지 알겠지?"

아주 노골적인 협박. 수석장로로서도 딴 일이라면 위쪽의 질책을 당한다 해도 참아 줄 수 있겠지만, 한낱 하녀 하나 때문에 그런 일을 당하게 된다면, 결코 참고 넘길 수는 없다는 말이었다.

"절대 그런 일은 없을 겁니다."

"내 분명히 경고했네."

"예, 예, 걱정 마십쇼."

수석장로가 떠난 후, 소무면 장로는 도저히 못 참겠는지 문 쪽에다 대고 외쳤다.

"빌어먹을! 그딴 연애질에 관한 건 좀 한가한 사람에게 부탁하십쇼. 안 그래도 밥 먹을 시간도 부족한 판에, 지금 누굴 놀리는 것도 아니고……."

한 건 처리해 놓은 후, 수석장로는 가벼운 걸음걸이로 자신의 집무실로 돌아왔다. 사실 교 내의 주요 무력 단체들이 몽땅 다 빠져나간 상황에서 지금 그가 할 일은 별로 없었다. 지금 가장 바쁜 사람은 외총관 쪽 사람들이었다. 왜냐하면 무력 단체들이 빠져나간 공백까지 그들이 전부 메워야 했으니 말이다.

"향긋한 차나 한잔할까?"

흥얼거리며 자신의 집무실로 돌아온 수석장로. 하지만 그는 이내 자신의 집무실로 서둘러 돌아온 것을 후회해야만 했다.

"수석장로님, 천마동에서 연락이 왔습니다."

천마동이라는 말에 수석장로의 얼굴에 긴장감이 흐른다.

"천마동? 혹, 어르신께서……."

"예, 어르신께서 천마동에서 나오셨답니다."

"헉! 그게 사실이냐?"

교주를 제외한 천하의 그 누구도 눈 아래로 보던 수석장로의 안색이 급격하게 새하얗게 변했다. 그만큼 천마동에서 나왔다는 어르신의 존재는 그에게 극심한 부담감을 안겨 주고 있었다.

예전에는 마화가 어르신을 담당했었다. 그런데 그녀가 떠난 후, 어르신은 매우 상대하기 까탈스런 인물로 변해 있었다. 물론 이건 아르티어스 옹을 상대해 줄 묵향이나 마화가 모두 빠져나가 버렸기에 벌어진 결과였지만, 홀로 총단에 남아 노친네의 짜증을 다 받아 줘야 하는 입장에 놓인 수석장로로서는 미치고 환장할 노릇이었던 것이다.

"옛, 그분께서 나오시자마자 이곳으로 달려왔다고 하니, 정확한 사실일 것입니다."

"마천루(魔天樓)에 기별을 넣어, 그분께서 나오셨으니 대접에 소홀함이 없도록 만전을 기하라고 해라. 만약 그분의 마음에 안 들었을 시, 본좌가 직접 목을 베겠다고 말이야."

"옛, 즉시 전하겠습니다."

그렇게 명령한 후, 수석장로는 일이 손에 안 잡히는지 안절부절 못했다. 마교라는 대문파의 수석장로라면 해야 할 일이 녹록하지 않다. 확실히 아르티어스가 천마동에서 나왔다는 말을 듣는 순간부터 수석장로는 본연의 침착함을 잃어버렸다. 그만큼 아르티어스라는 존재가 주는 압박감이 무겁다는 증거였다. 그런데 갑자기 왕지륜(王志倫)이 다시금 뛰어 들어오며 외쳤다.

"수, 수석장로님, 큰일 났습니다."

"무슨 일인데 그러느냐?"

"어, 어르신께서 지금 이쪽으로 오고 계시다는 전갈입니다."

수석장로의 얼굴에서 핏기가 사라졌다.

"뭣이? 이런 빌어먹을."

수석장로는 황급히 밖으로 나가려 했다. 아르티어스의 얼굴을 보고 싶지 않았던 것이다. 후다닥 뛰어 대전 밖으로 뛰쳐나오던 그는 재수 없게도 아르티어스와 딱 마주치고 말았다. 부하들에게 마천루로 모시라고 명령을 했지만, 아르티어스가 그들의 말을 들을 리 만무했다. 밖으로 나오자마자 무슨 볼일이 있는지 수석장로가 근무하는 이쪽으로 곧바로 걸어온 것이다.

"오, 안 그래도 자네를 찾아가던 참이었는데 잘되었군."

수석장로는 애써 표정 관리를 하며 얼굴 가득 미소를 지은 뒤 아르티어스를 환영했다.

"어, 어르신, 어서 오십시오. 방금 전에 수하로부터 천마동에서 나오셨다는 기별을 받고, 어르신께 인사 여쭈러 서둘러 달려가던 참이었습니다."

수석장로는 낯짝도 두껍게 둘러댔다. 하지만 그 아부가 통했는지 아르티어스의 안색이 활짝 펴졌다.

"그랬나? 나를 찾아올 필요까지는 없었는데……. 흐흐흣, 내가 자네를 찾은 건 다름이 아니라 한 가지 물어볼 게 있어서야."

"하명하십시오."

"아들놈은 지금 어디에 있나?"

"지금 양양성에 계십니다."

당연히 아르티어스로서는 양양성이 어디에 붙어 있는지 알 리가 없다.

"양양성에? 양양성이 어디에 있지?"

"그러니까……."

이렇게 말하던 수석장로와 왕지륜의 눈이 마주쳤다. 순간 수석장로는 쾌씸한 생각이 들었다. 이놈이 조금만 더 빨리 통보해 줬다면, 이 빌어먹을 영감의 얼굴을 보지 않아도 됐을 것이 아닌가. 뭘 생각했는지 수석장로의 눈빛이 모질게 빛났다. 그는 옆에 서 있는 왕지륜의 어깨에 손을 턱 올리며 아르티어스에게 너스레를 떨었다.

"중원의 지리를 잘 모르실 테니 차라리 왕지륜이 어르신을 양양성까지 모시는 게 좋겠습니다."

"이놈과 같이 가라고?"

왕지륜은 그 말에 사색이 다 되어 끊임없이 수석장로에게 구원의 눈짓을 보냈지만, 한 번 마음먹은 수석장로에게 그게 통할 리만무했다.

"눈치 빠르고, 행동이 재빠른 놈이니 데리고 다니시면 편하실 겁니다."

아르티어스는 왕지륜을 아래위로 쭉 훑어본 후 씨익 미소 지었다.

"흠, 딴 건 몰라도 맷집은 꽤 괜찮아 보이는군."

그 말이 수석장로와 왕지륜에게는 전혀 다른 의미로 들렸다. 수석장로에게는 통쾌함을, 왕지륜에게는 절망의 손길로 다가왔던 것이다. 어찌 되었든 천마동에 웅크리고 있던 아르티어스의 발길이 중원으로 향하는 순간이었다.

의문의 마교 고수들

 중원 최고의 정보력을 지닌 것으로 평가받고 있는 무영문이었지만, 요즘 들어서 정보 수집에 있어 약간의 문제점을 드러내고 있었다. 첩보조의 7할 이상이 금나라 쪽에 침투해 있거나 대금전쟁에 관련된 일을 하고 있다 보니, 다른 쪽으로는 투입할 인원이 없어 구멍이 숭숭 뚫리고 있었던 것이다.
 과거 같으면 마교의 성지 십만대산(十萬大山)으로 들어가는 통로들은 50개 조에 달하는 비영단원들에 의해 철저하게 감시되었다. 그냥 감시만 하는 일인데도 불구하고 왜 그렇게 많은 숫자의 첩보조를 필요로 했느냐 하면, 마교 전투 조직의 특이한 움직임 때문이었다.
 모든 사람들이 잘 알고 있다시피 마교도들은 마기(魔氣)라는 독특한 기운을 뿜어낸다. 무공이 강하면 강할수록 그 마기는 더욱 짙어져, 자신이 숨어 있는 위치를 타인에게 뻔히 드러내게 되는 마교 무사들이 지닌 치명적인 약점이었다.

그렇기에 그들을 추적하기 아주 손쉬울 것 같지만, 사실은 전혀 그렇지 않다. 마교도들은 자신들의 문제점을 잘 인지하고 있었고, 그에 따른 대처법을 개발해 냈다. 즉, 총단을 떠난 직후부터 전속력으로 냅다 달려가는 것이었다. 엄청난 속도로 달려가는 만큼, 그들을 몰래 추격한다는 것은 아예 불가능했다. 전력을 다해 쫓아가도 따라갈 수 있을까 말까 한 상황에서 어떻게 기척을 숨길 수 있겠는가.

무영문이 마교 주위에 50개나 되는 첩보조를 배치했었던 이유는 그들이 이동할 만한 통로를 기준으로 인원을 폭넓게 매복시켜, 마교도의 이동로를 대략적이나마 파악하기 위해서였다. 무영문이 개발해 낸 이 방법은 꽤나 성공적이었다. 무리해서 추격할 필요 없이, 자신이 매복해 있는 근처로 마교의 전투 집단이 지나가면 그들이 어느 쪽으로 가는지 잘 봐 뒀다가 상부에 보고만 하면 끝이었다.

상부에서는 각 조가 보내온 보고를 토대로 마교도들의 목표를 대략적이나마 짚어 볼 수 있었다. 사실 그것만 해도 충분했다. 어느 정도 규모의 세력이 대충 어느 쪽으로 이동한다는 것만으로도 무림맹에서 상당한 정보료를 받아 낼 수 있었으니 말이다.

그런데 지금은 마교를 감시하고 있던 그 많던 인원이 모두 다 빠져나가고 겨우 2개 조, 열 명만이 흩어져 이동로를 감시하고 있는 중이다. 물론 무영문의 수뇌부들은 그 인원으로 제대로 된 감시가 될 리 없다는 것을 누구보다도 잘 알고 있었다. 하지만 어쩔 수 없는 노릇이었다. 금나라를 조사하는 데만도 엄청난 인력을 필요로 하는 상황에서, 마교도들까지 감시할 여력이 없었던 것이다. 물론 지금 마교가 그들과 같은 배를 타고 있었기에 가능한 선택이었다.

열 명의 인원이 감시할 수 있는 이동로는 열 개밖에 안된다. 그렇기에 그들은 십만대산에서 외부로 빠져나가는 수십 개의 이동로 중, 지금까지 마교도들이 가장 많이 이용해 온 곳 열 개를 골라낸 다음 각자 하나씩을 맡았다. 그리로 마교도들이 이동을 하냐, 안 하냐는 완전히 운에 맡겨 버렸다.

이동로 하나를 배정받은 인물 중 한 명이 바로 왕숙(王淑)이다. 길이 잘 내려다보이는 곳에 자리 잡은 그는 매일같이 길 위로 오가는 모든 것을 세밀하게 관찰하고 기록했다. 그러던 어느 날, 뭘 발견했는지 무감정하게 기계적으로 움직이고 있던 그의 눈이 갑자기 부릅떠졌다.

"헉! 저게 뭐야?"

그가 발견한 것은 일단의 마교도들이다. 행색만으로는 그자들이 어디에 소속되어 있는지 알 도리가 없었지만, 이것 하나만큼은 분명했다. 모두 다 엄청난 고수들이라는 점이다. 왕숙은 안전을 위해 길에서 엄청나게 멀리 떨어진 곳에 자리 잡고 있었다. 길 아래쪽이 까마득히 내려다보일 정도다. 그런데 이런 먼 곳에 자리 잡은 그에게까지 저들이 뿜어내는 강렬한 마기가 느껴졌던 것이다.
 그는 재빨리 상대의 수를 셌다. 워낙 거리가 멀어 정확히 세기는 좀 힘들었지만, 백 명 안팎임에는 분명했다.
 "말로만 듣던 수라마참대인가?"
 그는 황급히 토굴 속으로 들어갔다. 유사시 숨기 좋도록 위장이 잘되어 있는 토굴 안에는, 그가 오랜 시간 머물며 생활할 수 있는 여러 가지 도구들이 가지런히 놓여져 있었다.
 그는 다급하게 짐을 뒤져 작고 얇은 양피지 한 장을 꺼내 깨알만 한 글자를 빠르게 써넣었다.

『백여 명 규모의 특1급 전투단 출발.
　　　　-423 왕숙』

 그리고는 새장에서 가장 튼튼해 보이는 전서구 한 마리를 꺼내, 양피지를 집어넣은 작은 대롱을 다리에 조심스럽게 맸다.
 "조심해서 날아가거라."
 전서구를 날린 왕숙은 다시금 처음의 위치로 되돌아왔다. 왕숙은 길 아래쪽을 내려다보며 이해하기 힘든 듯 고개를 갸웃거렸다.
 "아니, 저놈들이 왜 아직도 저기 있는 거지?"
 마교도들이 지금까지 보여 준 행동대로라면, 저들은 쏜살같이 달려서 어딘가로 사라져 버렸어야 했다. 물론, 짤막한 내용의 전서를 보냈기에 왕숙이 지체한 시간이 얼마 되지 않기는 했지만,

그들이 전력을 다해 달려갔다면 그의 시야에서 자취를 감추기에 충분한 시간이었다.

"가만…, 저 정도 속도라면 추적이 가능하겠는데?"

왕숙은 품속에서 비수를 꺼내 나무에 표시를 하기 시작했다. 혹, 자신을 찾아올지 모를 일행들에 대한 배려였다.

왕숙이 백여 명의 마교 고수들이 이동하는 것을 포착한 사실은 처음에는 별다른 관심을 받지 못했다. 왜냐하면 교주를 돕기 위해 양양성으로 이동하는 전투 집단으로 생각했었기 때문이다. 하지만 얼마 지나지 않아 왕숙으로부터 두 번째 보고를 받았을 때, 무영문의 수뇌부는 의아함을 느끼지 않을 수 없었다. 백 명에 달하는 고수들 중, 열한 명을 제외한 나머지가 다시 총단으로 되돌아갔다는 보고였기 때문이다.

장인걸의 이목을 속이기 위한 교란 작전이라면 얼마 움직이지도 않고 대부분이 그냥 돌아갈 리 없었다. 물론 남은 열한 명만 해도 충분히 장인걸의 이목을 끌 만큼 강력한 존재들이다. 하지만 뭔가를 부수러 가는 거라면 이동 속도가 너무 느리다. '진짜 미끼인가?' 하는 생각이 들었을 때, 무영문의 수뇌부는 자신들이 놓치고 있는 게 한 가지 있음을 깨달았다. 왕숙으로부터 되돌아갔다고 보고받은 그 90여 명의 고수들이 진짜로 총단으로 되돌아갔는가? 총단 인근에 배치된 아홉 명에게 긴급히 사람을 보내 알아봤지만, 그들이 총단으로 들어가는 것을 확인한 사람은 아무도 없었다. 왕숙이 빠져나간 자리를 아무도 대신해 주지 않았기에

빚어진 결과였다.

도저히 안 되겠다고 생각한 무영문의 수뇌부는 3개 조를 십만대산 방향에 새로이 투입했다. 2개 조가 맡은 임무는 사라진 90명의 행방을 찾는 것이었다. 그리고 나머지 1개 조는 왕숙과 교대해서 열한 명으로 이뤄진 마교 고수의 이동을 추적하라는 명령이 내려졌다.

왕숙이 아무리 우수한 교육을 받았다고 해도 특1급에 해당하는 고수들 근처에 접근한다는 것은 자살 행위였다. 상대방은 눈을 감고 있어도 그 존재감을 파악할 수 있을 만큼 지독한 마기를 언제나 뿜어내고 있었기에 구태여 가깝게 접근해서 관찰할 필요도 없었다. 그렇기에 그는 멀찌감치 떨어져서 그들의 뒤만 쫓아가고 있는 중이었다.

오랜 세월 첩보조에서 잔뼈가 굵은 왕숙은 뭔가 크게 한 건 할 수 있지도 모른다는 예감을 강하게 느끼고 있었다. 이해할 수 없는 행동을 보이는 것만 봐도 수상쩍은데, 저들은 마물(魔物)이라고 불러도 손색이 없을 만큼 엄청난 고수들이다. 그런 자들이 아무런 목적도 없이 이런 해괴한 행동을 할 리가 없다.

이번 일만 제대로 잘 파악해 내면, 그 공을 인정받아 조장으로 진급할 수 있을지도 모른다. 그 때문에 왕숙은 한밤중에도 몇 번씩이나 일어나 상대의 움직임을 관찰하고, 또 관찰하고 있었다.

그러던 어느 날, 그의 이목에 수상한 그림자가 하나 얼핏 보였다.

'뭐지?'

왕숙은 긴장하지 않을 수 없었다. 대단히 재빠른 놈이라 하마터면 들고양이가 움직인 것으로 착각할 뻔했을 정도였다. 상대의 정체를 모르는 한 섣부른 행동은 할 수가 없다. 최악의 경우 상대는 장인걸 쪽에서 보낸 첩자나 암살자일 수도 있었다. 왕숙은 자신의 모습이 드러나지 않도록 더욱 신경 써서 움직이며, 미지의 적을 탐색했다. 하지만 아쉽게도 상대의 흔적은 더 이상 발견할 수 없었다.

그렇게 이틀이 흘렀다. 왕숙은 점점 초조해지기 시작했다. 수상한 그림자의 정체는 물론이고 동료가 있는지, 또 있다면 그 수가 얼마인지 조차도 아직 알아내지 못했다. 평상시 같았으면, 조별로 행동하기에 자신의 뒤를 맡아 줄 듬직한 동료들이 있었지만, 지금은 혼자서 모든 것을 다 처리해야 하는 것이다. 그만큼 그가 받는 심리적 압박감은 더욱 컸다.

한참 주위를 살피던 그의 눈에 나뭇가지가 묘하게 꺾여 있는 게 보였다. 무영문의 첩보 조원들만이 알고 있는 약속이었다. 그걸 알아보자마자 왕숙의 시선은 급히 나무의 아래쪽으로 내려갔다. 역시 그의 생각대로 나무의 아래쪽에는 얼핏 봐서는 알아보기 힘들도록 교묘하게 그림이 그려져 있었다. 그 그림 안에는 무영문도들끼리 주고받는 은밀한 기호들이 포함되어 있다.

'162조 도착, 모습을 드러내라고?'

왕숙은 잠시 망설였다. 이게 적의 함정이라면 어떻게 하지? 하지만 지원 부대가 온 것일 수도 있다. 무영문 같은 첩보 조직의 경우, 은밀하게 행동하기에 같은 편끼리 서로가 서로를 인식하지 못해 서로 죽이는 참사가 발생하는 경우가 간혹 있었다.

'젠장, 어쩔 수 없지. 운에 맡기는 수밖에.'

왕숙은 마침내 결심했다. 무영문도가 아니면 절대로 알 수 없는 기호들. 그것에 자신의 목숨을 건 것이다.

마음을 굳힌 왕숙은 슬쩍 자신의 위치를 드러냈다. 지금까지 꼭꼭 숨어 있던 그가 밖으로 모습을 드러낸 지 얼마 지나지도 않아 그와 똑같은 복장의 복면을 한 인물이 슬며시 그에게 접근해 왔다.

"누구십니까?"

"지금까지 수고했다."

복면을 벗자 상대의 얼굴이 드러났다. 바로 162조 조장인 조철삼(趙哲三)이었다. 인수인계를 할 때는 정확하게 서로의 정체를 드러내야만 한다. 적에게 속는 것도 방지할 겸, 책임 소재를 명확히 하기 위한 의도였다.

'지금까지'라는 말만으로도 왕숙은 눈앞의 인물이 왜 나타났는지 감을 잡았다. 자신을 대신해서 162조가 마교도들의 감시를 맡게 된 모양이다.

"어서 오십시오, 조철삼 조장님."

"혼자서 저들을 감시하며 여기까지 오느라 수고했다. 뭔가 특이한 사항은 없었나?"

"상부에 보고한 것 외에 별다른 사항은 없었습니다."

몇 가지 얘기를 나눈 후, 지금까지 이들을 추격해 왔던 왕숙은 처음 자신의 자리로 돌아갔다. 십만대산으로 말이다.

조철삼은 저 멀리 마기가 풍겨 오는 지점을 노려봤다. 숲에 가려 그들의 모습은 보이지 않고 있었지만, 마교 고수 한 명 한 명의 위치가 어디인지 명확하게 집어낼 수 있을 정도로 그 개개인이 뿜어내는 마기는 강렬했다. 조철삼은 마음속 깊은 곳에서부터 공포를 자아내게 만드는 그 무시무시한 기운에 진저리를 칠 수밖에 없었다.

"젠장, 특1급이라고 하더니, 정말 지독한 마기로군."

조철삼은 고개를 돌려 그의 부하 둘을 지목하며 명령을 내렸다.

"너희들은 저기 보이는 마을을 철저하게 수색해 봐. 어쩌면 놈들의 이해할 수 없는 행동이, 관도를 통해 뭔가를 수송하는 것일 수도 있으니 말이다."

"알겠습니다, 조장."

"최대한 신속하게 행동하되, 저놈들이 눈치 채게 해서는 안 돼. 알겠나?"

"그 정도는 잘 알고 있으니 염려 놓으십시오."

부하들이 달려가고 난 후, 조철삼은 남은 조원들과 함께 마교도들을 감시하기 편한 곳을 찾아 몸을 날렸다. 멀리서 봤을 때 자신의 몸을 완벽히 가려 줄 수 있을 정도로 나뭇잎이 무성한 나무 위에서 저들의 동태를 감시하려는 것이다.

비영단 소속 162조 조원들은 조철삼의 명령에 따라 그 인근 마을의 물류 이동 상황을 철저하게 조사하기 시작했다. 우마차를 통해 수송하는 물건들 중에 중요한 것은 없는지 세밀하게 살펴봤지만, 이상한 점이 하나도 발견되지 않자 점차 수색 범위를 넓혀 갔다.

"자네는 이 일대를 근거지로 삼아 활동하는 영안표국을 살펴보도록 해. 그리고 자네는 전장 쪽을 알아보고······."

162조는 조철삼의 지휘 하에 마교도들을 은밀하게 추격하며, 그들의 행로 부근에 있는 마을들을 철저하게 조사했다. 하지만 아무리 조사해 봐도 수상한 부분이라고는 눈곱만치도 발견할 수 없으니 미치고 팔짝 뛸 노릇이었다.

그렇다고 마교에서 고수들이 아무런 일도 없이 단체로 산보를 나왔을 리는 없지 않은가. 조철삼이 어떻게 된 영문인지 고심하고 있을 때 부하들 중 한 명이 슬쩍 입을 열었다.

"혹시 누군가를 감시하고 있는 게 아닐까요?"

"이런 멍청한 녀석, 저렇게 마기를 풀풀 풍기면서 감시가 된다고 생각하나?"

당연한 질책이었다. 마교도들이 뿜어내는 마기는 워낙에 강렬하여, 웬만큼 무공을 익힌 자라면 아주 먼 거리에서도 그 기척을 포착해 낼 수 있다. 그렇기에 숨어서 누군가를 감시하는 것일 거라는 추측은 아예 말도 안 되는 것이다. 혹 상대방이 무공을 전혀 익히지 않은 자라면 몰라도.

"그렇다면 누군가를 추격하는 것은요?"

"추격한다는 놈들이 저렇게 꿈지럭거리며 움직이겠나?"

"그렇다면 누군가를 기다리는 것은······."

"멍청한 놈, 네놈은 그렇게 생각이 없나? 놈들은 계속 이동 중이다. 척 봐도 누군가를 기다리는 것이 아니잖아!"

조철삼의 질책에도 불구하고 부하는 기죽지 않고 또 다른 질문을 해 왔다. 물론 질책하는 조철삼도 부하의 계속된 질문에 짜증을 내면서도 계속 대꾸를 해 주고 있었다. 어쩌면 이런 모습이야말로 정보를 팔아 먹고사는 무영문의 저력인지도 모른다. 자유롭게 의견을 개진하며 뭔가 의심스러운 점이 나오면 철저하게 파고들어가는 이러한 모습이 무영문이 강호 제일의 정보 문파로 군림할 수 있는 힘일 것이다.

"그렇다면 누군가를 호위하는 것은 아닐까요? 멀찌감치 떨어져서 호위할 수도 있지 않습니까?"

"그게 말이 된다고 생각하나? 호위를 하려면 곁에 바짝 붙어서 호위해야지, 멀찌감치 떨어져서 할 리가 없잖아. 그리고 무엇보다 저렇게 짙은 마기를 풍겨 대면서 무슨 호위를 한다는 말이냐? 목표가 바로 이 근처에 있다고 광고할 일이라도 있나?"

조철삼이 이렇게 단정 지을 만도 했다. 그의 부하 둘이 혹시나 해서 수상쩍은 자를 찾아 이 근처를 샅샅이 뒤졌다. 현천검제나 패력검제, 그리고 소연은 삿갓으로 얼굴을 가리는 정도의 얄팍한 위장을 했을 뿐이었지만, 그의 부하들은 그들을 수상하게 생각하지 않았다. 왜냐하면 무공을 익히지 않은 두 사내와 동행하는 정파인으로 보이는 그런 여 고수 정도로 여겼기 때문이다.

"그렇다면······."

"그렇다면?"

하지만 부하는 더 이상 그 뒷말을 이어 붙이지 못했다. 조철삼 조장의 사나운 눈빛으로 봤을 때, 그 뒷말을 이어 붙임과 동시에 주먹이 날아올 것만 같았기 때문이다. 아무리 자유롭게 의견을 개진할 수 있는 무영문이라고는 해도 쫄다구는 적당히 알아서 기는 게 신상에 이롭다는 것을 잘 알고 있었다.

"아, 아닙니다. 조장님, 출출하지 않으십니까? 식사 준비를 할까요?"

고개를 갸웃하던 조철삼의 눈동자가 차갑게 빛나기 시작했다. 저쪽에서 느껴지던 마기 덩어리들 중에서 세 개가 어딘가로 빠른 속도로 이동하기 시작한 게 느껴졌기 때문이다.

"너는 이곳에서 남은 자들을 감시하고 있거라."

그들의 이동 속도가 워낙 빠른 것이었기에 부하를 보낼 수는 없었다. 162조에서 가장 빠른 경공 속도를 자랑하는 조철삼이었지만, 상대의 속도를 따라갈 수가 없을 정도였다. 그만큼 그들의 무공이 엄청나다는 뜻이기도 했지만, 조철삼이 전력을 다하지 못했다는 것도 한 가지 이유였다. 자신의 기척을 드러내서는 안 되었기에, 그는 최대한 기척을 숨겨 가며 달려야만 했다.

조철삼은 얼마 지나지 않아 앞서 가는 자들의 기척을 놓쳐 버렸다.

"젠장, 어디로 갔지?"

이미 기척은 놓쳐 버린 상태였고, 기왕에 내친걸음이었기에 주위를 살피며 계속 앞으로 달려갔다. 그러던 조철삼은 갑자기 앞에서 엄청난 속도로 접근하는 마기를 느끼고는 깜짝 놀라 땅바닥에 납죽 엎드렸다.

세 덩어리의 마기는 그가 숨어 있는 것을 눈치 채지 못한 듯, 빠른 속도로 지나가 버렸다. 마인들의 기척이 완전히 사라지기까지 기다린 후에야 조철삼은 고개를 살짝 들었다.

"갔나?"

조심스럽게 주위를 둘러봤지만, 그 어디에서도 마기는 느껴지지 않았다. 아마 놈들은 일행에게로 되돌아간 모양이다. 조철삼도 처음의 위치로 돌아갈까 했지만 쉽게 발걸음이 옮겨지지 않았다. 저들이 이렇게 바쁘게 어딘가에 갔다 온 걸 보면, 뭔가 수상쩍은 냄새가 풍겼기 때문이다.

마교의 고수들이 온 곳으로 한참을 더 달려가자 조철삼은 작은 장원 하나를 발견할 수 있었다. 그것도 전혀 인적이 느껴지지 않는 을씨년스러운 장원이었다.

"이상하네, 여기는 영안문(永安門)인데……."

조철삼이 영안문에 다가갔을 때, 그는 장원에서 왜 그토록 인기척이 전혀 느껴지지 않았는지 알 수 있었다. 장원 안에는 시체들만 잔뜩 널브러져 있었다. 그것도 살해된 지 얼마 지나지 않은.

"설마…, 그들이 죽였나?"

하지만 아무리 둘러봐도 그들이 이런 학살극의 장본인이라는 증거는 찾아내지 못했다. 시체에 나 있는 상흔을 살펴봤을 때, 살해에 사용된 무공은 무림인이라면 누구나 알고 있을 정도로 흔한 수법들이었다. 그리고 상처의 깊이도 제각각이라 수십 명에 달하는 집단이 이 짓을 저질렀다는 생각도 들었다. 하지만 조철삼은 자신이 따라왔던 그 세 명이 일부러 힘 조절을 해서 의도적으로 이런 흔적을 만들어 놨을 수도 있음을 잘 알고 있었다.

한참 동안 여기저기를 돌아다니며 시체들을 둘러보던 조철삼은 혀를 차며 중얼거렸다.

"쯧쯧, 일부러 자신이 지닌 무공을 은폐하기 위해 노력한 흔적이 역력하군. 상처만으로 봤을 때는 어떤 놈들이 저질러 놓은 일인지 확실히 알 수가 없겠는데?"

영안문 같은 저급한 문파를 없애는 데, 그렇게 엄청난 실력자를 필요로 하지는 않는다. 즉, 살해자의 정확한 실력을 가늠하기 힘들다는 말이다. 그가 뒤쫓아 온 마교의 고수들부터 시작해서, 무림의 어지간한 문파의 상층부에 존재하는 고수들이라면 모두 다 용의선상에 올릴 수 있다는 말이다.

조철삼이 실내로 들어가자 아주 호화로운 장포를 걸친 중년인의 시체가 눈에 들어왔다. 두개골이 쩍 갈라진 채 쓰러져 있는 시체가 바로 영안문의 문주인 목진명(木眞明)이었다.

"역시, 상처만 봐서는 흉수를 짐작할 수조차 없군."

이렇게 중얼거리며 주위를 둘러보던 조철삼의 눈에 이채가 어렸다. 누군가 실내를 샅샅이 뒤진 흔적이 보였던 것이다. 물건을 보관해 둘 만한 아주 작은 공간들까지 다 뒤진 것을 보면 범인은 여기서 뭔가를 찾고 있었던 것이 분명했다.

"뭘 찾은 걸까?"

조철삼도 나름대로 실력을 발휘하여 한 시진 동안 이곳저곳을 뒤졌다. 하지만 아무리 찾아봐도 쓸 만한 것은 전혀 없었다. 돈이라든지, 패물, 귀금속이 보이긴 했지만 장원을 덮친 자들은 그런 것에는 관심도 없었는지 손도 대지 않았다. 그러다 은자 1백 냥의 값어치는 족히 되어 보이는 야명주를 발견한 조철삼은 장원을 습격한 자들이 평범한 무리들이 아니라는 것을 확신할 수 있었다.

"이런 걸 손도 대지 않은 걸 보면 뭔가 있기는 있어."

조철삼은 슬쩍 야명주를 품속에 넣고 곧장 자신의 부하들이 있는 곳으로 되돌아왔다. 그리고는 이번에 자신이 본 일을 상세하게 기록했다. 깨알만큼 작은 글씨를 쓴다는 게 쉬운 일은 아니었지만, 한두 번 해 본 것이 아니었기에 능숙하게 두 장을 썼다. 보고서를 다 작성한 그는 그것들을 돌돌 말아 황동으로 만든 작은 대롱 안에 밀어 넣었다. 뚜껑을 꼭 닫으니 물 한 방울 새지 않을 정도로 완벽하게 밀봉이 됐다. 그중 하나를 전서구의 가느다란 발목에 묶어 하늘로 날려 버린 뒤, 남은 하나의 대롱을 수하들 중 한 명에게 건네주며 명령했다.

"혹 모르니 너는 이걸 직접 전달하고, 좀 더 많은 인원을 증원해 달라고 전해라. 사안은 특(特)이다. 알겠냐?"

수하는 대롱을 받자마자 그것을 자신의 입속, 그러니까 혀 밑에 집어넣었다. 만약 누군가의 공격을 받거나 하면 그는 그것을 꿀꺽 삼켜 버릴 것이다.

"다녀오겠습니다, 조장."

"수고해라."

부하가 떠나는 것을 바라보던 조철삼의 머리는 혼란스럽기만 했다. 지금까지 쫓아갔던 열한 명의 마교 고수들의 목적이 뭔지 도무지 알 수 없었기 때문이다. 영안문 정도를 박살 내기 위해 저 정도의 고수들이 마교를 나왔을 리는 만무했지만, 흉수가 아니라고도 말하기 힘들다. 무엇보다 지금까지 이런 식으로 목적도 없이 천천히 행동하는 마교 고수들을 본 적이 없기에 조철삼으로서는 답답할 수밖에 없었다.

무영문과 개방의 협력

해가 떠오른 지 얼마 지나지 않은 시각, 총관은 옥화무제를 찾아가 아침마다 하는 정기 보고를 올렸다. 그녀는 아침에 일출을 보는 것을 즐겼기에, 언제나 일출을 본 직후에 총관을 만났던 것이다.

총관의 보고 내용은 대부분 금나라와 관계된 것이었다. 금군의 위치가 변경된 것이 있는지, 그리고 현재 장인걸의 움직임은 어떤지, 또 변방 부근에서 벌어지고 있는 첩보전에 대한 것도 있었다. 요즘 들어 장인걸이 거느린 편복대와 무영문의 첩보조들 간에는 치열한 전투가 벌어지고 있었다. 편복대 쪽이 훨씬 많은 인명 피해를 당하고 있었지만, 그렇다고 무영문 쪽의 인명 피해가 전혀 없는 것도 아니었다.

금나라에 대한 정보 보고가 끝나자 총관이 마지막으로 보고한 것은 마교에서 양양성 쪽으로 움직이고 있는 일단의 고수들에 관한 내용이었다.

"전에 말씀드렸던 마교의 고수들 말입니다."

"90명의 행방은 찾았나요?"

"아직 찾지 못했다고 합니다. 그보다 열한 명의 마교도들에 대한 겁니다만…, 어찌된 일인지는 모르겠으나 그들의 이동로에서 꽤 많은 사건들이 벌어지고 있습니다."

"사건들이라니, 그게 무슨 말이죠?"

"예, 그 근방의 두 개 문파가 멸문당했습니다."

옥화무제는 흠칫했다. 순간적으로 총관이 한 말이 이해가 가지 않았던 것이다. 하지만 그녀는 곧이어 정신을 수습하여 질문했다.

"설마…, 그들이 그 일을 벌였다는 말은 아니겠죠? 다른 문파들이라면 몰라도, 지금 장인걸을 잡느라고 정신이 없을 마교에서 그런 일을 벌일 이유가 없잖아요."

"모두들 그렇게 생각하고 있습니다. 하지만 그들을 은밀히 따르며 감시하라고 붙여 놓은 162조에서 보내온 보고에 따르면, 그들 중 세 명이 영안문을 멸문시켰을 가능성이 있다고 합니다."

"설마……."

금나라를 등에 업은 장인걸을 상대하기 위해 무림맹과 손까지 잡은 마교다. 그런 그들이 무림에 아무 영향력도 없는, 이름도 없는 작은 문파들을 왜 멸문시키겠는가. 더군다나 마교의 교주인 묵향과 오랜 시간 거래를 해 왔던 옥화무제였기에 최근 연이어 벌어지는 혈겁이 마교의 짓이 아닐 거라고 생각했다. 하지만 진실이 밝혀지기까지 마교 역시 용의선상에 둬야 했다.

그렇다면 가장 시급한 것은 혈겁이 벌어진 이유부터 찾아내야 하는 것이다.

"올해 혈겁을 당해 갑작스럽게 멸문당한 문파가 몇 개나 되죠?"

"작은 문파까지 모두 다 합한다면 28개입니다, 태상문주님. 그중 몇 개는 장인걸이 벌인 일로 추정되고, 화산파는 마교가 멸문시켰고, 또 인근 문파와 이권다툼으로……."

옥화무제는 총관의 말을 가로막았다.

"아직까지 흉수를 파악하지 못한 혈겁들만 따로 모아서 조사하도록 하세요. 그리고 뭔가 연관성이 있나 찾아보시구요."

"그걸 모두 조사하자면 비영단이 최소한 10개 조는 필요합니다, 태상문주님."

"……."

옥화무제가 대답을 하지 않자, 총관은 그녀의 눈치를 힐끔 살피며 물었다.

"금나라 쪽에서 뺄까요? 아니면 중원의 다른 지역에 있는 조들을 그쪽으로 돌리는 것이 좋을까요?"

옥화무제는 잠시 생각해 보더니 입을 열었다.

"비영단 조장 중 가장 인상이 좋고 넉살 좋은 조장이 누구죠?"

그녀의 엉뚱한 말에 총관은 아연한 표정으로 되물었다.

"예? 그건 왜……."

"본문 단독으로 조사하는 것보다 개방을 이용하는 게 낫지 않을까 하는 생각이 들어서요."

그제야 옥화무제의 말뜻을 이해한 총관은 재빨리 한 인물을 생각해 내어 천거했다.

"212조 조장 이진덕(李振德)을 추천하고 싶습니다. 성격이 둥글고 넉살이 좋아 거지들하고도 잘 어울릴 겁니다."

"좋아요, 212조를 그쪽으로 보내도록 하세요."

"존명!"

"그리고 마교 고수들의 뒤를 쫓고 있는 비영단에게는 절대 가까이 접근하지 말고, 원거리에서만 관찰하라는 명령을 다시 한 번 내리도록 하세요. 우리들이 그들을 쫓는다는 사실을 몰라야 쓸 만한 정보를 얻을 수 있을 테니 말이에요."

"존명!"

총관이 명을 수행하기 위해 밖으로 나가자 옥화무제의 미간이 살짝 일그러졌다. 뭔가 자신이 알지 못하는 거대한 음모가 시작되고 있다는 느낌이 들었기 때문이다.

* * *

50여 식솔을 거느리고 있던 작은 문파 철륭방(鐵隆幇)이 멸문당했다는 소식은 별로 세인들의 관심을 끌지 못했다. 남녀노소를 불문한 모든 사람들을 살해한 잔인한 손속에 대해서는 모두들 눈살을 찌푸리며 성토를 해 댔지만, 정작 그들이 왜 망했는지에 대해서는 별 관심이 없었다. 왜냐하면 무림에서 철륭방 같은 작은 문파가 멸문당하는 것쯤은 너무나도 흔하게 벌어지는 일이었기 때문이다.

하지만 채 2주일도 지나지 않아, 철륭방 인근에 있는 영안문(永安門)이 멸문당하자 사정이 바뀌었다. 인근 지역의 맹주였던 영안문은 2백에 달하는 식솔을 거느리는 제법 큰 문파였는데, 하룻밤 새에 멸문을 당한 것이다. 단 한 명의 생존자도 찾아볼 수 없을 정도로 처참하게. 철륭방이 멸문당했을 때만 해도 별 관심이 없었던 사람들의 관심이 점차 영안문에 쏠리기 시작했다.

까악, 까악.

까마귀만이 먹이를 찾아 날아다니고 있는 영안문 내부를 조심스럽게 살펴보는 인물들이 있었다. 모두 다 허름한 옷을 걸치고 있는 거지들이다. 개방의 경우 워낙 그 수가 많기에, 웬만한 마을에는 모두 소규모의 분타를 설치해 놨다고 할 정도로 중원 구석구석을 아우르고 있다. 그렇기에 영안문에 변괴가 발생했을 때도 개방에서 가장 먼저 그 사실을 알아챘다.

대부분의 거지들이 내부를 살펴본다고 정신없이 움직이고 있을 때, 영안문의 정문에서 좀 떨어진 곳에 거지 하나가 주저앉아 한가로이 졸고 있었다. 혹시 관부(官府)에서 사람이 나와 쓸데없는 충돌이 벌어질 수도 있기에 망을 보고 있는 것이다.

햇볕이 잘 드는 곳에 주저앉아 끄덕끄덕 고개를 끄덕이는 것이

영락없이 졸고 있는 모습이다. 하지만 그런 겉모습과 달리, 거지의 눈은 한 번씩 날카롭게 주위를 훑듯 움직이고 있었다.

이때, 거지의 시선에 낯선 사내의 모습이 포착되었다. 말쑥하게 차려입은 30대 중반쯤 되어 보이는 사내다. 비교적 푸짐한 살집을 지닌 인물이었는데, 그 때문인지 인상이 매우 유순해 보였다.

그는 문 옆에 쭈그리고 앉아 있는 거지에게로 곧장 다가오더니, 사람 좋은 미소를 지으며 말을 걸었다.

"여어~, 수고 많으십니다."

항상 구박과 경멸의 말투만 들었던 거지는, 상대의 익숙하지 않은 인사에 어리둥절한 표정을 지었다. 혹시 자신의 뒤에 누가 서 있는 건 아닌지 뒤까지 돌아봤다. 하지만 아무도 없었다. 사내는 어리둥절해 하는 거지의 모습이 재미있는지 빙글빙글 웃으며 다시 말을 건넸다.

"책임자께 안내 좀 해 주시겠습니까?"

거지는 자신이 개방 소속이라는 것을 상대방이 알고 있다는 생각이 들었다. 어쩌면 당연한 일이다. 개를 잡는 타구봉에 허름한 거지꼴, 생각나는 방파는 개방뿐이다. 문제는 상대방은 자신을 아는데, 자신은 상대방이 누군지를 전혀 모르고 있다는 사실이 거지의 기분을 불쾌하게 만들었다. 그래서인지 대꾸를 하는 거지의 말투는 퉁명스럽기 그지없었다.

"누구쇼? 보아허니 관원은 아닌 듯한데……."

"이런, 제가 실례를 했군요."

뚱뚱한 사내는 사람 좋은 미소를 지으며, 품속에서 명패를 꺼내 거지에게 건네줬다.

"무영문에서 나왔습니다. 저는 비영단 212조 조장 이진덕이라고 합니다."

무영문과 개방은 오랜 경쟁 관계에 있는 집단이다. 그렇다 보니 무영문의 핵심 정보 단체인 비영단의 조장이라면 개방의 4결과 5결 제자의 중간쯤에 해당하는 지위라는 것을 웬만한 거지라면 다 알고 있었다. 그렇기에 그는 감히 상대를 경시하지 못하고 공손하게 물었다.

"무슨 일 때문에 우리 타주님을 만나 보고 싶다는 겁니까?"

"하하, 상의를 드릴 일이 좀 있어서요."

거지는 자신이 책임질 일이 아니라는 생각이 들었다.

"쩝, 저를 따라오십쇼. 타주님께서는 안쪽에 계시니."

거지는 사내를 데리고 장원 안으로 들어가면서도 호기심 때문에 쩍쩍 벌어지려는 입을 애써 닫아야 했다. 겉으로 내색하지는 않았지만, 상대가 왜 이곳에 와서 타주를 찾는 것인지 궁금해서 미칠 지경이었다.

"타주님, 무영문에서 사람이 왔는데요."

분타주는 반백의 희끗희끗한 수염이 몇 가닥 난 50대 초반의 중년 거지였다. 얼핏 보면 워낙 비루한 인상이라 적선을 하고 싶다는 생각이 절로 들 정도였는데, 수하의 보고를 듣자마자 매섭게 눈동자가 빛나는 것을 보면 괜히 분타주가 된 게 아닌 모양이다.

"무영문이라고?"

거지는 분타주에게 다가가 이진덕에게 받은 명패를 건네주며 말했다.

"비영단 소속 212조 조장 이진덕이랍니다."

과연 거지의 말처럼 명패에는 '212'라는 숫자가 양각되어 있었다. 분타주는 명패를 자세히 관찰한 후, 그것을 이진덕에게 돌려주며 입을 열었다.

"나는 이 일대를 책임지고 있는 진곡추(陳哭秋)라 하오. 그런데 무슨 일로 날 찾아오셨소?"

"아, 진 타주셨군요. 처음 뵙겠습니다, 저는 이진덕이라고 합니다. 초면에 이런 말씀드리기는 좀 멋쩍지만, 뭔가 알아내신 거라도 있으십니까?"

뭔가 말하려던 진곡추는 이진덕을 안내해 온 거지가 아직도 제자리로 돌아가지 않고 귀를 쫑긋 세운 채 어정쩡하게 서 있는 것을 보자 화를 버럭 냈다.

"안 가고 거기서 뭐 하는 거야? 네놈은 문 앞이나 잘 지키고 있으라고 했잖아!"

"예, 예, 갑니다요, 가요."

거지가 후다닥 밖으로 달려 나간 후에야 진곡추는 이진덕을 향해 어색한 미소를 지으며 대꾸했다. 별로 상대하고 싶지 않은 집단이 바로 무영문이기는 했지만, 눈앞의 이 사내는 인상도 좋았고 꽤나 사근사근한 것이 진곡추의 마음에 들었다. 그래서 지금까지 영안문의 혈겁을 조사한 바를 말했다. 이번 일로 몇 가지 알려 준 뒤 친분을 맺어 두는 것도 그리 나쁘지 않을 것 같다는 생각이 문득 들었던 것이다.

"글쎄올시다. 흉악무도한 집단이 이 일을 벌였다는 것 외에는 별로 알아낸 것이 없소. 어린애들까지도 일격에 죽여 버린 걸 보면…, 절대로 증인을 남겨 놓지 않겠다는 생각인 모양이오."

"얼마 전에 일어난 철륭방의 혈겁을 일으킨 자들의 소행이라고 생각하십니까?"

계속된 질문에 진곡추는 몇 가닥 남지 않은 수염을 손가락으로 배배 꼬면서 의문을 계속 던지는 이진덕을 바라봤다. 개방과 맞먹을 정도의 정보력을 가진 무영문이 뭐가 아쉬워 이런 질문을 해 대는지 의아했기 때문이다. 하지만 이진덕이 빤히 자신을 바라보며 대답을 기다리자 어쩔 수 없다는 듯 입을 열었다.

"흠, 그건 알 수가 없소. 흔적을 남길 정도로 멍청한 놈들이 아니었으니 말이오. 하다못해 시체에 나 있는 상흔으로도 흉수를 파악해 내는 데 실패했소."

"되는 대로 휘둘렀습니까?"

이진덕의 물음에 진곡추는 고개를 가로저었다.

"아니, 웬만한 무림인이라면 다 알고 있는 그런 무공만을 사용했소. 한 가지 분명한 것은 철륭방에 손을 썼던 패거리에 비해서는 최소한 한 등급 이상 높은 실력을 지닌 자들인 것 같소."

이진덕은 잠시 진곡추를 바라보더니, 씨익 미소 지으며 말했다.

"이미 몇 가지 단서를 잡으신 듯한데, 저에게도 조금만 좀 알려 주십시오. 저도 정보를 날로 먹으려는 건 아니니, 서로가 좋은 게 좋은 거 아니겠습니까?"

"글쎄…, 무슨 말씀이신지?"

"요즘 중원 전역에 걸쳐 이것과 비슷한 사건이 동시다발적으로 벌어지고 있지 않습니까?"

그 말에 진곡추는 두 눈을 휘둥그레 뜨며 너스레를 떨었다.

"호오, 그렇게 잘 아신다면 이쪽에도 좀 알려 주시구려. 이쪽은 전혀 오리무중이니 말이오."

이진덕이 진곡추의 말을 곧이곧대로 받아들일 리 만무했다. 비록 개방이 무영문보다 정보의 질에는 한 수 뒤쳐진다고는 하지만, 중원 전역에 깔려 있는 엄청난 숫자의 개방도들이 물어 오는 정보의 양은 상상을 초월하기 때문이다. 수준은 낮더라도 방대한 정보를 폭넓게 획득하는 데 있어서는 무영문보다 개방이 한 수 위라는 것을 이진덕은 잘 알고 있었다.

"우리 쪽은 요 근래에야 냄새를 맡았습니다. 하지만 제가 알기에는 귀방은 우리보다 최소한 2주일은 먼저 본격적인 조사를 시작하지 않았습니까? 이번 철륭방의 경우도 마찬가지지요. 진 타주께서는 이미 이곳을 샅샅이 다 훑어보셨겠지만, 저는 이제야 겨우 이곳에 도착했으니 더 이상 말할 필요도 없는 거 아니겠습니까."

"아무리 그렇게 말한다고 해도 모르는 것은 모르는 거외다."

딱 잘라 말한 진곡추는 가볍게 포권하며 말을 이었다.

"본인은 바빠서 이만 가 봐야겠소. 내 수하들에게 일러 놓을 테니, 귀하가 조사하는 데 방해하는 일은 없을 거외다."

진곡추가 사라지고 난 후, 그 자리에 남은 이진덕은 가볍게 투

떨거렸다.
"이런 젠장, 좀 가르쳐 주면 어때서. 조만간에 이쪽에서도 알아낼 일인데……."
이진덕은 뭔가 쓸 만한 것이 남아 있을까 싶어 주위를 기웃거렸지만, 얼마 지나지 않아 포기했다. 아무리 생각해 봐도 지금 남아 있는 것은 개방 쪽에서 조사하고 남은 찌꺼기들뿐일 것이다. 그리고 뭔가 확실한 물증이 발견되었다면, 그런 중요한 증거물을 그 자리에 그대로 방치해 놨을 리 만무했다. 즉, 이곳을 아무리 뒤져 봐야 헛수고라는 말이다.
"젠장, 저놈을 어떻게 요리해야 하나?"
잠시 궁리하던 이진덕은 조금 전에 자신을 이곳으로 안내해 줬던 거지를 찾아갔다.
"아, 한 가지 물어볼 것이 있는데……."
"뭡니까?"
"진 타주께서 좋아하시는 게 뭔지 좀 알려 주시면 안 되겠습니까? 아무래도 한동안은 여기서 귀방의 신세를 져야 할 듯싶은데, 진 타주님과 사이가 껄끄러우면 일하기 힘들 게 아니겠습니까? 조금만 도와주십시오."
그러면서 이진덕의 손은 어느샌가 그 거지의 주머니 속을 들락거렸다. 갑자기 자신의 주머니가 묵직해지자 깜짝 놀란 거지는 주머니 속에 얼른 손을 집어넣어 봤다. 묵직하게 만져지는 은자 한 냥, 거지의 입이 헤벌쭉 벌어졌다.
"뭐, 이런 걸 다……."

"조사가 끝나고 동료 분들과 술이라도 한잔하시죠. 사건 현장을 이 잡듯 뒤지고 나면 모두들 피곤할 텐데, 이런 때는 얼큰하게 한잔하고 푹 쉬는 게 최고 아니겠습니까?"

더럽기 그지없는 거지들과 함께 어울려야 한다는 것은 솔직히 내키지 않지만, 이진덕으로서는 다른 선택의 여지가 없었다. 이곳으로 보내진 비영단은 겨우 1개 조, 자신을 포함해서 다섯 명뿐이다. 단독 조사를 한다면 얼마나 많은 시간을 소요해야 할지 알 수가 없었다. 그런 만큼 그는 개방과 공동 조사를, 아니 공동 조사라는 명목 하에 개방의 정보를 왕창 빼내 오는 것만이 상부에서 원하는 바를 이룰 수 있는 최선의 길이라고 생각하고 있었다.

덕분에 조사는 뒷전이고, 진곡추를 어떻게 요리해야 할지 고민스럽기만 한 이진덕이었다.

이진덕이 영안문 혈사를 조사하기 위해 파견을 나온 지 1주일쯤 지났을 때였다. 시간은 빠르게 흘러 지나갔지만, 좀처럼 혈겁의 단서가 잡히지 않았다. 이진덕은 진곡추에게 철썩 들러붙어 그가 좋아하는 술과 개고기를 대접하며 정보를 빼내려고 노력하고 있었지만, 사실 쓸 만한 정보는 거의 없었다. 혹시 자신을 속이고 정보를 빼돌리는 건 아닌지 의심도 해 봤지만 그런 것 같지는 않았다.

딱히 단서라고 잡히는 것도 없었고, 중원 전역에서 동시다발적으로 벌어지고 있는 혈겁들과의 연관성도 찾기 어려웠다. 이진덕이 진곡추에게 달라붙어 있는 것이 혹 시간 낭비가 아닐까 하는 생각이 들기 시작할 무렵, 갑자기 극진방(戟塵幇)이 멸문당했다는 정보가 입수되었다.

두 사람은 수하들을 이끌고 극진방이 있는 곳을 향해 눈썹이 휘날리도록 달려갔다. 이윽고 극진방에 도착하자, 담벼락 밖으로까지 피비린내가 물씬하게 풍겨 왔다. 장원 안으로 들어서자 처참하게 살해된 시체들이 이리저리 널브러져 있었다.

아무리 무림에서 밥을 먹고 있다고는 하지만 끔찍하게 살해된 시체를 보고 기분 좋을 사람은 없다. 수하들에게 장원 내부를 뒤져 흉수가 남겼음직한 단서를 찾게 한 뒤, 두 사람은 미간을 찡그리면서도 시체들을 한 구씩 세심하게 검사하기 시작했다.

"사인(死因)은 전과 거의 비슷해. 시체들이 쓰러져 있는 모양으로 봤을 때, 한밤중에 기습을 당한 것 같아. 물론 이쪽에서도 어느 정도 대비를 하고는 있었던 듯한데, 결국은 그냥 밀려 버렸군. 흔적으로 봤을 때, 흉수들과의 실력차가 너무 심하게 나는 데다가 숫자까지도 저쪽이 훨씬 더 많았던 것 같아."

시체를 엎어 놓고 상처를 이리저리 살펴보던 진곡추는 내원 쪽을 힐끗 바라봤다. 내원 역시 시체들이 흘린 피로 범벅이 되어 있었다.

"흠, 내실 쪽은 제법 격렬한 저항을 한 흔적이 보이는군. 아마 그때쯤 자고 있던 인물들이 깨서 합류한 것이겠지."

진곡추의 말에 이진덕은 고개를 갸웃하며 중얼거렸다.

"사인은 비슷한 것 같지만, 흉수는 완전히 다른데요. 영안문에서 혈겁을 일으킨 자들은 꽤나 고수들인 것 같았는데 말입니다."

"그게 아니라 영안문이 그만큼 호락호락하지 않았다는 말이겠지. 그런데 이상한 것은……."

여기까지 말한 진곡추는 극진방 방주 조태식(趙太殖)의 시신을 가리키며 말을 이었다.

"조 방주 정도 되는 실력자를 없애려면 결코 쉽지만은 않았을 텐데, 어떻게 된 것이 극진방의 방도들 외에 흉수의 시체는 단 한 구도 없다는 사실이야."

상대의 말에 깊이 공감한다는 듯 이진덕은 고개를 주억거렸다. 정보를 빼내기 위해 진곡추에게 술과 개고기를 대접하다 보니 지금은 이렇게 건설적인 대화를 나눌 수 있게 된 것이다. 그것도 형님, 아우하면서 말이다.

진곡추의 성격이 그다지 까다롭지 않은 것도 도움이 되었지만, 겨우 2주일 만에 형님 동생이라 부를 정도로 신뢰를 얻어 낼 수 있었던 것은 오로지 이진덕의 피나는 노력의 승리라고 봐야 했다. 워낙 게으른 진곡추다 보니 몸에 이가 바글바글 끓고 있었고, 술과 개고기를 대접할 때마다 진곡추의 몸에서 옮겨 오는 이 때문에 온몸을 벅벅 긁어야 하는 끔찍함까지 웃으며 감내해야만 했던 것이다.

"시체를 모두 다 가져갔다고 봐야 하지 않겠습니까? 형님."

"아마 그게 정답이겠지."

"그렇다면 흉수는 몇 명 정도가 아닌 상당한 세력의 문파일 확률이 높겠군요."

잠시 그동안 일어났던 혈겁을 생각해 보던 진곡추는 아무 말 없이 고개를 주억거렸다. 초절정고수가 아니라면 이 정도 문파를 몰살시키려면 상당한 세력을 보유한 자들이 아니면 힘들기 때문이다.

"그렇다면 이 근방에 극진방을 칠 만한 규모의 문파들을 수배해서, 그들의 인원 이동을 알아보면 흉수를 파악해 낼 수 있지 않겠습니까?"

"흐음……. 그렇게 말하는 것으로 보아, 동생은 서로가 서로를 몰살시켰다고 생각하는 겐가?"

"그렇게 생각할 수도 있지 않겠습니까? 거대 방파에서 고수들을 투입해 혈겁을 일으킨다는 가정보다는 그게 더 현실성 있는 추리 같은데요?"

여기까지 말한 이진덕은 조태식의 시체에서 옷을 벗기기 시작했다. 그런 다음 상흔을 하나하나 손가락으로 가리키며 말을 이었다.

"이 상처들은 요 근래에 생긴 상흔들로서, 치료가 잘되어 있는 상태입니다. 아마도 어디선가 싸우다가 상처를 입은 후, 근처의 실력 있는 의생을 불러 치료를 받았겠죠. 그런데 상처가 다 낫지도 않은 상태에서 또 싸웠으니, 본 실력을 다 발휘하기는 힘들지 않았을까요?"

이진덕의 말이 채 끝나기도 전에 진곡추는 옆에 서 있는 거지를 향해 손가락을 까딱였다.

"예?"

"너는 빨리 이 인근에 있는 의생들을 수소문하여, 2주일 전쯤에 극진방에 상처를 치료해 주기 위해 방문한 적이 있는지 알아봐라."

"옛."

거지가 달려 나가고 난 후, 진곡추는 이진덕에게 고개를 돌리며 물었다.

"자네 말대로 극진방이 영안문을 쳤다고 가정하세. 그런데 왜 쳤을까? 이 두 문파는 인접해 있지 않기에 서로 싸울 이유가 거의 없어. 더군다나 한밤중에 기습해서 상대편을 몰살시킬 정도로 원수질 일은 더더욱 없었지."

"아무래도 그 이유를 알아내는 게 최우선일 듯 합니다."

"흠, 하지만 또 다른 제3의 세력이 이 모든 일을 저질렀을 가능성도 있으니, 거기에 따른 조사도 병행해야겠지."

"물론이죠, 형님."

언제부터인가 죽이 잘 맞는 두 사람이었다.

드러나는 혈겁의 비밀

　이소청(李玿淸)은 며칠 전까지만 하더라도 남부럽지 않은 삶을 살았었다. 그의 범 같은 할아버지는 칠웅방(七雄幇)의 방주로서, 칠웅방을 세운 일곱 영웅호걸들 중에서 맏형이었다. 그렇기에 이소청은 태어난 이후 줄곧 호사스러운 생활만을 영위해 왔었다. 그러던 그가 갑자기 이렇듯 중상(重傷)을 당한 상태에서 괴한들에게 쫓기는 신세가 될 것이라고 누가 생각했겠는가.
　"헉헉헉! 나는 이제 틀린 것 같아."
　지금껏 힘든 일이라고는 단 한 번도 당해 본 적이 없는 그였기에, 문파에 찾아든 혈겁은 견디기 힘들 만큼 공포스럽게 다가왔다. 천하를 오시할 것만 같던 할아버지가 피투성이가 되어 쓰러졌고, 나머지 여섯 작은 할아버지들도 모두 싸늘한 시체가 되어 나뒹굴었다. 겨우 혈겁을 피해 탈출에 성공하긴 했지만 지금의 상황이 꿈만 같아 이소청은 자신도 모르게 눈물을 주르륵 흘렸다.

무서웠다. 꿈이라면 얼른 깨고 싶을 정도로 공포스러운 악몽이었다. 이소청이 땅바닥에 쓰러진 채 헐떡거리고 있을 때, 그를 붙잡아 일으키는 손이 있었다. 그와 함께 칠웅방을 탈출한 할아버지의 충성스러웠던 가신들 중 한 명이었다. 처음 칠웅방을 함께 탈출했던 열세 명이나 되던 무사들은 다 어디가고 이 사람 혼자만 그의 곁에 남아 있다. 그것도 왼팔이 팔목 어림에서 썩둑 잘려 나간 중상을 당한 상태로 말이다.

"도련님, 힘을 내십시오. 이제 조금만 더 가시면 놈들의 마수에서 벗어날 수 있을 겁니다."

"헉헉, 민 단주. 조, 조금만 쉬었다가 가자."

이소청이 우는 소리를 했지만, 민 단주의 대답은 단호했다. 왼팔이 잘려나간 데다가, 적지 않은 내상까지 입은 상태였지만 그의 목소리는 평상시와 같이 매섭기 그지없다.

"언제 놈들이 쫓아올지 알 수가 없습니다. 그 전에 움직여야 합니다. 이번에 놈들의 이목에 포착당하면 도련님의 목숨을 보장할 수 없습니다."

그들 일행의 움직임이 놈들에게 포착된 것은 단 한 번이었다. 하지만 그 한 번의 추격을 뿌리치기 위해 그가 친형제처럼 아끼고 사랑했던 모든 수하들이 희생되었다. 그리고 그의 왼손도 함께······.

물론 수하들 중 몇 명은 살아남았을 가능성도 있었다. 그들 개개인의 실력이 무척 뛰어날 뿐 아니라, 직접 그들이 죽었는지 확인해 본 것도 아니었기 때문이다.

하지만 민수길(閔秀吉)은 차라리 자신의 부하들이 단 한 사람도 살아남아 있지 않기를 간절히 바랬다. 한솥밥 먹던 처지에 너무나도 매정한 심사인 듯싶지만, 그것은 현실을 직시한 그의 바램이었다.

만약 수하들이 무사히 도망쳤다면 더할 나위 없이 좋겠지만 누군가가 적들에게 사로잡힌다면, 그리고 지독한 고문을 당한다면……. 결국 이소청이 갈 행선지를 실토할 수밖에 없을 것이다. 그렇게 되면 칠웅방의 마지막 남은 핏줄은 흔적도 없이 놈들의 손에 의해 사라지게 될 것이다.

그것만은 자신의 목숨을 버리고서라도 막아야 했다. 아버지처럼 존경했던 칠웅방 방주의 죽음조차 외면한 채 치욕스런 도주를 감행한 것도, 당신의 마지막 핏줄을 보호해 달라는 방주의 간절한 부탁 때문이었다.

민수길은 쓰러지려는 이소청을 우악스럽게 붙잡고 계속 발걸음을 옮겼다. 그렇게 얼마나 걸었을까. 토해져 나오는 숨은 거칠기 짝이 없었고, 입에서는 단내가 풍기기 시작한 지 오래다. 그러던 그들의 앞에 갑작스럽게 인기척이 나타났다. 평상시 같았으면 저들이 이렇게 가까이 접근하는 것을 몰랐을 그가 아니었지만, 지금 그는 너무나도 지쳐 있었다.

"헉!"

다급한 숨을 삼킬 때, 상대편도 이쪽에 누군가가 숨어 있음을 감지한 모양이다.

"웬 놈이냐?"

이소청은 아예 저항할 엄두도, 그렇다고 도망칠 생각도 하지 못하고 그냥 땅바닥에 털썩 주저앉아 버렸다. 오로지 한쪽 팔이 떨어져 나간 민수길만이 방어 자세를 갖췄을 뿐이다. 그의 분신과도 같았던 장검은 이소청을 끌고 오느라 실랑이를 벌이는 과정에서 어디에서 흘려버렸는지 사라져 버린 상태다. 그렇기에 그는 품속에 지니고 있던 짧은 단검을 뽑아들고 상대의 공격에 대비했다.

어둠 속에서 단검이 새파란 빛을 발하자, 상대 쪽도 다급히 검을 뽑아들었다. 그들이 조심스럽게 다가왔을 때, 깜짝 놀란 듯한 음성이 터져 나왔다.

"엇! 미, 민 단주님이 아니십니까?"

적이 아니라는 것을 아는 순간, 민수길은 팽팽하게 당겨져 있던 긴장감이 한순간에 풀리는 것을 느꼈다. 단검이 마치 장검이라도 되는 듯 묵직하게 느껴져 들고 있기도 힘들었다.

"자, 자네는?"

"진천위(陳千位)입니다, 단주님. 그런데 이게 어찌 된 일이십니까? 어찌 하여 이렇듯 큰 부상을 입으시고……."

"쉿! 너무 목소리가 크네. 자네는 빨리 도련님과 나를 방주께 안내해 주게. 그리고 우리들이 이곳에 왔다는 것은 철저하게 숨겨야만 할 것이야."

"어찌 되었건 서두르시죠, 치료부터 받으시는 게 좋겠습니다."

진천위의 부축을 받으면서도 민수길은 다시 한 번 조심스럽게 주위를 둘러보지 않을 수 없었다. 그만큼 칠웅방을 공격해 왔던 자들은 공포스러웠다.

"수하들을 시켜서 우리가 이쪽으로 오며 남긴 흔적들을 좀 지워 주게. 그게 우리만이 아니라 사해방(四海幇)을 위하는 길이기도 할 걸세."

민수길의 말에 진천위는 피 냄새를 맡았는지 다급히 수하들에게 명령을 내렸다.

문을 열고 황급히 들어오는 중년 사내를 사해방 방주가 반겨 맞이했다.

"어서 오게나."

중년 사내는 실내에 들어서자마자 다급한 어조로 방주에게 질문부터 던졌다. 그만큼 이 일은 중요한 일이었던 것이다.

"갑자기 1호 경계령을 내리시다니, 이게 어찌 된 일입니까? 방주님."

그런 질문이 나올 줄 알았다는 듯 방주는 고개를 끄덕이며 대답했다.

"안 그래도 그 일로 자네에게 사람을 보냈었는데, 서로 길이 어긋났던 모양이구먼. 그건 그렇고 서서 이럴 것이 아니라 일단 자리에 앉게."

방주는 중년 사내에게 자리를 권한 후, 나지막한 어조로 방금 전에 일어난 일들을 상세히 설명했다. 그걸 다 들은 중년 사내는 놀라움을 감추지 못했다.

"천하의 칠웅방이 멸문당했다니……. 더군다나 흉수의 정체도 제대로 파악하지 못했다는 것은 너무나도 뜻밖의 일이군요."

그 말에 방주도 침중한 표정으로 고개를 끄덕였다.

"본좌도 그렇게 생각하고 있는 중일세. 그래서 혹 놈들이 본방에도 밀어닥칠 우려가 있기에 1호 경계령을 발동해 놓은 것이야."

중년 사내는 이해가 가지 않는다는 듯 되물었다.

"칠웅방을 친 흉수들이 왜 우리를 칩니까? 그리고 칠웅방이 멸문당한 이유는 뭐라고 하던가요? 뭔가 납득할 수 있는 이유가 있지 않고서야 칠웅방 같은 큰 문파가 멸문한 것도, 흉수들이 우리 사해방을 칠지도 모른다는 것도 믿기 힘든 일이군요."

"그건 이미 알아봤다네."

"그 이유가 뭐였습니까?"

"뭔가가 있다는 생각에 처음에는 민 단주에게 물어보려 했지만 그 너구리같은 놈이 사실대로 얘기해 줄 리 없다고 생각했다네. 그래서 놈이 데리고 온 이소청을 슬쩍 만났지."

순간, 중년 사내의 얼굴에는 경멸의 기색이 떠올랐다. 칠웅방의 이소청이라면 조부가 일궈 논 가업을 송두리째 말아먹을 것이라는 소문이 자자할 정도로 망나니였던 것이다.

"그 애송이 말씀이십니까?"

"물론이지. 당장이라도 내쫓을 것처럼 겁을 주니 공포에 질려 줄줄 불더구먼."

눈물을 흘리며 제발 살려 달라고 하는 이소청의 모습이 보이는 듯하자 중년 사내는 가볍게 미간을 찌푸렸다.
"이유가 뭐라고 하던가요?"
"작은 서책 한 권과 지도 한 장일세."
그 말에 중년 사내가 어리둥절한 표정을 짓자 방주는 음흉스런 미소를 지으며 말을 이었다.
"몇 년 전, 황도(皇都)였던 개봉을 피에 잠기게 했던 정강의 변을 알고 있는가?"
"물론입니다. 아무리 황실과 무림이 연관이 없다고 하나, 그런 대 사건을 제가 모를 리 있겠습니까?"
"요나라가 멸망했을 때, 그 영토의 대부분을 흡수한 것은 금나라 오랑캐들이었지. 오랑캐들은 거기서 멈추지 않고, 황도인 개봉에서 멀지 않은 곳에 대군을 집결시켜 놓고, 무력시위까지 벌이며 은과 비단을 요구했었다고 하네."
"그건 저도 그렇게 들었습니다. 그런데 그게 왜……."
방주는 의아해하는 중년 사내를 다독거리며 말을 이었다.
"가만 들어 보게. 다 연관이 있으니까 말이야. 황제는 오랑캐의 대군이 황도 근처에 집결해 있다 보니 겁이 나서 천도를 결심했지. 물론 그걸 오랑캐들이 눈치 채면 가만히 안 있을 테니, 모든 작업은 비밀리에 실행되었겠고. 사람이야 나중에 일이 급박해지면 한꺼번에 도망치면 되겠지만, 금은보화나 문서, 서책 따위는 그러기가 쉽지 않을 게 아닌가?"
아직까지는 방주가 이런 얘기를 꺼낸 이유를 알 수 없었지만,

중년 사내는 재빨리 맞장구를 쳤다.

"물론 그렇겠지요."

"선대로부터 차곡차곡 전해져 내려온 것들이다 보니 그 양이 엄청날 것은 당연지사. 그걸 오랑캐 놈들이 눈치 채지 못하게 조금씩 밖으로 옮기는 작업이다 보니, 보통 어려운 것이 아니었던 모양일세. 또 운반 작업을 한 인물에게 총괄해서 맡길 수도 없는 노릇이었지. 그놈이 먹고 튀어 버릴 우려도 있을 테고, 비밀 유지라는 면도 무시하기 힘들었을 테니 말이야. 그래서 이 일에 충성심이 강한 열두 명의 관리가 투입되어, 보물을 골고루 분산시켰다고 하네. 그렇게 해 놔야 나중에 혹 무슨 문제가 생긴다고 해도 그중 몇 군데는 건질 수 있을 거라 생각한 모양이야."

"흠, 충분히 가능성이 있는 얘기군요."

중년 사내가 고개를 끄덕이자 자신의 이야기 속에 나오는 황궁의 보물을 손으로 만지기라도 한 듯 사해방 방주의 얼굴이 탐욕으로 벌겋게 달아올랐다.

"열두 곳에 흩어져서 보관되던 보물을 나중에 새로운 수도로 천도하게 되면 그곳으로 다시 옮긴다. 꽤 괜찮은 작전이었지. 하지만 이때 갑작스런 문제가 발생했다네. 바로 정강의 변 말일세. 상황제와 황제, 그리고 3천에 달하는 신하들이 금나라에 포로로 잡혀 연경으로 압송되지 않았나? 그 와중에 열두 군데에 묻어 놓은 보물들의 행방도 묘연해졌다 이 말일세."

중년 사내의 얼굴도 어느샌가 흥분으로 인해 벌겋게 달아올라 있었다. 방주의 말을 듣다 보니 칠웅방의 혈겁이 바로 그 보물과 관련이 있다는 것을 눈치 챈 것이다.

"그렇게 말씀하시는 것을 보면 이번 사건이 바로 그 보물과 연관이 있는 겁니까?"

"그곳들 중 한 곳의 지도일세."

방주의 말에 중년 사내의 호흡이 일순 멎어 버렸다. 숨도 쉬기 힘들 정도로 놀랐던 것이다.

"그, 그 놈팽이 놈이 한 말이 사실일까요? 만약 거짓이라면 보물은 구경도 못 해 보고 사해방의 주춧돌이 흔들릴 수도 있습니다."

"물론 본좌도 처음에는 믿기 힘들었다네. 소청이 놈이 지도 얘기만 했었다면 웃기지 말라고 주둥이를 박살 내고 말았겠지."

"그렇다면 또 뭔가를……."

사해방 방주는 목이 타는지 물을 따라 단숨에 들이켰다. 그리고는 주위를 한번 둘러본 후, 속삭였다.

"지도와 함께 발견됐다는 서책, 그게 바로 열두 군데 중 한 곳을 책임졌던 관리가 당시의 상황을 꼼꼼히 기록해 놓은 일기라는 거야. 황제로부터 칙명을 받을 때부터 시작해서 임무를 수행하면서 발생한 여러 가지 사건들을 기록해 놓은 거지. 그놈은 그걸 읽었던 모양이더군. 가만히 얘기를 들어 봐도 전체적으로 아귀가 딱딱 맞아 들어가는 것이, 한편으로는 허무맹랑하다는 생각이 들면서도 안 믿을래야 안 믿을 수가 없었네. 더군다나 그 지도와 책자를 노리고 암중의 세력이 칠웅방을 멸문시키기까지 했으니……."

중년 사내는 자신도 모르게 침을 꿀꺽 삼켰다. 황궁에 보관되어 있던 보물이 비록 열두 군데로 찢겨져 나눠졌다고는 하지만 그 하나하나가 자신의 상상을 불허할 정도로 엄청날 것임은 분명했다. 그리고 자신들에게 그 비밀의 끝자락이 닿았다는 것은 어쩌면 신의 뜻일 수도 있었다.

"엄청난 기회가 될 수 있겠군요."

"아니면 파멸의 열쇠가 되거나 말이지."

"방주님께서는 어떻게 하셨으면 좋겠습니까?"

사해방 방주는 대답을 보류한 채 잠시 방 안을 서성거리다 중년 사내를 돌아보았다. 그의 두 눈은 이미 탐욕으로 인해 벌겋게 번들거리고 있었다.

"위험하기는 해도 일단 굴러 들어온 떡인 만큼 그냥 포기하기에는 너무 아깝지 않나? 그리고 저 두 놈을 지금이라도 사해방에서 추방해 버린다고 하더라도, 저들이 이곳에 잠시라도 머물렀다는 사실을 흉수들이 나중에 알아내면 어떻게 되겠나? 비밀이 새어 나갔을지도 모른다는 생각에 본방을 가만히 두지 않을게 분명해."

"선택의 여지가 없다는 말씀이십니까?"

"이미 달리는 호랑이 등에 올라타 버렸어."

"그렇다면 그 지도와 책자는 어디에 있습니까? 이소청 그놈이 지금 가지고 있습니까?"

그 말에 사해방 방주는 인상을 일그러트렸다.

"본좌가 도저히 믿기 어렵다는 표정을 짓자 이소청 그놈이 벌벌 떨면서 그러더군. 칠웅방을 탈출하면서 숲 속 어딘가에 감춰 뒀는데 자신은 정신이 없어 잘 기억이 나지 않고, 민 단주는 똑똑히 기억하고 있을 거라고."

중년 사내는 낙심한 표정이었다. 만약 그들이 지도와 책자를 지니고 있다면 지금 당장 달려가서 그 둘의 목을 베어 버리고, 꿀꺽 덕해 버리면 끝인데 일이 조금 복잡해지기 시작한 것이다.

"그렇다면 민 단주와 담판을 지어야 하겠군요. 보물을 찾으면 절반을 주고, 놈을 도와 칠웅방을 재건하는 걸 도와주겠다고 말입니다. 고지식한 민 단주는 아마 우리의 제안을 거절하지 못할 겁니다."

중년 사내의 말이 별로 마음에 들지 않았는지 방주는 떨떠름한 표정이었다.

"겨우 절반만 먹자는 말인가? 엄청난 금은보화일 텐데……."

중년 사내는 비릿한 웃음을 흘리며 음흉스럽게 말했다.

"당연히 그놈들에게 보물을 나누어 줄 필요가 없죠. 단지 방주님께서 우선적으로 해야 할 것이 민 단주가 지도와 책자를 숨겨둔 장소가 어딘지를 말하도록 신뢰를 얻어야 한다는 것입니다. 지도와 책자가 본문의 손아귀에 들어오고 나면 그다음은…, 흐흐흐."

"옳거니! 그렇구먼. 내 그걸 미처 생각하지 못했어."

"방주님께서는 먼저 민 단주의 마음을 얻는 일에 최선을 다하십시오. 그동안 저는 방도들의 입단속을 시킨 뒤, 몇 가지 시급한 일들을 처리하도록 하겠습니다."

"시급한 일이라니?"

방주의 질문에 중년 사내는 곧장 대답하지 않았다. 차분하게 가라앉은 중년 사내의 두 눈은 차갑게 빛나고 있었다. 머릿속을 정리라도 한 듯 생각에 잠겨 있던 중년 사내는 잠시 후, 천천히 입을 열었다.

"칠웅방이 무너졌을 정도라면, 그 지도를 노리는 세력의 규모가 상상 이상일지도 모릅니다. 그런 만큼 이소청과 민 단주가 본방으로 도망쳐 오다 남긴 흔적을 철저히 지워야죠. 또 몇몇 부하들을 시켜 아예 다른 쪽으로 흔적을 남겨 놓아 본방에게 의심의 눈초리가 오지 않도록 할 생각입니다."

중년 사내의 말에 방주는 흡족한지 고개를 끄덕였다.

"허허, 그렇구먼."

"제가 그 부분은 알아서 잘 처리할 테니 염려하지 마시고, 방주님께서는 그 두 놈을 요리하는데 최선을 다해 주십시오."

"그렇게 하지."

두 사람은 말을 하다 서로 마주 보더니 갑자기 호탕하게 웃음을 터트렸다. 마치 엄청난 보물이 눈앞에 보이기라도 하는 듯.

마교 호법원의 비애

은편패왕(銀片覇王) 여문기(呂文起).

그는 마교 서열 17위에 올라 있는 가공할 고수다. 더군다나 우호법이라는 마교에서도 상당히 높은 지위인 그가 요즘 들어 팔자에도 없는 속칭 '개고생'이라는 것을 하고 있는 중이다. 요란한 굉음을 울리며 뇌전이 번뜩이는 하늘에 흡사 구멍이라도 뚫린 듯 폭우가 쏟아져 내리고 있었지만, 그는 굵은 나뭇가지에 몸을 기댄 채 고스란히 비를 맞으며 잠을 청하고 있었다.

비록 나뭇잎이 우거진 나무라고는 하지만 빗물은 거침없이 그의 몸에 두른 기름먹인 얇은 양피지로 만든 우의(雨衣)를 따라 흘러내렸다. 깊게 눌러쓴 삿갓 위로 빗물이 떨어지며 요란한 소리를 냈다. 물론, 이 정도 빗물쯤이야 내공으로 간단히 튕겨 낼 수 있겠지만, 잠을 자면서도 내공을 운용할 수는 없는 노릇이었기에 우의를 입고 있는 것이다.

  곧 여명이 밝아올 시간이건만, 구름이 워낙 두텁게 끼어 있어 아직까지도 주위는 칠흑과 같이 어두웠다.

  "우호법님."

  낮은 목소리였지만, 여문기의 단잠을 깨우기에는 충분한 것이었다. 그는 눈을 뜨기 전에 사방에 기파(氣波)를 쏘아, 주변의 기척을 점검했다. 주변에 대한 점검을 끝낸 후에야—물론 거기에 소모된 시간은 거의 찰나라고 할 만큼 짧았다—방금 자신의 잠을 깨운 부하에게 질문을 던졌다.

  "무슨 특이 사항이라도 있나?"

  "아무런 이상도 없습니다."

  여문기는 조심스럽게 몸을 일으켰다. 휴대하기 편한 것은 좋았지만, 우의를 너무 얇게 만들어 놨기에 조금만 방심해도 찢어지곤 했기 때문에 주의를 요했던 것이다.

  "경비는?"

  그가 데리고 있는 수하들은 2교대로 한 무리는 자고, 또 한 무리는 지금 경계를 서고 있는 중이다.

  "예, 반 시진 전에 교대했습니다, 우호법님."

  여문기는 하늘을 슬쩍 올려다보며 미간을 찌푸렸다. 이렇게 빗줄기가 요란스럽게 쏟아져 내리면 인기척을 감지하기 어렵기에 그만큼 경호가 어려워진다. 물론 상대방도 자신들처럼 마기를 풀풀 날린다면 얘기가 달라지겠지만, 정파 나부랭이나 살수들이 마

마교 호법원의 비애

기를 풍길 리 없다. 더군다나 자신들의 위치는 마기 때문에 상대에게 적나라하게 다 드러나기 때문에 더욱 힘든 경호가 될 수밖에 없다.

차라리 근접해서 경호하는 것이라면 쉽겠지만, 이런 식으로 먼 거리에서 경호를 하다 보니 아무리 무공이 높은 여문기라 해도 하루하루가 피가 마르는 것 같았다.

이때 누군가가 천천히 이쪽으로 접근해 오는 기척이 느껴졌다. 커다란 빗소리에 섞여 철벅철벅하는 발자국 소리가 낮게 들려왔던 것이다. 경비를 서고 있는 부하들도 그걸 느꼈는지 순식간에 장내에는 긴장감이 고조됐다.

잠시 후, 상대의 얼굴을 알아보는 순간 여문기는 난처한 미소를 짓지 않을 수 없었다. 왜냐하면 접근해 오는 이가 바로 현천검제였기 때문이다. 아마 현천검제는 자신의 접근을 눈치 챌 수 있도록 일부러 소리를 내며 다가오는 것 같았다.

"궂은 날씨에 수고가 많구먼."

돌아가라고 부탁한 것이 며칠 전인데, 여문기와 그의 수하들은 그 말을 무시한 채 이렇듯 계속 따라오고 있었다. 아주 멀찍감치 떨어져서 따라오고 있어 소연은 이들의 존재를 아직 모르고 있었지만, 화경급 고수인 현천검제의 이목까지 속일 수는 없었다.

"아가씨를 경호하는 일이 저희들의 임무인데, 수고랄 것이 있겠습니까. 그런데 이 새벽에 어쩐 일이십니까? 어르신."

"돌아가라고 했는데도 꼭 이렇게 사서 고생을 해야 하겠는가? 자네도 정말 답답한 사람이구먼."

그 말에 여문기는 고개를 푹 숙이며 대답했다.

"저희들의 행동이 눈에 거슬리시더라도 그냥 눈감아 주시면 안 되겠습니까?"

"허허, 나는 교주의 사제일세. 그리고 소연이는 교주의 딸이고. 그런 내가 소연이를 보호하는 것은 당연한 일이야. 그러니 호위는 필요 없다고 한 건데, 설마 내가 그렇게 못미더운가?"

화경급 고수의 실력이 못미더울 리 없다. 여문기는 다급히 손을 내저으며 변명했다.

"무슨 말씀이십니까? 절대 그런 것은 아닙니다, 어르신. 저희들에게도 나름대로 사정이 있는지라, 제발 돌아가라는 말씀만은 거둬 주시기 바랍니다."

"사정이라고? 무슨 사정 말인가?"

하지만 여문기는 현천검제의 물음에 선뜻 대답하지 못했다.

이때, 여문기의 수하 중 하나가 현천검제 앞으로 나서며 말했다.

"속하가 말씀드려도 되겠습니까?"

윗사람들 간의 대화에 이런 식으로 끼어드는 것은 아주 실례되는 행동이다. 특히나 마교와 같이 상명하복이 철저한 곳이라면 더욱 더. 하지만 이런 식으로 계속 대화가 진행된다면 자신의 상관만 애매한 처지에 놓이게 되기 때문에 그는 나중에 여문기에게 묵사발이 날 각오를 하고 앞으로 나선 것이다.

말해 보라는 듯이 현천검제가 자신을 바라보자 그는 폭우가 쏟아지고 있는 땅바닥에 부복하며 입을 열었다. 그의 발밑은 물이 질척거리고 있었지만, 그는 그런 것에 전혀 신경 쓰지 않는 듯했다.

"속하들은 무슨 일이 있더라도 아가씨를 양양성까지 안전하게 모시라는 대호법님의 명령을 받았습니다."

현천검제는 고개를 갸웃하며 물었다.

"물론 누군가의 명령을 받았으니 자네들이 여기에 있는 것이겠지. 내가 듣고 싶은 것은 우호법이 말한 어쩔 수 없는 사정이라는 걸세. 말하기 곤란한 뭔가가 있는 것인가?"

여문기는 난감한 표정으로 고개를 돌렸고, 땅바닥에 부복해 있던 부하가 그 모습을 보고 잠시 주저하는 듯하더니 힘겹게 입을 열었다.

"대호법께서는 이번 호위를 완수하는 것이 호법원을 중흥시키는 길이라고 하셨습니다."

현천검제도 한 문파를 다스려 봤던 사람이다. 그리고 눈치도 빠르다. 그는 그 말 한마디만으로도 어찌된 일인지 단번에 이해할 수 있었다.

조직이란 어떤 임무를 맡고 있느냐에 따라 그 위상과 세(勢)가 바뀌는 법이다. 그런데 지금의 호법원은 거의 존재 가치마저 희미한 상황이다. 막강한 고수들이 포진해 있는 호법원이 이렇게까지 무력하게 변한 원인을 제공한 것은 바로 묵향이다.

어느 날 갑자기 행방불명된 묵향으로 인해 호법원은 기나긴 암흑 속으로 잠겨 들어갈 수밖에 없었다. 호위할 당사자가 없어졌으니 그건 당연한 결과였다. 그런데 문제는 묵향이 돌아오고 나서도 그게 계속되었다는 거다. 자신보다 약한 놈들이 경호를 하겠다고 나서니 묵향의 성격상 용납할 리 만무했다. 더군다나 거치적거리는 걸 무엇보다 싫어하는 묵향이었기에 호법원은 그저 밥만 축내며 빈둥거릴 수밖에 없었다.

그런 호법원에게 소연의 존재야말로 한 줄기 서광이나 마찬가지였으리라. 그들로서는 현천검제가 아무리 호위를 포기하고 돌아가라고 부탁을 해도 받아들일 형편이 아니었다. 만약 호위를 포기하고 돌아간다면 호법원은 정말로 쓸모없는 존재로 전락할지도 모른다는 절박함까지 느끼고 있었으니 말이다.

"허, 결국 괴물 같은 사형이 문제였군."

잠시 안쓰러운 눈빛으로 여문기를 바라보던 현천검제는 부드러운 어조로 말했다.

"선택의 여지도 없는 자네에게 무리한 부탁을 했었군. 본의 아니게 자네에게 심적 부담을 주어 미안하게 되었네."

이렇게 해서라도 세력을 유지해야 하는 자괴감에 여문기는 얼굴을 붉히지 않을 수 없었다.

"무슨 말씀을 그렇게 하십니까. 어르신의 부탁을 들어드리지 못해 죄송할 따름입니다."

"이제 호위를 하지 말라는 소리는 하지 않겠네. 그러니 자네들 편한 대로 하게. 다 이해했으니까 말이야. 그럼 수고들 하게."

슬쩍 손을 흔들며 뒤돌아서는 현천검제를 향해 여문기가 급히 입을 열었다.

"어르신, 며칠 전 장인걸의 수하와 마주친 적이 있었습니다."

"장인걸의 수하라고?"

"예, 놈의 몸에서 뿜어져 나오는 마기만으로 봤을 때, 결코 저의 밑이 아닌 듯했습니다. 아마 천마혈검대 소속의 어떤 녀석이었겠지요."

"그런데 그걸 나한테 말하는 이유가 뭔가?"

"그놈은 꽤 가까운 거리까지 접근해서 화살을 몇 대 날리고 도망쳤습니다. 수하 셋을 보내 놈을 추격했지만 도중에 놓치고 말았죠. 혹, 놈들이 어르신이나 아가씨께도 그런 식의 공격을 가할지 모릅니다."

"알려 줘서 고맙기는 하지만, 그런 공격에 당할 내가 아니니 너무 걱정하지 말게."

사실 현천검제 정도 되는 고수를 그런 얄팍한 기습으로 어떻게 한다는 것은 거의 불가능했다. 여문기 정도의 고수에게도 그딴 공격은 먹혀들지 않는데, 어찌 화경급 고수인 현천검제에게 타격을 줄 수 있겠는가. 더군다나 소연의 옆에는 또 한 명의 화경급 고수가 동행하고 있지 않은가. 장인걸이 천마혈검대 전체를 투입한다면 몰라도, 그렇지 않다면 소연에게 위해를 가할 만한 상황은 결코 만들어질 수 없었다.

그래도 여문기가 얘기를 꺼낸 것은 혹시나 모를 만약의 사태에 대비하기 위해서다. 현천검제가 약간의 경각심만이라도 가지게 된다면 여문기는 만족이었다.

이진덕의 똥배짱

 시체들 사이를 헤집고 돌아다니던 진곡추는 고개를 갸웃하다 이진덕을 바라보며 중얼거렸다.
 "상당한 실력자들이야, 안 그런가?"
 "제 실력을 다 드러내 흔적이 남은 게 아니므로 장담하기는 힘들지만, 제가 보기에는 거의 신검합일급에 다다른 고수들처럼 보이는군요."
 진곡추는 자신의 생각과 일치하자 고개를 끄덕였다.
 "자네가 보기에 흉수는 몇 명 정도겠나?"
 "최소한 20명은 넘을 겁니다. 물론 그보다 더 적었는지도 모르지만 칠웅방 같은 대문파를 단 한 명의 생존자도 남기지 않고 멸문시키려면 그 정도 숫자는 필요하지 않을까요? 미리 도망칠 만한 길목을 다 틀어막아 완벽하게 포위망을 형성해야 할 테니 말입니다."

"흠, 그렇다면 역시 거대문파가 개입해 있다는 소리가 되겠군."

"그런데 그 정도로 강대한 문파가 왜 혈겁을 일으켰을까요? 저로서는 아무리 머리를 쥐어짜도 떠오르는 게 없는데, 형님은 혹시 아시는 거 없습니까? 칠웅방이 어느 거대문파하고 원수를 졌다든지 하는 소문 말입니다. 요즘 저희 무영문에서는 무림 쪽에 투입할 인원이 절대적으로 부족하다 보니……."

진곡추는 몇 가닥 남지 않은 수염을 배배 꼬며 생각에 잠겼다. 수염을 꼬는 것은 뭔가 문제가 잘 풀리지 않을 때 하는 진곡추의 독특한 버릇이었다.

"다른 문파와 뭔가 문제가 있어서 이런 혈겁이 벌어졌다고 하기에는 좀 이상한 구석이 있지. 보통 이런 일이 생기면 일부러 몇 명 살려 줘서 자신들이 얼마나 강한지 사방에 소문이 퍼지도록 유도하잖아? 그런데 이건 마치 비밀이 새 나갈까 두려워하는 것처럼 완전히 몰살시켰어. 그 이유가 뭘까?"

맞는 말이었다. 문파간의 다툼은 어지간해서는 몰살까지 가지 않는다. 만약 한 문파를 멸망시킨다면 무림에 공표를 해서 우리의 힘이 이 정도라고 과시를 하는 게 일반적이었다. 이때 무공을 모르는 노약자까지 몰살을 시킨다면 너무 잔인하다는 강호의 비판을 들을 게 분명했다.

진곡추는 시체들의 상처를 바라보며 계속 말을 이었다.

"어쩌면 오랑캐들의 개가 되어 있는 그 마교놈들이 저지른 일이 아닐까? 자세히 보면 여기저기에 약간씩 드러나 있는 흔적들이 아무래도 마공을 익힌 놈들의 소행인 것 같거든."

"그건 아닐 겁니다. 장인걸 패거리가 요 근래 여기저기에서 혈겁을 일으킨 이유는 정파와 마교 간의 이간질에 그 목적이 있었습니다. 그놈은 무림맹과 마교가 협정을 맺었다는 것을 예상도 못 했던 거죠. 그렇기에 장인걸 패거리가 혈겁을 일으킨 곳에는 마공의 흔적들이 확실하게 남아 있죠. 사실 그놈들도 정통 마공을 수련했으니, 흉내 내고 자시고 할 필요도 없으니 말입니다."

"……"

진곡추는 아무 말 없이 계속 말을 해 보라는 듯 이진덕을 바라보았다.

"하지만 여기에 있는 마공의 흔적들은 너무 작위적입니다. 마공을 익히지 않은 놈들이 자신의 소행을 마교나 장인걸 패거리에게 떠넘기기 위해 어설프게 마공을 사용한 것 같다는 거죠."

"흠, 충분히 가능성이 있어."

이렇게 그 둘이 심각한 표정으로 대화를 나누고 있을 때, 허겁지겁 거지 몇 명이 달려왔다.

"타주님! 있습니다, 있어."

"있다니, 그게 무슨 말이냐?"

"흉수로 짐작되는 수상한 마교 고수들이 이 근처에 있다는 말입니다."

그 보고에 진곡추의 눈은 매섭게 빛났다.

"흉수라고? 그건 또 무슨 말이냐?"

"방금 천영분타로부터 들어온 전갈인데, 이쪽으로 이동 중인 마교 고수 열한 명을 확인했답니다."

"열한 명이라고?"

보고를 하는 거지의 얼굴에는 어쩌면 이 지긋지긋한 수색 작업이 끝날지도 모른다는 희망에 들떠 있었다. 2주일 동안 단서를 찾기 위해 피비린내 나는 시체들 속에서 살아야 했으니 천영분타에서 들어온 전갈이 반가울 만도 했다.

"예, 이틀쯤 전에 이 근처를 통과했다고 하는데요. 혹시 그들이 이 일을 저지른 게 아닐까요?"

진곡추는 이진덕을 바라보며 불쑥 물었다.

"흠, 자네 쪽에서 들어온 정보는 없나?"

"글쎄요. 저는 형님하고 계속 같이 움직이지 않았습니까? 한번 총타에 알아보기는 하겠지만 시간이 좀 걸릴지도 모릅니다. 제 임무는 이 지역의 정보를 취합하여 위쪽에 보내는 것이다 보니……."

"그렇다면 그쪽으로 직접 가 보는 수밖에 도리가 없겠군."

어쩌면 흉수의 실마리를 얻을 수 있을지도 모른다고 생각한 진곡추는 보고를 올린 거지를 향해 다그쳤다.

"놈들이 발견된 위치가 어디라고 하더냐?"

거지는 재빨리 천영분타에서 받은 전서를 보며 마교 고수가 발견된 장소를 진곡추에게 보고했다. 그러면서 급히 덧붙여 말했다.

"관도(官道)에서 그리 많이 떨어지지 않은 곳에서 천천히 이동하고 있다고 하니 서두른다면 곧 따라잡을 수 있을 겁니다."

그 말에 진곡추는 이상하다는 표정으로 되물었다.

"천천히 이동하고 있다고? 허, 참나. 그놈들 마교도들 맞어? 아니면 마교도로 위장하고 있는 다른 놈들이야?"

그 말에 이진덕도 의아하다는 듯이 말했다.

"놈들이 진짜 마교도라면 따라잡을 수 있을 리가 없죠. 마교도들은 총단을 나서는 순간, 그때부터 전력 질주를 통해 최단 시간에 목적지로 이동한다는 것은 삼척동자도 다 아는 사실이 아닙니까. 그런데 천천히 이동하고 있다니 뭔가 수상한 느낌이 드는데요."

"내 생각도 그래. 하지만 여기서 고민해 봤자 아무 소용이 없으니 일단 우리 눈으로 확인하는 것이 빠르겠지. 자, 가세."

* * *

여문기가 거느린 수하 열 명은 한 번씩 저 멀리 관도 쪽을 살펴보며 경공을 전개하고 있었다. 경공이라고는 하지만 일반인들이 달려가는 것보다 조금 빠른 정도의 속도다.

이렇게 여문기와 그 수하들이 천천히 움직이는 것은 관도 저쪽에서 말을 타고 이동 중인 소연 일행과 일정한 거리를 유지하며 이동해야 하기 때문이다. 아르티어스에 의해 죽다 살아난 소연을 위해 천천히 움직이다 보니 그들의 이동 속도는 더딜 수밖에 없었다.

"우호법님, 이쪽을 향해 빠른 속도로 접근해 오는 집단이 있습니다."

"아직 놈들의 의도를 모르는 이상 일단 무시하고 계속 이동하라."

우연히 자신들의 주위를 통과해서 지나가는 무림인들일 수도 있기에 내린 명령이었다. 하지만 상대편은 아주 빠른 속도로 달려와 여문기 일행과 맞닥뜨렸다.

'이런 떠그랄! 진짜 마교도다.'

온몸에서 물씬 풍겨 나오는 패도적인 기운, 지켜보는 것만으로도 온몸에 소름이 돋을 정도다. 지금껏 업무의 특성상 몇몇 마교의 고수들을 관찰해 본 적이 있었지만, 그 누구도 이만큼 자신을 압도하는 기운을 풍긴 사람은 없었다. 그것도 한두 명이 아니라 여기 있는 열한 명 모두가 다.

"네놈들은 뭐냐?"

무시무시한 눈빛을 뿜어내며 마교 고수 중 한 명이 질문을 던졌다. 하지만 진곡추는 그 질문에 감히 대답조차 할 수 없었다. 마음속 저 깊은 곳에서 솟아오르는 본능적인 공포감에 질려 혓바닥까지 딱딱하게 굳어 버렸던 것이다. 진곡추처럼 노회한 인물을 이토록 움츠러들게 만들 만큼 지금 그의 눈앞에 서 있는 마교 고수들은 엄청난 마물들이었다.

이때 진곡추 옆에 서 있던 이진덕이 깊게 심호흡을 한번 하더니, 앞으로 나섰다. 아무래도 그가 진곡추보다 무공이 앞섰기에, 상대의 마기에 조금은 저항할 능력이 되었던 모양이다.

"저, 한 가지 말씀을 여쭐 것이 있어서 귀하들을 불러 세웠습니다. 실례가 되었다면 용서해 주시기 바랍니다."

"뭐냐?"

"이틀 전쯤, 이 근처에 있는 칠웅방에서 혈겁이 일어났습니다. 혹시 그 일에 대해 아시는 것이 없는가 하고……."

상대의 입술 끝이 묘하게 말려 올라갔다. 비웃음이었다.

"칠웅방? 그게 어떤 문파인지는 모르겠지만…, 그런 이름도 들어 보지 못한 문파를 치기 위해 움직이기에는 우리들의 수가 너무 많다고 생각하지 않느냐?"

그 말은 사실이었다. 소연을 호위하기 위해 남은 호법원의 고수들은 모두가 다 극마급에 근접하는 거마(巨魔)들이었다. 칠웅방 따위는 이들 중 한두 명만 나서도 단번에 시산혈해(屍山血海)로 만들어 버릴 수가 있다.

"그건 충분히 인정하겠습니다. 하지만 이쪽도 혈겁에 대해 조사하던 것이 있기에 귀하들을 그냥 보내드릴 수는 없습니다. 귀하들의 정확한 신분을 밝혀 주시겠습니까?"

그냥 보내 주지 않겠다면 어쩌겠다는 것인가? 사실 저들 중 두어 명이 손을 쓰기만 해도 여기 모여 있는 개방과 무영문의 제자들은 일순간에 몰살시켜 버릴 수 있다. 그렇기 때문인지 상대는 콧방귀를 뀌며 비릿한 어조로 대꾸했다.

"우리들이 천마신교에서 나왔음을 네놈은 모르겠느냐?"

"물론 그 정도는 짐작하고 있습니다. 하지만 요즘 장인걸의 패거리가 마교와 정파와의 사이를 이간질하기 위해 못된 짓을 벌이고 다닌다는 것은 귀하도 아실 것이 아닙니까? 그런 만큼 정확한 소속을 밝혀 주십시오. 그래야 우리 쪽에서도 귀하들에 대해 천마신교에 알아보기가 수월할 테니 말입니다."

지금껏 이진덕을 상대하고 있던 마인이 뒤쪽으로 힐끗 시선을 돌렸다. 이때 이진덕은 볼 수 있었다. 그곳에 서 있는 또 다른 마인이 살짝 고개를 가로젓는 것을. 그걸 보면 아마도 그자가 이들의 지휘자인 모양이다.

"꼭 그런 이유라면 우리들의 신분을 밝힐 필요가 없지 않나? 본교에 알아보거라. 이쪽에 이동 중인 귀교의 고수 열한 명을 발견했는데, 과연 귀교의 인물들이 맞느냐고 말이다. 이제 됐느냐?"

호법원 소속임을 밝히는 순간, 자신들이 누군가를 호위하여 이동 중이라는 것을 공개적으로 드러내는 것이나 마찬가지가 아닌가. 그렇기에 여문기는 자신들의 소속을 밝히지 않은 것이다.

"외부에 활동 중인 귀교의 고수들이 한두 명도 아니니, 그런 식으로 알아내기에는 무리가 있지 않겠습니까?"

이진덕은 끈질기게 물고 늘어졌다. 언제 마교에 이들의 신원을 확인하겠는가? 만약 그렇게 하려면 확인될 때까지 이들과 함께 있어야 한다. 물론 이들이 아닐 수도 있었지만 마교 소속이라는 말 한마디만 듣고 그냥 물러서자니 왠지 억울했던 것이다.

그 말에 마교 고수의 얼굴이 딱딱하게 굳어졌다. 답답하기는 그쪽도 마찬가지였다. 임무를 수행하려니 신분을 밝히기도 힘들었지만 자칫 자신들이 저지르지도 않은 혈겁의 흉수로 오해를 살 상황이지 않은가.

딱딱하게 굳어 있던 마교 고수의 얼굴에 점차 살기가 뿜어져 나오기 시작했다. 엉뚱한 누명을 쓰는 것도 싫었지만, 실력도 안 되는 정파 나부랭이에게 핍박을 받고 있다는 생각이 들자 화가 치밀어 오른 것이다. 예전 같으면 감히 얼굴도 쳐다보지 못할 허접 쓰레기들이 말이다.

"더 이상 묻지 마라. 만약 계속 쓸데없는 소리를 늘어놓는다면 그건 네놈들에게 뭔가 다른 흑심이 있는 것으로 간주하겠다."

말이 끝나기가 무섭게 엄청난 살기가 뿜어져 나와 이진덕과 진곡주를 압박하기 시작했다.

이진덕과 마교 고수와의 대화를 옆에서 듣고 있던 진곡추는 순간 등골에 소름이 쫘악 끼치는 것을 느꼈다. 숨이 막힐 것만 같은 엄청난 살기에 이젠 죽었구나 하는 생각밖에 안 들었다. 하지만 애써 혀끝을 깨물어 정신을 차린 진곡추는 타구봉을 움켜쥐고 이진덕의 옆에 섰다.

얼마 되지는 않았지만 형, 동생하며 지낸 이진덕이 아닌가. 어차피 죽을 거라면 비겁하게 도망치지 않고 화끈하게 싸우다 죽는 게 나았다. 무영문과 개방의 고수들은 그 모습에 긴장된 표정으로 두 사람의 뒤에 늘어서서 전투태세를 갖췄다.

장내에는 일촉즉발의 긴장감과 살기가 짙게 깔리기 시작했다.

마교의 고수들은 그런 진곡추의 행동에 어이없어 하면서도 여문기가 가만히 있자 그저 살기만 짙게 뿌릴 뿐, 손을 쓰지는 않았다.

그때 관도 쪽에서 누군가가 쏜살같이 달려오는 것이 보였다. 그 엄청난 경공에 진곡추는 내심 간절하게 소망했다. 지나가던 정파의 은거고수나 기인이기를. 그가 그런 생각을 할 수 있었던 것은 달려오는 자에게서 마기가 전혀 느껴지지 않았기 때문이다.

하지만 그 생각은 곧 산산조각이 날 수밖에 없었다. 마교의 책임자로 보이는 자가 새로 나타난 자를 향해 고개를 숙이는 것이 아닌가. 그리고 들려오는 말에 진곡추의 심장이 멎어 버리는 줄만 알았다.

"오셨습니까? 어르신."

"무슨 일인가? 이쪽에서 살기가 느껴지던데……."

현천검제는 말을 하며 무심결에 상대 쪽을 향해 고개를 돌렸다. 삿갓으로 얼굴을 가리고 있었기에 설마 상대가 자신을 알아보랴 하는 생각도 들었던 것이다. 하지만 삿갓 아래로 살짝 드러난 얼굴만으로 자신을 알아본 놀라운 눈썰미를 지닌 인물이 이곳에 끼어 있다는 게 문제였다.

"귀, 귀하는……."

이때 진곡추의 귓가에 모기 소리같이 작은 소리가 들려왔다. 현천검제가 다급히 보낸 어기전성이었다.

《쉿, 더 이상 말을 하지 말길 바라오. 내게 말 못 할 사정이 있어서 그러니 제발…….》

침중한 안색의 현천검제는 말없이 여문기를 바라보았다. 여문기로부터 전음으로 대충의 사정을 들은 현천검제는 진곡추를 보며 말했다.

"이들은 이 근처에서 발생한 혈겁과는 관계가 없소."

그 순간 진곡추의 귓속으로는 놀랍게도 또 다른 목소리가 함께 들려오고 있는 중이었다.

《가까운 시일 내에 귀방에 찾아가 내 자초지종을 설명하리다.》

여태껏 뒤에 서 있던 이진덕보다 조금 뒤에 서서 아무 말 없었던 진곡추가 문득 입을 열었다.

"이쪽에서 오해를 한 듯싶습니다."

이진덕이 뭐라고 말하려고 했지만, 진곡추는 재빨리 그를 가로막으며 말했다.

"귀하들에 대한 혐의는 다 벗겨졌습니다. 그러니 이제 가 보셔도 됩니다."

현천검제는 다급히 자리를 벗어났고, 여문기도 무슨 지시를 받았는지 더 이상 쓸데없는 충돌은 원치 않는 듯 부하들에게 명령했다.

"모두들 출발하라!"

여문기의 지시에 마교 고수들이 일제히 신형을 날려 어디론가 사라져 버렸고, 그 자리에 남은 개방도들과 무영문도들은 그들의 모습이 사라짐과 동시에 모두들 제자리에 털썩 주저앉았다. 갑자기 긴장이 풀린 탓에 서 있기도 힘들었던 것이다.

"휴우, 죽는 줄 알았네."

열한 명의 마인들이 뿜어 대던 기세가 얼마나 공포스러웠던지, 모두들 안색이 핼쑥하게 질려 있었다.

방금 전까지 호랑이 간이라도 삶아먹은 듯 빡세게 나갔던 이진덕의 행동 또한 다른 이들과 크게 다르지 않았다. 그 자리에 털썩 주저앉은 그는 품속을 뒤져 작은 술병을 하나 꺼냈다. 술병을 입으로 가져가는 그의 손이 미세하게 떨리는 것을 보고 진곡추는 피식 웃었다.

"자네도 내심 겁이 나기는 났었던 모양이군. 그런데 자네 배포 한번 대단허이. 난 그놈들의 눈을 마주 보는 것조차 겁나던데."

이진덕은 기갈이라도 들린 듯 몇 모금 벌컥벌컥 마신 다음, 술병을 진곡추에게 건네며 말했다.

"살기를 흉흉하게 뿌려 대기는 했지만 아무래도 제 느낌으로는 저들이 싸움을 회피하는 듯해서요."

이진덕의 엉뚱한 대꾸에 진곡추는 욕설을 내뱉지 않을 수 없었다.

"젠장! 그놈의 느낌 때문에 목숨을 걸었다는 건가?"

"물론이죠. 덕분에 엄청난 정보를 얻었지 않습니까?"

물론 생각 밖으로 대단한 정보를 얻기는 얻었다. 하지만 아무리 소중한 정보라도 죽으면 모든 게 끝이 아닌가?

"쓰펄! 앞으로 그딴 짓 하고 싶을 때는 너 혼자서 해. 엉뚱한 사람들까지 끌어들여 저승 구경시킬 생각하지 말고 말이야."

마교 고수들이 칠웅방의 혈겁을 일으킨 자들이 아님은 확실했다. 그렇지 않았다면 자신들은 지금 살아 있지 못했을 테니까. 마음을 진정시키려 술을 마시는 두 사람의 머릿속에는 이미 칠웅방의 혈겁 따위는 잊혀진 지 오래였다. 대신 그 자리를 메운 것은 죽은 줄 알았던 현천검제의 모습이었다. 그리고 현천검제를 향해 마교 고수들의 입에서 나온 '어르신'이라는 호칭. 왜 저런 마물들이 현천검제를 '어르신'이라 칭하며 공경하는 것일까?

"형님, 아까 그놈들 한눈에 척 봐도 마교의 최정예들 같았죠?"

"그래, 그 정도로 짙은 마기를 뿜어내는 놈들은 내 머리에 털 나고 처음 봤다."

이진덕은 은근한 표정으로 진곡추에게 찰싹 달라붙었다.

"형님, 아까 제 옆에 서서 같이 싸우시려는 형님의 의리에 정말 감격했습니다. 제가 형님을 만난 건 천생의 복인 듯합니다."

진곡추는 멋쩍은 듯 웃음을 흘렸다.

"크크크, 우린 개고기를 함께 나눠 먹은 사이가 아닌가. 뭐 그런 걸 가지고."

"참, 형님께서는 아까 그 고수를 알아보신 것 같던데, 누굽니까?"

"……."

너스레를 떨어대던 진곡추의 표정이 갑자기 굳었다. 뭔가 켕기는 게 있다는 증거였다.

"같이 개고기도 나눠 먹은 사인데, 이러깁니까? 대체 누굽니까? 그가 누군데 도중에 나서서 중재역을 자청하신 겁니까?"

진곡추는 귀를 손가락으로 후비며 별거 아니라는 듯 짐짓 능청을 떨었다.

"예전에 좀 알던 사인데 뭐 오랜만에 보니 반갑다고 하더군. 시간이 되면 같이 개고기나 뜯었으면 좋겠지만 좀 바빠서 나중에 보자고 하던데."

이진덕의 안색이 딱딱하게 변했다. 마교도들이 '어르신'이라고 깍듯이 존경했던 정체불명의 고수. 전혀 마기가 느껴지지 않았다. 그걸 보면 아마 마기를 숨길 수 있는 극마급을 상회하는 고수임에 분명했다. 아무리 삿갓 아래로 슬쩍 봤을 뿐이지만, 그가 철영 부교주가 아니라는 것은 이진덕도 눈치 챈 상태다.

'새롭게 등장한 극마급 고수인가? 아니, 그럴 리 없어. 극마급이면 마교에서는 무조건 부교주로 임명 돼. 그렇다면 그들이 부교주님이라고 불렀어야지, 어르신이라고 부를 리 없잖아.'

물론 그의 정체를 숨기기 위해 일부러 어르신이라는 호칭을 사용했을 수도 있다. 하지만 그러기에는 변장이 너무 어수룩했다. 인피면구라든지, 아니면 다른 완벽한 변장 수단도 잔뜩 있는데 겨우 삿갓 하나 뒤집어쓰고 자신의 얼굴을 언제까지나 숨길 수는 없지 않겠는가. 더군다나 진곡추 정도가 저런 고수를 예전부터 알고 있다는 말은 곧 잘 알려진 인물이라는 말이다. 즉, 마교 쪽의 숨은 고수는 아니다. 그렇다면 정파 쪽의 인물일지도.

순간, 이진덕의 눈동자는 진곡추를 향해 매섭게 빛났다. 어쩌면 무림을 뒤흔들 엄청난 정보가 될 수도 있다는 느낌이 팍 온 것이다. 어르신이라는 말의 비밀은 진곡추가 쥐고 있다. 당연히 최대한 구워삶아 정보를 빼내야 한다.

"어허, 형님, 섭섭합니다. 좀 같이 알죠. 그는 대체 누구였습니까?"

"자네는 몰라도 돼."

매정하게 대답한 진곡추는 갑자기 뭔가 생각났다는 듯 무릎을 탁 치며 너스레를 떨었다.

"아참, 거기 가기로 해 놓고 내 정신 좀 보게. 까맣게 잊어버리고 있었네. 동생, 내가 지금 급한 볼일이 있거든. 나중에 다시 보세."

"형님, 좀 가르쳐 주세요."

하지만 이진덕의 말이 채 끝나기도 전에 진곡추는 어딘가를 향해 신형을 날리고 있었다. 이진덕은 입술을 꽉 깨물고 진곡추를 쫓아 달리기 시작했다. 갑자기 두 사람이 떠나고 난 그 자리에는 어리둥절한 표정의 무영문도들과 개방도들이 멍하니 앉아 있을 뿐이었다.

현천검제의 생존과 개방

진곡추는 자신이 본 것을 즉시 상부에 알렸고, 개방의 수뇌부는 경악할 수밖에 없었다. 다급히 수뇌부 회의가 열렸다. 그만큼 마교의 무리들과 함께 하는 현천검제가 가져온 파장은 컸던 것이다.

"이, 이게 사실입니까?"

취선개(醉腺丐) 장로의 경악성에, 방주는 옷섶 속으로 손을 넣어 맨살을 득득 긁으며 대꾸했다.

"진 타주는 확실한 인물이오. 제대로 알아보지도 않은 미확인 정보를 보고했을 리 없소."

"이게 말이 됩니까? 화산파가 누구에게 멸망당했습니까? 바로 마교놈들의 소행이 아닙니까. 그런데 어찌 그가 마교도들과 한

패가 될 수 있단 말입니까? 이건 틀림없이 진 타주가 적들의 농간에 놀아났다고 보는 것이 정확한 판단일 겁니다."

취선개 장로의 말에 옆에 앉아 있던 비육걸개 장로도 거들었다.

"저도 취선개 장로의 말에 동감입니다. 혹시 인피면구를 뒤집어 쓴 가짜에게 속은 게 아닐까요?"

방주는 이런 대답까지 해 줘야 하는 게 별로 내키지 않는지 떨떠름한 표정으로 말했다.

"그의 보고는 정확하다고 노부는 생각하네. 진 타주는 분명히 현천검제가 자신에게 어기전성을 통해 나중에 본방을 찾아와 해명하겠다는 의사를 전했다고 했네. 어기전성은 화경급 고수만이 쓸 수 있는 비기야."

방주를 바라보는 취선개 장로의 눈매가 살짝 가늘어졌다. 현천검제는 명예롭게 은퇴를 했다고 알고 있었다. 그런데도 방주가 진곡추의 보고를 한 점 의심 없이 신뢰한다고 한다면 그 근거가 있을 것이다.

"현천검제가 진짜가 맞다고 해도, 그가 마교도와 있다는 게 말이 됩니까?"

잠시 머뭇거리던 방주는 어쩔 수 없이 입을 열었다. 다른 사람들에게 별로 알리고 싶지 않았던 내용이었기 때문이다.

"공수개 장로가 노부만 알고 있으라며 은밀히 알려 준 게 있네."

이렇게 서두를 뗀 방주는 무림맹에 나가 있는 공수개 장로가 자신에게 알려 줬던 화산파에 얽힌 비사에 대해 조용히 설명했다.

"현천검제가 마교의 밀정이었다는 겁니까?"

"그렇다네. 옥진호 장로가 직접 그를 만나 추궁했고, 며칠 후 그는 은퇴라는 형식을 빌려 화산파를 떠났다고 들었네."

잠자코 말을 듣고 있던 비육걸개 장로가 허탈한 어조로 중얼거렸다.

"갑자기 은퇴한 이유가 그거였다니, 참내……."

"그렇다면 무림맹은 그가 마교로 돌아갔다는 사실을 이미 알고 있었겠군요."

"그렇다고 봐야 하지 않겠나?"

답답한 듯 취선개 장로는 허리춤에 메어 둔 호로병을 뽑아 들고 벌컥벌컥 몇 모금 마신 후 내뱉듯 말했다. 목소리는 작았지만, 그의 어조에는 확신에 차 있었다.

"그건 절대로 아닐 겁니다."

"응? 그건 무슨 말인가?"

"방주님께서도 한번 생각해 보십시오. 만약 방주님께서 마교에서 심어놓은 밀정이라고 가정하고, 그 사실을 우리들이 알아챘다고 합시다. 그러면 저희들이 방주님을 그냥 놔 드릴 것 같습니까?"

"……."

방주는 떨떠름한 표정으로 아무 대답이 없었다. 그도 잘 알고 있었다. 비밀을 그토록 많이 알고 있는 첩자는 절대로 살려서 보내지 않는다는 사실을 말이다. 더군다나 현천검제는 9파1방의 중추인 화산파의 장문인이었다.

옆에 앉은 비육걸개 장로가 끼어들었다.

"그렇다면 현천검제는 어떻게 살아남았을까요? 도망친 건가?"

그 말에 몇몇 장로가 은연중에 고개를 끄덕여 찬성을 표했다. 사실 화경급 고수가 마음먹고 도망친다면 그걸 어떻게 잡겠는가?

"노부의 생각도 그러네."

방주도 그 의견에 찬성했지만, 취선개 장로의 생각은 다른 모양이다. 그는 단호하게 말했다.

"그건 더 말이 안 됩니다. 혹 현천검제가 죽었다면 몰라도, 그가 무사히 도망쳤는데 마교에서 화산파를 공격할 이유가 없지 않습니까. 안 그렇습니까? 더군다나 그런 중차대한 사안을 밝히지 않고 묻어 두다니요. 말도 안 됩니다."

"……"

방주는 그제야 자신이 뭘 놓치고 있었는지 깨달았다. 단전이 파괴되어 병신이 되어 있다면 혹 모르겠지만, 현천검제가 멀쩡하게 살아 있다는 것과 화산파가 멸문당했다는 사실이 공존할 수는 없는 일이다. 현천검제가 멀쩡하게 도망쳤는데, 마교가 화산파를 멸문시키는 초강수를 썼을 리 없기 때문이다. 그리고 일부 수뇌부만 이런 사실을 알고 있지, 대외적으로는 은퇴를 한 것으로 알려져 있다. 만약 현천검제가 밀정이 맞다면 당연히 무림에 공표를 해서 또 다른 피해를 막아야 하는 게 당연하다.

생각하다 보니 누군가가 의도적으로 정보를 왜곡했음에 틀림없었다. 그런데 문제는 왜곡시킨 당사자가 누구냐 하는 것이다. 공수개 장로가 누군가가 던져 준 엉터리 정보에 놀아났다고 먼저 생각해 볼 수 있다. 그리고 공수개 장로가 의도적으로 정보를 왜곡했을 가능성도 있다.

"그렇다면 취선개 장로의 생각은 뭔가? 공수개 장로가 누군가의 역정보에 멍청하게 놀아났다는 건가?"

"그게 아닐 공산이 큽니다."

방주의 눈매가 가늘어지며 살짝 살기를 머금었다.

"그렇게 결론지은 이유는?"

"방금 이 사실을 들은 제가 생각해도 허점투성이인 정보입니다. 그런데 그걸 공수개 장로가 몰랐을 리 없습니다. 마교의 첩자인 현천검제가 은퇴했다고 공식적으로 발표했다는 것은, 곧 그를 없앴다는 말이나 같은 거니까요."

"그렇겠지. 그렇다면 그가 의도적으로 그랬다는 말인가?"

"제 생각은 그렇습니다. 만약 제가 그런 정보를 획득했다면, 방주님만 알고 계시라면서 살짝 알려 드리지는 않았을 겁니다. 오히려 이런 부분에서 이빨이 안 맞으니 철저히 조사해 보고 결과를 알려 달라고 협조를 구했겠지요."

"흠, 그렇구먼, 그래……."

취선개 장로는 방주가 무슨 생각을 하고 있는지 잘 알고 있다는 듯 고개를 한번 끄덕이더니 말을 이었다.

"우선 이 사실에 대해 공수개 장로와 얘기를 나눠 보시는 것이 좋겠습니다. 만약 이게 의도적인 거짓말이었다면 공수개 장로를 해임하고, 다른 사람을 무림맹에 파견해야 할 겁니다. 그를 무림맹에 파견한 것은 본방의 이익을 대변하라는 것이었지, 무림맹의 개가 되라는 것이 아니었으니까요."
 잠시 말이 없던 방주는 깊은 한숨을 내쉬더니 침통한 어조로 대답했다.
 "자네 말이 백번 옳으이."
 현천검제의 등장은 팽팽한 힘의 균형을 이루던 무림의 또 다른 파장을 예고하는 것이었다. 그 첫 번째는 개방에서부터 불어 닥치기 시작했다.

 개방 방주는 공수개 상로에게 연락을 넣어 자신을 만나러 오라고 통고했다. 직접 무림맹까지 가기에는 시간이 너무 많이 걸린다고 판단한 그는, 개방 총타와 무림맹의 중간 지점쯤을 약속 장소로 잡았다.
 약속 장소에 나타난 공수개 장로는 무림맹에서 다른 문파의 인물들과 함께 생활해야 하는 처지였기에 비교적 말쑥한 차림이었다. 사실 고약한 냄새를 풍긴다든지, 아니면 몸에서 이나 벼룩이 버글거린다면 다른 무림맹 인사들과 가깝게 지낼 수가 없을게 아닌가.
 공수개 장로가 네 명의 호위를 거느리고 약속 장소에 도착했을 때, 방주는 이미 그곳에 도착해 있었다. 방주는 비육걸개 장로와 함께 있었는데, 그 둘은 황구 한 마리를 불에 구우며 술잔을 기울이고 있는 중이었다. 먹성이 좋은 비육걸개가 끼어 있어서 그런지 술병이 아니라 커다란 술독이 옆에 놓여 있었다.
 "어서 오게. 자, 뭐 하는 겐가? 이리 와서 앉게."

방주는 소탈한 어조로 공수개 장로에게 자리를 권했다. 개고기와 술을 나누며, 가벼운 대화로 시작했기에 처음 분위기는 화기애애했다. 하지만 얼마 지나지 않아 공수개 장로는 안색이 창백하게 질린 채 변명하기에 급급했다.

　"그 사건을 책임졌던 것은 옥진호 장로였습니다. 저는 그에게 들었던 내용 그대로 방주님께 전해 드렸을 뿐입니다."

　"그렇다면 내 한 가지만 묻겠네. 현천검제는 화산파를 떠났나? 아니면 거기에서 뼈를 묻었나."

　순간 그들 사이에 긴장감이 흘렀다. 방주는 굳은 표정으로 공수개 장로의 대답을 기다렸고, 비육걸개 장로는 투실투실한 살집에 가린 조그마한 눈으로 연신 공수개 장로를 힐끔거렸다.

　긴장한 공수개 장로는 식은땀이 흘러내려 등을 축축이 적시는 것을 느꼈다. 만약 조금이라도 자신의 대답이 마음에 안 든다면 방주는 자신을 가만두지 않을지도 모른다는 위기감을 느꼈던 것이다. 그렇기에 그는 모든 잘못을 옥진호 장로에게 뒤집어 씌웠다. 그러면 이미 죽어 버렸기에 절대 자신에게 안 좋은 증언을 할 수 없기 때문이다.

　"옥진호 장로는 그가 화산파를 떠났다고 했습니다. 하지만 그렇게 말하는 옥진호 장로의 표정이나 어감으로 봤을 때, 저는 그가 그곳을 떠나지 못한 게 아닌가 하는 의구심을 가졌습니다. 그래서 은밀히 그의 행방을 수소문해 봤었습니다만, 어디서도 그의 행방은 찾을 수가 없었습니다. 어쩌면 그는 화산에 뼈를 묻은 게 아니었을까요?"

"그렇다면 그때 자네가 받은 느낌을 그대로 나에게 전해 줬으면 되었을 텐데, 왜 그 부분은 숨겼었나?"

"저로서도 정확히 알지 못하는 부분이었기에……. 나중에 확실한 증거가 발견되면 보고 드릴 생각이었습니다. 하지만 방주님께서도 아시다시피 그 후에 여러 가지 사건들이 동시다발적으로 벌어졌고, 나중에는 화산파까지 멸문해 버려 그 일에서 손을 뗄 수밖에 없었습니다."

딱딱하게 굳어 있던 방주의 표정이 조금이나마 부드럽게 풀렸다. 일단 공수개 장로에게는 혐의점이 없다고 판단한 것이다.

"좋아, 자네가 진실을 말했다고 믿겠네. 하지만 차후에도 이런 일이 다시 한 번 더 벌어진다면, 이번 일까지 합해서 크게 문책당할 것을 각오해야 할 것이야."

"명심하겠습니다, 방주님."

"사실, 노부도 현천검제가 화산에서 뼈를 묻었을 거라고 생각하고 있었다네. 그 때문에 화가 난 마교가 화산파를 멸문시켰다고 말이야."

방주는 잠시 공수개 장로를 지그시 바라본 후, 말을 이었다.

"그런데 놀랍게도 그가 살아 있더군."

"예? 살아 있다구요? 어디에 말입니까?"

"지금 양양성으로 가고 있다네."

"잘되었군요. 그를 만나 얘기를 나눈다면 화산파 멸문의 비밀이 풀릴지도 모르겠습니다."

씁쓸한 표정으로 방주는 술잔을 비우며 말했다.

"아마 그렇지 못할 가능성이 커. 왜냐하면 그는 지금 마교도들과 함께 움직이고 있으니 말일세."

그 말에 공수개 장로는 입을 딱 벌린 채 아무 말도 하지 못했다. 그리고 방주가 왜 자신을 이렇게까지 닦달했는지 이해가 되었다. 무림맹의 근간을 흔들 수도 있을 정도의 엄청난 얘기였던 것이다.

                    *   *   *

방에 멍하니 앉아 있던 수라도제는 갑자기 한숨을 푹 내쉬며 중얼거렸다.

"휴우~, 나 혼자 고민해서는 아무리 해도 끝이 나지 않는군."

너무나도 깊게 사색에 잠겨 있던 그였기에 다른 사람들은 그가 정신이 나갔다는 억측까지 하고 있는 중이다. 그런 그가 마치 잠깐 생각에 잠겼다가 일어난 사람처럼 자리를 털고 일어섰다. 그는 침상 옆에 세워져 있던 자신의 애도를 집어 들고 밖으로 나섰다.

갑작스럽게 수라도제가 방문을 열고 나오자, 그의 방 앞에서 경비를 서고 있던 두 명의 무사들은 기겁하지 않을 수 없었다. 그들이 당황한 표정으로 급히 수라도제에게 인사를 했음에도 수라도제는 그에 대한 화답도 안하고 어딘가로 바쁘게 걸어가기 시작했다. 경비 무사들은 급히 수라도제를 뒤쫓았다. 지금 어디로 가시는 건지 묻고 싶었지만, 하급 무사 주제에 하늘과도 같은 태상가주께 그런 질문을 할 수도 없는 노릇이었다.

수라도제는 날랜 걸음으로 실내를 빠져나온 후, 자신을 뒤따르던 경비 무사를 돌아보며 명령을 내렸다.

"가주에게 나를 찾을 필요 없다고 전하거라."

"예?"

그 명령을 끝으로 수라도제는 전속력으로 경공술을 펼쳐 그들의 시야에서 순식간에 사라져 버렸다. 수라도제가 사라진 방향을 멍하니 바라보고 있던 경비 무사들 중 한 명이 이윽고 정신을 차린 듯 동료의 옆구리를 툭툭 쳤다.

"이봐, 방금 우리가 본 분이 태상가주님 맞지?"

"으응? 그나저나 태상가주님께서 갑자기 어디로 가신거지?"

그 말에 정신이 들었는지 경비 무사는 다급히 안쪽을 향해 달려가기 시작했다.

"이러고 있을 때가 아니야. 빨리 가주님께 보고를 드려야 해."

수라도제가 칩거해 있던 방을 경호하던 경비 무사의 보고는 곧바로 몇 단계를 거쳐 서문길에게 보고되었다. 보고를 받은 서문길은 총관이 한 보고를 믿기 힘들다는 듯 급히 되물었다.

"아버님께서 어딘가로 떠나셨다고?"

"옛, 가주님. 무슨 일인지는 모르지만 애도(愛刀)를 들고 나가셨답니다."

수라도제가 오랜 칩거를 깨고 방에서 나와 어디론가 사라졌다는 보고를 올리는 총관은 당혹스러운 표정이었다. 그건 보고를 받는 서문길 또한 마찬가지였다. 잠시 말이 없던 서문길은 뭔가 불길한 생각이 떠올랐는지 다급히 물었다.

"그때, 아버님의 표정이 어떻다고 하던가?"

무장을 하고 나갔다고 하니, 혹시라도 묵향에게 다시 한 번 대결을 청하러 가신 게 아닌가 하는 걱정 때문에 물은 것이다. 그 빌어먹을 마교 교주 놈과의 기싸움 이후, 혼이 빠진 듯 멍하니 방 안에 있는 모습을 보았을 때 서문길은 마치 심장이 멎는 것만 같았다.

언제 그가 아버지의 이런 무력한 모습을 상상이나 해 본 적이 있었겠는가.

격렬한 비무를 한 것도 아니건만 묵향이 다녀가고 난 뒤 확연히 변해 버린 수라도제의 모습에 서문길은 하늘이 무너지는 것만 같았다. 그런데 그런 수라도제가 자리에서 떨치고 일어나 어디론가 사라졌다고 하니 기쁨도 기쁨이지만 걱정이 앞서는 것도 당연했다.

"무사들의 보고에 의하면 평상시와 전혀 다를 바가 없었다고 합니다."

"혹시 모르니 마교도들이 주둔하고 있는 장원 쪽으로 사람들을 보내 철저히 감시하도록 하시오."

"옛! 벌써 조치해 두었습니다."

안 그래도 총관은 경비 무사들의 보고를 받자마자 첩자들을 대거 마교 쪽으로 보냈다. 서문길은 총관의 신속한 대처가 마음에 드는지 고개를 끄덕이며 계속 명령을 내렸다.

"그리고 장원에 기거하고 있는 고수들은 전원 비상 대기하도록 준비하시오. 아버님의 행방이 밝혀지는 대로 출동할 수 있도록 말이오."

"옛, 그대로 시행하겠습니다."

수라도제가 자리에서 떨치고 일어났다는 사실 하나만으로도 서문세가 전체가 들썩였다. 수라도제는 사실상 서문세가의 정신적인 지주였다. 더군다나 지금은 양양성에 모인 정파무림을 이끌고 있는 중심인물이 아닌가. 언제 금나라와 치열한 전투가 전개될지 모르는 만큼 그의 존재 유무는 아주 중요했다.

총관이 자신의 명령을 수행하기 위해 밖으로 나가자 서문길은 초조한 듯 방 안을 서성거렸다. 그의 두 손은 불안감을 보여 주기라도 하듯 굳게 쥐어져 있었다.

"제발 아버님께서 괜찮으셔야 할 텐데. 만약 아버님께서 마음의 벽을 깨고 비상(飛上)을 준비하시는 거라면 천하에 군림하시겠지만 그렇지 않다면……."

불길한 생각을 애써 떨쳐 버리기라도 하듯 고개를 흔든 서문길은 창밖을 망연히 바라보기만 했다.

다시 시작되는 비무

 며칠 전까지만 해도 항상 정문 앞에는 두 명의 무사가 경비를 서고 있었지만, 지금은 아무도 보이지 않았다. 경비 무사의 제지를 받지 않고 그냥 들어가려니 아무래도 찜찜한지, 조령은 다시 한 번 주위를 두리번거렸다.
 개미 한 마리 얼씬거리지 않는 적막한 상태로 봤을 때, 며칠 전까지 5백여 명이 넘는 문도들이 북적거렸던 장원이라고는 도무지 생각조차 하기 힘들다.
 "왜 이렇게 사람이 없지?"
 "당연한 것 아니겠습니까? 살아서 돌아온 자가 겨우 50여 명 정도밖에 안 된다고 들었습니다. 더군다나 그들조차 중상자가 태반이니……."

장원 전체에 흐르는 분위기가 너무 암울한 탓인지, 조령은 선뜻 안으로 들어갈 엄두가 나지 않았다. 그저 어린애마냥 머리통만 대문 안쪽으로 집어넣어 두리번거리며, 혹 아는 사람이 나오지 않나 살펴보고 있을 뿐이다.

이때 갑자기 그녀의 뒤에서 쟈타르의 경악성이 들렸다.

"아, 아가씨!"

"왜?"

무슨 일인가 싶어 뒤돌아서던 조령은 자신을 빤히 바라보고 있는 젊은 사내와 눈이 마주쳤다. 아무런 감정도 실려 있지 않은 차가운 눈동자. 그 눈동자와 마주치자마자 조령은 본능적으로 솟아오르는 공포심에 몸을 부르르 떨지 않을 수 없었다. 조령이 장원으로 들어가는 문 앞을 가로막고 서 있는 게 불쾌했는지 사내는 퉁명스레 말했다.

"이봐, 꼬맹이."

다른 사람이 자신에게 이따위로 말을 걸었다면 그녀는 아마 사생결단(死生決斷)을 내자고 달려들었을 것이다. 하지만 조령은 상대가 자신을 모멸적인 말투로 대하고 있다는 사실조차 인식하지 못하고 있었다. 사내 앞에만 서면 흡사 고양이 앞에 선 쥐처럼 찍 소리도 내기 힘들었기 때문이다.

"예? 왜 그러세요?"

"들어갈 거냐?"

조령은 황급히 고개를 도리도리 저었다.

"아, 아닌데요."

젊은 사내는 아마 그런 조령의 행동이 이해가 가지 않았던 모양이다. 무표정하던 얼굴에 약간의 짜증이 묻어 나왔다.

"들어갈 거 아니면 빨리 비켜."

조령이 화들짝 놀라 재빨리 옆으로 비켜서자, 사내는 별 괴상한 계집을 다 보겠다는 듯 그녀의 아래위를 힐끔 쳐다보더니 안으로 들어가 버렸다. 쟈타르는 젊은 사내의 등장이 불안하게 느껴졌는지 조령에게 돌아갈 것을 권했다.

"오늘은 그냥 돌아가시는 게 좋을 것 같습니다. 아마 교주도 진 소협을 만나러 오신 모양이니 말입니다."

그렇다. 방금 그녀가 만난 젊은 사내는 바로 마교의 교주 묵향이었다. 그녀와 묵향과의 첫 대면이 워낙 파격적이었기에 그녀는 지금도 묵향 앞에만 서면 두려움에 질려 제대로 목소리도 내지 못하는 신세가 되어 버렸던 것이다.

"응, 빨리 돌아가자."

묵향이 장원 안으로 들어서자 오고 가던 천지문도들은 감히 그를 쳐다보지도 못했다. 얼마 전에 벌어졌던 치열한 전투 때, 자신들을 구해 주기 위해 달려와서 보여 줬던 그의 가공할 신위. 그 전에 껄렁거리며 돌아다닐 때는 몰랐는데, 그날 보여 준 묵향의 가공스런 무공은 천지문도들 가슴속 깊이 공포심을 안겨 주기에 충분했다.

"진팔은 지금 어디 있느냐?"

묵향의 물음에 천지문도들 중 한 명이 다급히 앞으로 나서서 진팔의 위치를 가르쳐 줬다.

"저, 저쪽에 있을 겁니다, 교주님."

묵향이 진팔이 있다는 방에 가 보니 그는 반쯤 얼이 빠진 표정으로 멍하니 앉아 있었다. 오랜 세월 형제와도 같이 지내던 수많은 동문들이 죽음을 당했다. 더군다나 자신이 흠모했던 사저마저 생사를 알 수 없으니, 넋이 빠질 만도 했다. 초췌한 안색에 허옇게 부르튼 입술이, 그가 얼마나 깊은 상심에 빠져 있는지를 단적으로 보여 주고 있었다. 그런 진팔에게 연민의 눈빛이라도 보내 줄 만하건만, 묵향은 냉담하기 그지없었다.

"그 전투 이후 처음 보는군. 몸은 괜찮나?"

"어, 어서 오십시오, 교주님."

평상시에 묵향을 보는 진팔의 눈은 얼마간의 두려움과 존경심, 그리고 원망이 뒤범벅된 것이었다. 하지만 전투의 후유증이 얼마나 컸는지 묵향을 마주 보고는 있지만 진팔의 두 눈은 공허하기만 했다.

그러다 뭘 생각했는지 주춤 묵향 곁으로 다가섰다.

소연이 어떻게 되었는지 묻고 싶었던 것이다. 하지만 차마 입에서 말이 나오지 않았다. 혹시 그녀가 잘못되었다는 대답을 교주가 하지 않을까 하는 두려움 때문이었다. 묻자니 두렵고, 묻지 않으려니 답답했다. 진팔은 복잡한 눈빛으로 묵향의 얼굴을 빤히 바라본 채 입만 뻐끔거렸다.

묵향이 소연의 문제로 자신을 두들겨 팬다고 해도 두렵지 않았다. 어디 하루 이틀 맞았는가? 온몸이 노곤해 질 정도로 두들겨 맞아도, 아니 그러다 자신이 죽는 한이 있어도 그녀만 무사하다면 죽어도 좋다고 생각하는 진팔이었다.

묵향은 그런 진팔의 모습에 어이가 없었다. 예전엔 눈도 마주치지 못하던 놈이 약을 먹었는지 감히 자신의 얼굴을 빤히 쳐다보고 있으니 말이다. 성질 같아서는 사지를 부러트려 아예 병신으로 만들어 버리고 싶었지만, 소연이 아끼는 사제인지라 성질대로 할 수도 없었다.

물론 진팔이 왜 이렇게 멍한 모습을 하고 있는지 충분히 짐작이 됐다. 아마도 소연의 생사에 대한 근심 때문일 것이다. 묵향은 이미 소연이 회복했다는 보고를 들었음에도 진팔에게 알려 주지 않을 생각이었다. 옆에서 소연을 지키라는 뜻으로 귀찮은 무공 대련까지 마다하지 않았는데, 오히려 소연이의 힘을 빌려 목숨을 연명하지 않았는가. 소연이 무사하다는 것을 알려 주어 진팔이 희희낙락하는 꼴을 보고 싶지 않은 묵향은 조금이라도 더 진팔이 괴로움에 몸부림치도록 놔두려는 것이다.

물론 비무를 가장한 구타까지 곁들여서 말이다.

묵향은 시치미를 뚝 떼고, 평상시와 조금도 다르지 않은 어조로 말했다.

"사내자식이 겨우 한 번 죽을 뻔했다고 이렇게 풀이 죽어 있어서야 쓰나. 이럴 때일수록 모자란 자신의 무공을 갈고 닦는 게 좋아. 빨리 가서 대련할 준비를 갖추고 나오너라."

그런 묵향이 진팔은 너무나 고마웠다. 언제나 잡아먹지 못해 안달인 것으로 생각했었는데 그게 아닌 것이다. 자신이 실의에 빠져 있자 일부러 찾아와 이렇듯 따스하게 배려를 해 주고 있지 않은가.

맞는 말이다. 멍하니 앉아 있는 다고 죽은 사문의 제자들이 살아오는 것도 아니다. 차라리 앞으로 남은 전투를 위해 무공에 전념할 수 있도록 비무를 해 주겠다니. 어쩌면 자신의 무공을 높여 주기 위해 비무를 해 준다는 그 말도 안 되는 말이 진짜일지도 모르겠다는 생각마저 든 진팔이었다.

"그러실 필요까지는……."

여기까지 말하던 진팔은 황급히 입을 다물었다. 말을 하다 묵향의 매서운 눈매를 보니, 대련을 안 하겠다는 말을 하면 그 뒤에 어떤 사태가 뒤따를지 뻔히 보였던 것이다.

"헛소리 하지 말고, 빨리 준비하고 나와!"

고마움에 잠시 잊고 있었던 묵향에 대한 공포심이 진팔을 휘감았다. 진팔은 정신없이 방 안에 나뒹굴고 있던 목검 한 자루와 자신의 애도를 주워들었다. 그게 바로 대련에 필요한 준비물이었으니 말이다.

묵향은 대련에 앞서 진팔이 가져다 준 목검을 잡고 한 가지 검법을 천천히 펼쳐 보이며 물었다.

"이 검법을 본 적이 있느냐?"

묵향이 펼쳐 보여 주고 있는 초식을 보던 진팔은 경악감을 감추기 힘들었다. 확실히 진팔도 알고 있는 검법이었다. 천마혈검이 아니라 목검으로 펼쳐서 그런지 패도적인 맛이 많이 사라졌지만,

그렇다고 해서 진팔이 이 검법을 몰라볼 리 없었다. 자신에게 한없는 공포와 절망감을 안겨 줬던 검법이었으니까.

"이건 본교 최강의 검법 중 하나인 천강혈룡검법(天降血龍劍法)이라는 거다. 천마혈검대원들이라면 필히 이 검법을 익히지. 너도 이번에 한 놈 상대해 봤으니 약간은 눈치 챘겠지만, 도가 계열의 검법들과는 추구하는 바가 완전히 다른 검법이다. 그걸 알지 못하면 목숨을 내놔야 해."

묵향은 진팔이 관찰할 수 있도록 느릿하게 다섯 번 정도 천강혈룡검법을 펼쳐 보여 주며, 검법의 초식과 변초가 어떤 것인지 알려줬다.

"전체적인 초식들의 모양은 기억할 수 있겠느냐?"

"예, 그런대로……."

"그럼 이제부터 본좌는 천강혈룡검법만으로 너를 공격하겠다. 재주껏 막거나 피해 보거라. 그렇게 둔한 놈은 아니니 며칠 두들겨 맞다 보면 이 검법을 상대할 방법을 깨달을 수 있을지도 모르지."

진팔은 당혹스러울 수밖에 없었다. 아무리 삼류검법이라도 묵향의 손에서 펼쳐지면 막기가 힘들다. 그런데 몇 번 본 것만으로 마교 최강의 검법 중 하나라는 천강혈룡검법을 막으라니. 당연히 진팔로서는 애처로운 눈빛으로 사정을 해야 했다.

"하지만 그들은 저보다도 훨씬 더 뛰어난 고수들인데, 파훼법이라도 가르쳐 주신다면 몰라도……."

묵향은 기가 막힌지 콧방귀를 뀌며 대꾸했다.

"파훼법? 웃기고 있군. 동등한 실력쯤 되어야 파훼법이 통하는 거다. 수많은 초식들 중에서 어떤 게 날아올지도 모르고, 또 어떤 식의 조합으로 공격해 올지 예측 불가능한 상황에서 파훼법을 알아봐야 써먹을 수 있을 것 같나? 지금 네가 할 일은 이 초식을 피하는 것을 머리통이 아니라 몸으로 익히는 일이야. 그 후에는 길이 조금씩 보이기 시작할 거다."

아닌 게 아니라, 그날 이후 진팔은 시도 때도 없이 악몽에 시달리고 있었다. 소름이 돋을 정도로 시뻘건 장검을 들고 미친 듯 맹공을 퍼붓는 마인. 막을 방법도, 막을 수도 없었다. 너무나 무력했던 그 순간이 하나의 공포로 각인되어 그의 뇌리에 새겨져 있을 정도로 천마혈검대원들이 펼치던 검법은 가공하기만 했다.

그날 이후 자신이 알고 있는 모든 무공을 떠올리며 상대할 방법을 찾아봤지만 방법이 없었다. 시간이 흘러갈수록 무력감은 더욱 커져 가기만 했다. 그래서인지 지금도 악몽을 꾸면 당시에 느껴지던 그 지독한 공포와 무력감이 떠올라 온몸이 땀으로 흠뻑 젖어 비명을 지르며 잠에서 깨곤 했다.

정신을 차리고 다시 보자 묵향이 펼치는 검법은 그자가 펼치던 것과는 완전히 달랐다. 목검으로 천천히 펼쳐서 그런지 패도적인 맛이 하나도 없었고, 신기하게도 공포나 절망감도 느껴지지 않았다.

진팔에게 있어서 마교 최고수라는 묵향이 펼치는 검법이 그때 그자가 펼친 것보다 훨씬 더 만만하게 보인 게 사실이다. 그렇지만 막상 한 수 교환해 본 뒤 진팔은 깨달았다. 묵향 쪽이 훨씬 더

수준 높은 검식을 펼치고 있다는 것을. 그때 그자의 검은 소연과 함께 어떻게 막거나 피하는 게 가능했었지만, 이번 경우는 아예 그것 자체가 불가능했다.

대련을 하던 진팔은 서서히 가슴속에 차오르는 공포에 몸을 떨어야 했다. 그 공포의 원인은 무력감에 치를 떨어야 했던 천강혈룡검법 따위가 아니었다. 한동안 잊고 있었던, 도저히 반항조차 해 볼 수 없는 묵향의 존재 때문이다. 비무가 끝날 때까지 죽음과도 같은 고통 속에 허우적거려야 할 거라는 원색적인 두려움, 그리고 왠지 이런 고통이 계속 지속될 것 같다는 절망감이 합쳐진 공포였다.

그리고 이런 재수 없는 예감은 의외로 잘 들어맞았다.

빠각!

"크으윽!"

"조금 전에 말했지? 도가의 검법과 그 궤를 달리한다고 말이야. 자, 빨리 일어서!"

마음은 이대로 뻗어 버리고 싶었지만, 어느새 묵향에 의해 길이 잘 들어 버린 진팔의 몸은 생각과는 달리 벌떡 일어서고 있었다. 괜히 꿈지럭거리다 더 매몰차게 두들겨 맞는다는 걸 잘 알기 때문이다.

퍽! 퍽!

우당당탕.

기를 쓰고 막는다고 막아 보지만 목검은 살아 있는 생명체라도 되는 양 유유히 진팔의 애도를 헤집고 들어와 여지없이 두들겨 댔다. 그럴 때마다 진팔은 이리저리 나뒹굴고 널브러져야 했다.

그리고 그런 끔찍한 고통의 시간은 세 시진에 걸쳐 지속되었고, 진팔은 차라리 밤새 악몽에 시달리는 게 훨씬 나을 것 같다는 생각이 들 정도로 두들겨 터져야만 했다.

"아이고…, 흐윽…….''

땅바닥에 큰 대(大)자로 사지를 벌리고 볼썽사납게 널브러져서 신음을 흘리고 있는 진팔은 온몸 안 아픈 곳이 없었다. 특히 오랫동안 교주와 대련을 하지 않다가 해서 그런지 몸이 아직 적응을 못 해 더욱 아팠다. 예전에 매일같이 두들겨 터질 때는 이 정도까지는 아니었는데 말이다. 차라리 부상이 아직 회복되지 않았으면 좋았을 걸 하는 치기 어린 생각마저 들었다.

진팔이 절망감에 한숨을 내쉬든 말든 묵향의 생각은 달랐다. 소연의 생사를 알 수 없는 상황일 때야 진팔은 아무 쓸모가 없었기에 지금까지 그냥 내버려 뒀을 뿐이다. 진팔의 몸이 회복되고 안 되고는 묵향의 관심 밖이다.

하지만 지금은 얘기가 달랐다. 소연이 살아났다는 보고를 들은 것이다. 완쾌한 소연은 다시 이곳으로 올 것이고, 그녀를 가까운 거리에서 호위할 사람은 천지문에서는 진팔밖에 없다. 그런 만큼 놈을 더욱 강하게 만들 필요성이 생긴 것이다.

그래서 이번 대련에서는 좀 과하다 싶을 만큼 진팔을 몰아붙였다. 물론 두들겨 패다 보니 개인적인 감정까지 이입이 되어 힘이 조금 더 들어가기는 했지만 말이다. 요 근래 묵향은 뭔가 수상쩍은 팽선의 혐의점을 찾아내기 위해 매일 짜증나는 문서를 뒤적이고 있다 보니 신경이 곤두 서 있는 상태였다.

심증은 있는데 물증이 없다. 분명 구린 냄새가 솔솔 나는데 딱히 이거다 하는 증거가 없는 것이다. 당연히 그런 짜증은 진팔과의 비무에 고스란히 반영되었다. 온몸이 노곤해질 정도로 맞는 진팔이야 죽을 맛이겠지만, 묵향은 그동안 쌓인 짜증이 이래도 안 풀리자 더욱 미칠 지경이었다. 더군다나 기를 쓰고 뭔가를 배우려고 노력을 해도 시원찮을 놈이 몇 대 맞지도 않았는데 아프다며 엄살을 피우니 쌓인 짜증이 폭발을 했다.

누워 있는 진팔이 채 일어서기도 전에 목검이 날아갔다. 이런 놈은 무공을 배우기 전에 근성부터 키워야 한다는 생각에 인정사정 봐주지 않고 목검을 휘둘렀다.

"꾸에엑~~~."

그날 진팔은 지옥을 경험해야 했다.

진팔은 침상 위에 엎어져 끙끙거리며 앓는 소리를 냈다. 몸이 워낙 욱신거리며 쑤셔 대니 다른 잡생각을 할 여유조차 없었다. 이리저리 둘러보며 금창약이 안 발린 곳이 있나 살펴보자 온통 시퍼렇게 멍든 것이 자신의 몸이지만 가관이 아니다.

"끄응…, 그 새끼는 왜 나만 보면 못 잡아먹어서 지랄이야, 지랄이. 누가 마교 교주 아니랄까 봐 어찌 그리 악독한지. 아이고, 내 팔자야."

하소연을 해 봐야 소용도 없겠지만 하소연할 데도 없는지라 그저 끙끙거리며 앓아누워 있어야만 했다. 그때 갑자기 문이 벌컥 열리며 잘 차려입은 중년 사내가 뛰어 들어왔다. 과거 여자들의 가슴을 꽤나 울렁거리게 만들었을 법한 수려한 용모의 중년 사내였다.

"사매!"

방 안을 두리번거리던 중년 사내는 침상에 누워 있는 게 소연이 아니라 진팔이라는 것을 알자 표정이 급격하게 굳어 버렸다. 그리고 그 표정은 곧 짜증 어린 것으로 바뀌었다. 금창약을 바르기 위해 웃통을 벗어 젖힌 그의 온몸은 차마 보기 안쓰러울 정도로 푸르죽죽하게 멍들어 있었기 때문이다.

하지만 그런 표정을 봤음에도 불구하고, 진팔은 낑낑거리며 자리에서 일어서서 사내를 향해 정중하게 인사하지 않을 수 없었다. 왜냐하면 중년 사내가 바로 자신의 사형이었기 때문이다.

"어서 오십시오, 임연(任燕) 사형. 그런데 여기엔 갑자기 어쩐 일로……."

"왜 네가 여기에 있는 것이냐?"

곱지 않은 어조로 물은 것이었건만, 진팔은 공손하게 대답했다.

"저도 천지문도의 한 사람 아니겠습니까? 이런 중차대한 일에 어찌 손놓고 방관만 하겠습니까. 당연히 발 벗고 나선 것이지요."

틀린 말은 아니지만 임연은 진팔을 못마땅하다는 듯 쳐다봤다. 비록 무공이 높기는 했지만 진팔은 결코 천지문에 도움이 되는 사람이 아니다. 오히려 그가 있음으로 인해 천지문에 분란만 조장될 뿐이다. 절정고수가 한 명이라도 더 필요한 것은 어느 문파나 마찬가지다. 하지만 임연이 이런 식으로 생각할 수밖에 없는 이유는 천지문의 후계 구도 때문이었다.

만약 진팔이 문주가 될 야심이 있다면, 어쩌면 임연은 진팔을 지지했을지도 모른다. 하지만 그가 봤을 때 진팔은 전혀 문주가 될 생각이 없어 보였다.

물론, 문주가 될 혈통을 타고 났고, 자질이 있음에도 불구하고 문주가 되고자 하는 마음이 없을 수도 있다. 문제는 그로 인해 벌어진 문파 내의 심각한 분열이었다. 장손이 문파를 이어야 한다는 고루한 원로들과, 격변하는 무림에는 능력 있는 사람이 문주의 자리를 이어야 한다는 젊은 제자들과의 격렬한 대립으로 천지문은 지독한 열병을 앓아야만 했다.

진팔은 문주가 되기에는 너무 마음이 여렸다. 일문을 맡기에는 좀 부족한 형을 밀어내는 것도, 그렇다고 자신을 따르는 젊은 제자들을 설득하여 힘을 하나로 모으는 것도 그에게는 쉬운 일이 아니었다. 문주 자리를 둘러싼 내분 속에서 고민하던 진팔이 내린 결론은 훌쩍 떠나 자취를 감추는 것이었다.

진팔이 문파를 떠나던 날 벌어졌던 문 내의 혼란을 임연은 아직도 어제 일처럼 생생하게 기억한다. 노장파들이 정상적인 방법으로는 안 될 것 같으니, 비열한 수단을 써서 진팔을 내쫓았다며 소장파들의 원성이 자자했던 것이다. 그 이후, 격한 대립 양상을 보인 소장파와 노장파 간의 감정의 골은 회복하기 힘들 만큼 깊어졌다.

그런데 어디론가 사라진 줄 알았던 진팔이 이곳에 있을 줄이야.

소장파들의 구심점이었던 그의 행방이 묘연했기에 갈등이 표면화 되지 않고 있을 뿐이었지, 만약 진팔이 이곳에서 크게 위명을 떨 치고 본가로 귀환한다면 잠잠했던 소장파가 절대 가만있지는 않 을 것이다. 어쩌면 최악의 경우, 문주직을 둘러싸고 유혈 사태로 까지 번질지도 모른다. 그리고 사문이 그런 혼란의 도가니에 빠 지면, 저놈은 또다시 도망칠 게 분명하다. 마치 이 혼란과 자신은 아무런 관련도 없다는 듯…….

그럴 바에는 욕심 많고, 능력이 떨어지더라도 현 문주가 진팔보 다 백배 나을지도 모른다는 것이 임연의 생각이었다. 이렇듯 처 음부터 진팔을 썩 좋지 않게 생각하고 있는 그이다 보니, 진팔의 모습을 바라보는 그의 시선이 고을 리 없었던 것이다.

"뭐? 사문의 일에 발 벗고 나섰다고? 젠장! 너하고는 할 말이 없으니 소 사매를 불러오너라. 사매는 지금 어디 있느냐?"

막대한 피해를 입었다는 보고를 받은 문주는 임연을 이곳으로 급히 파견했다. 피해 규모를 정확히 파악하고, 그에 대한 대책을 수립하기 위함이다. 임연으로서는 골칫덩이인 진팔보다 책임자인 소연을 찾는 게 당연했다.

"사저께서는 지금 여기에 안 계십니다."

대답을 하는 진팔의 표정이 왈칵 일그러졌다. 애써 잊고 있었는 데 임연의 질문으로 인해 소연의 생사가 걱정되어 견딜 수가 없었 던 것이다. 하지만 그런 사실을 모르는 임연으로서는 진팔이 인 상을 쓰자 내심 기분이 언짢았다. 사형인 자신을 무시한다는 생 각이 든 것이다.

"여기 없다고? 그럼 빨리 기별을 넣어 내가 보잔다고 전하거라."

"그럴 수가 없습니다. 교주가 사저를 치료한다고 데려간 후, 아직까지 소식이 없으니 말입니다."

임연은 멍한 표정을 지었다. 그는 지금까지 소연이 부상당했다는 사실을 모르고 있었다. 그리고 전투 중에 부상을 입는 일이야 그리 새로울 것이 없다. 그런데 이상한 것은 소연이 부상을 입었다면 양양성으로 데리고 와서 치료했어야지, 왜 마교 교주가 그녀를 데리고 갔단 말인가? 임연으로서는 진팔의 말을 이해할 수가 없었다.

"그건 또 무슨 말이냐? 교주가 소연을 데려갔다니…, 자세히 말해 보거라."

주저하던 진팔은 어쩔 수 없이 사실대로 말했다. 이번 전투에서 마교로부터 얼마나 큰 도움을 받았는지 말이다. 그리고 그 얘기를 듣는 임연의 표정은 점차 분노로 인해 일그러지고 있었다. 마교의 주구라는 오명을 씻어 버리라고 파견된 자들이, 되려 마교와 깊은 친분을 유지하고 있음을 만천하에 알린 꼴이 되어 버렸다. 그것도 피해는 피해대로 입은 상태에서 이런 결과라니, 그로서는 기가 막힐 뿐이었다.

정파의 명문으로 우뚝 서기 위해 엄청난 피를 흘렸건만 전혀 무의미한 희생이 되어 버렸으니, 이걸 문주에게 어떻게 보고하면 좋을지 임연으로서는 난감하기 그지없었던 것이다. 답답한 듯 실내를 맴돌던 임연은 갑자기 탁자를 쾅 내리치며 소리쳤다.

"젠장, 마교의 도움은 무슨 일이 있어도 거절했어야지!"
"어쩔 수 없었습니다."
"그렇게 속 편하게 말하면 끝이냐? 왜 쓸데없이 마교와 엮이느냐 말이다."

임연이 계속 신경질을 내자 진팔도 끝내 분노를 터뜨리지 않을 수 없었다. 만약 마교의 도움을 받지 않았다면 지금 양양성에 살아남아 있을 천지문의 제자는 단 한 명도 없을 것이다. 무엇보다 임연이 이번 전투에서 죽은 수많은 제자들과 소연의 생사에는 별 관심도 안 보이며, 문파의 평판이 나빠질 것에만 신경을 쓰니 진팔의 화가 폭발한 것이다.

"사형은 처참하게 죽은 제자들의 모습이 보이지도 않는단 말입니까? 사저가 어떻게 됐는지 걱정되지도 않아요? 그깟 무림의 평판이 동문들의 목숨보다, 사저보다 더 중요하단 말입니까?"

분노에 부르르 몸을 떠는 진팔의 모습에 임연은 당혹스러웠다.
"그, 그게 아니라. 내 말 뜻은 피를 흘리고도 마교의 주구라는 오명에서 벗어나지 못하는 게 아닌가 하는 걱정에……."

"만약 교주가 도와주지 않았다면 이 자리에 살아남아 있을 천지문의 제자들은 단 한 명도 없었을 겁니다. 그리고 교주가 도와주겠다는데 내가 뭐라고 합니까? 사형이 한번 그렇게 해 보시죠. 씨알이나 먹혀 들어가는지."

흥분한 진팔은 마교도들이 기거하는 숙소 쪽을 손가락으로 가리키며 신경질적으로 소리쳤다.

"그놈의 교주는 저리로 가면 있습니다. 잘난 사형께서 가셔서 한번 따져 보시죠. 도움 따위 줄 필요도 없었는데 왜 도왔냐구요! 그리고 상처를 치료한답시고 데려간 사저는 어떻게 되었냐구요!"

쌓인 것이 폭발하듯 외치는 진팔의 눈가에 옅은 물기가 어리기 시작했다.

하지만 그런 질책을 당하고 있는 임연은 적이 당황스럽지 않을 수 없었다. 지금 질책을 당해야 할 사람이 누군데, 누가 누구를 향해 큰소리를 치고 있는 건가? 임연은 당혹스러운 가운데 머리 꼭대기로 열기가 뻗치는 것을 느꼈다. 일처리를 제대로 못해서 사문에 큰 피해를 입혀 놓은 주제에, 뭐가 잘났다고 사형에게 따지느냐 말이다.

"지금 네가 사형인 나에게 대드는 것이냐?"

"대들도록 만든 사람이 누군데 계속 억지를 부리는 겁니까? 에이, 빌어먹을!"

씹어뱉듯 외친 진팔은 더 이상 참지 못하고 밖으로 뛰쳐나가 버렸다. 임연은 절룩거리며 뛰쳐나가는 진팔의 뒷모습을 보면서도 사나운 눈초리를 거두지 않았다.

"무능한 놈 같으니. 무공만 높았지 머리를 쓸 줄 모르니 저 모양이지."

임연은 시비를 불러 차를 한 잔 내오라고 이른 뒤 끓어오르는 화를 억누르기 위해 한참을 노력해야 했다. 천지문이 정파의 일원으로 인정받기 위해 그 얼마나 노력했던가. 마교의 주구라는 소문에 노골적인 무시를 당한 적이 어디 한두 번인가 말이다. 임연 역시 동문들의 희생이 마음 편할 리 없었다.

그런데 이렇게 막대한 피를 흘리고도 정파로 인정받기는커녕 오히려 마교의 주구라는 오해가 더욱 깊어질 듯하니 어이가 없었다. 더군다나 일을 제대로 처리하지 못해 부끄러워해야 할 진팔이 자신을 향해 눈을 부릅뜨고 소리치다니. 임연은 너무도 불쾌했다.

차를 마시던 임연은 마음이 어느 정도 가라앉자, 밖에 대고 외쳤다.

"밖에 누가 있느냐!"

말이 끝나기가 무섭게 문밖에 대기하고 있던 제자 한 명이 들어왔다. 그가 이곳에 올 때 데리고 온 제자들 중 한 명이다.

"찾으셨습니까? 장로님."

"너는 빨리 이번 전투에 대해 자세히 알고 있는 제자를 찾아 노부에게 데리고 오너라."

"옛."

잠시 시간이 흐른 후, 척 보기에도 상당한 중상을 입은 허일평(虛一平)이 들어왔다. 이곳에 파견된 1대제자 중 유일하게 살아남은 자였다. 잠시 안쓰러운 눈빛으로 그를 바라보던 임연은 질문을 던졌다. 본가에 보고를 하기 위해서는 피해 상황과 이번 전투가 어떻게 벌어졌는지 정확하게 알아야 했다. 지금 그가 알고 있는 것은 전투가 벌어졌고, 큰 피해를 입었다는 정도였기 때문이다.

"사망자가 얼마나 되느냐?"

허일평의 얼굴에 당혹감이 떠올랐다.

"사망자보다는 생존자의 수가 훨씬 계산하기 쉽습니다, 장로님."

그 대답에 임연의 표정이 딱딱하게 굳었다. 최소한 절반 이상의 인원이 사망했다는 말이 아닌가? 그렇게 큰 피해를 당했을 거라고는 짐작도 못하고 있었던 그였기에 표정이 딱딱해질 수밖에 없었다.

"그래, 말해 보거라."

"저까지 포함하여 46명이 돌아왔습니다, 임 장로님."

행방이 묘연하다는 소연은 뺀 숫자일 것이다.

"······."

임연은 눈앞이 캄캄했다. 이토록 엄청난 피해를 입었다니. 이때, 임연은 방금 전에 진팔이 왜 그렇게 화를 냈었는지 조금은 이해할 수 있었다. 그렇게 심한 피해를 당한 그에게 찾아와서 문파의 위명이 어쩌구 저쩌구 하는 소리만 떠들었으니 화가 날 만도 했을 것이다.

"그중 24명은 워낙 상태가 중하여 더 이상 전장에 투입하는 게 불가능합니다, 장로님."

"도대체 어떻게 싸웠기에 그렇게 막심한 피해를 입었단 말이냐? 상황이 불리하면 재빨리 도망이라도 쳤어야지. 쯧쯧, 그래 어찌 된 일인지 소상하게 말해 보도록 해라."

"임 장로님의 말씀이 백번 지당하십니다만, 강이 가로막혀 있어 몸을 뺄 수가 없었습니다."

이렇게 서두를 꺼낸 허일평은, 전투가 벌어지기 전의 과정부터 자신이 알고 있는 그 당시의 일을 상세하게 이야기했다. 보고를 듣는 동안 임연의 얼굴이 점차 일그러져 갔다. 그 당시의 상황을 머릿속에 그려 보자 천지문의 제자들은 완전히 호랑이 아가리 속으로 내몰아졌다는 것이 빤히 보였던 것이다. 진팔의 말처럼 만약 마교 교주가 무시무시한 신위를 보여 구해 주지 않았다면, 전멸을 당해도 하나도 이상할 게 없는 상황인 것이다.

보고를 마친 허일평을 내보낸 후, 임연은 고심하지 않을 수 없었다. 임연은 그렇게 머리가 나쁜 사내가 아니다. 정황을 가만히 따져 봤을 때, 정파놈들은 치졸하게도 차도살인의 계책을 써서 자신들을 사지로 내몬 것이 확실했다. 아마 진팔도 확실한 증거가 없는 만큼 자신들이 이용만 당했다는 것을 본문에 보고하지 못한 듯싶었다. 정파의 일원으로 인정받기 위해 전력을 기울이는 천지문에 증거도 없는 심증만으로 보고해 봤자 욕만 먹을 게 뻔했지만.

"젠장, 그런 새끼들을 위해서 피 흘려 싸울 필요가 있을까?"

현 천지문의 문주인 진수는 진팔의 형이다. 그는 실리보다는 헛된 공명심(功名心)에 집착하는 경향이 있는데, 그것은 동생인 진팔의 영향이 컸다. 일문의 문주로서 나이차가 꽤 나는 동생에게 무공에서 밀린다는 점. 그것도 문주에게만 전수되는 비전의 도법까지 익히고도 그 모양인 만큼, 자존심이 상하지 않았다면 사람이 아닐 것이다. 더군다나 문내의 젊은 제자들에게서 무공이 고강한 진팔을 문주로 삼아야 한다는 소리까지 공공연히 나오고 있는 판이니 말이다.

그렇다고 무공 말고 다른 부분에서 그가 동생보다 뛰어난 구석이 있느냐 하면 그것도 아니었다. 그렇기에 그는 뭔가 눈에 띄는 업적을 빨리 이룩해 문도들에게 문주로서 인정받기 위해 과도하게 신경을 쓰고 있었다. 곁에서 지켜보고 있는 임연이 그게 집착이라는 생각까지 들 정도로.

"제대로 알지도 못하면서 진팔을 그렇게 질책해 놨으니, 이 일을 어쩐다? 거참 난감하구먼."

씁쓸한 마음에 자리를 맴도는 임연의 머릿속에는 이미 진팔에 대한 미안한 감정은 사라지고 없었다. 대신 어떤 식으로 문주에게 보고를 해야 할지 복잡하기만 했다.

묵향의 풀리지 않는 분노

 최근 묵향은 아주 바쁜 하루하루를 보내고 있는 중이다. 처음 팽선이 작전을 제대로 세운 것인지 조사하겠다는 생각을 했을 때만 해도, 일이 이렇게 많아질 줄은 전혀 짐작도 하지 못했던 묵향이다.
 개방과 무영문, 그리고 서문세가에서 보내온 자료들을 몽땅 모으니 작은 방 하나를 가득 채울 정도로 양이 많았다. 문제는 그걸 조사하다 보니 뭔가 미비한 부분이 있어 그에 따른 추가 자료를 요청하게 되었고, 덕분에 챙겨 봐야 할 자료의 양은 단숨에 두 배로 늘어났다는 사실이다.
 "이런 빌어먹을!"
 팔자에도 없는 문서 검토가 너무 오랫동안 지속되자 묵향은 짜증이 날 수밖에 없었다. 쭉 자료들을 훑다 보니 아무래도 팽선이 뭔가 수작을 부린 냄새가 어물어물 나는 것 같기는 한데, 아무리 꼼꼼히 살펴봐도 결정적인 단서가 발견되지 않고 있었다.

수작을 부린 것으로 보기에는 팽가를 비롯한 정파의 피해가 너무 컸다. 그렇다고 팽가가 세운 작전을 그대로 믿기에도 뭔가 뒷맛이 찜찜했다. 팽가로 쫓아가 사실대로 불라고 몇 대 손보면 좋겠지만 성질대로 할 수도 없었다. 아무리 거칠 것 없이 살아온 묵향이지만 지금은 정파와의 협조가 필요한 시기가 아닌가? 그렇기에 묵향은 하루에도 열두 번씩 팽가 놈을 향해 달려가 개 패듯 패 버리고 싶은 것을 애써 억누르고 있는 중이었다.

이래저래 묵향으로서는 짜증나는 일의 연속이었다. 그래서 오늘은 진팔까지 족치며 기분 전환을 꾀했지만, 기분은 전혀 나아지는 것 같지 않았다.

"젠장, 형님을 찾아가서 술이나 마실까?"

마음이 동하자마자 묵향은 자리를 박차고 일어섰다. 그리고는 만통음제가 묵고 있는 숙소를 향해 서둘러 걸음을 옮기기 시작했다. 하지만 조금 가다 보니 짜증보다 더한 감정이 슬슬 고개를 치밀었다.

문득 묵향은 왜 이런 식으로 멍청하게 자료를 찾고 있어야 하는지 자신이 너무나도 한심스럽게 느껴졌다.

'흠~, 그런데 내가 왜 팽선이 잘못한 게 있는지 증거를 찾아야 하지? 물증은 없지만 심증은 충분히 있잖아? 무엇보다 감히 소연을 죽음에까지 몰고 간 것만으로도 두들겨 맞아야 할 죄가 되거

든.'
 지금까지 묵향이 언제 증거 따지면서 살아왔던가. 물론 팽선을 아무 증거도 없이 조져 버린다면, 한동안 무림맹과 껄끄러운 관계를 유지하게 될 가능성이 컸다. 하지만 그게 어때서. 언제는 그런 뒷일까지 걱정하며 화산파를 멸문시켰던가.
 '안 그래도 할 일이 많은데, 쓸데없이 이런 거 잡고 계속 시간을 끌 이유가 없지.'
 묵향은 만통음제의 거처로 향하던 발길을 팽가가 머물고 있는 쪽으로 돌렸다. 기왕 생각난 김에 그동안 쌓인 짜증도 풀 겸, 팽선이나 가볍게 주물러 주러 갈 생각이었던 것이다.

 요즘 들어 팽선은 살아도 사는 것 같지 않은 나날을 보내고 있었다.
 처음 이 일을 벌일 때만 해도 양양성에 함께 와 있는 팽지량 장로에게 팽가에 그 어떤 피해도 오지 않도록 처리하겠다며 큰소리 친 뒤 작전을 추진했다. 어차피 전투에 참여해야 할 거라면 얄미운 천지문도 정리하고, 팽가의 명성도 얻을 수 있게끔 최대한 머리를 굴렸다. 그런데 그 결과는 최악이었다. 가문의 동량이라고 할 수 있는 우수한 고수 184명이 목숨을 잃었고, 그 두 배에 달하는 수가 중상을 당했다. 그중 30여 명은 목숨만 간신히 건졌을 뿐, 폐인이 되어 버린 상태였다.
 물론 팽가만 이런 막대한 피해를 입은 게 아니었고, 비록 마교 놈들이 도와주기는 했지만 소기의 목적은 달성한 셈이니 팽선과

하북팽가로서는 체면치레는 한 것이다. 팽선은 팽가가 앞장서 작전을 성공시켰다는 것으로 애써 자신을 위안했고, 다른 사람들도 그렇게 생각하며 팽선의 업적을 칭찬했었다.

하지만 조금씩 시간이 흐르면서, 일이 이상한 방향으로 꼬이기 시작했다. 개방 쪽에서 파악된 정보들을 분석해 보니 이번에 팽선이 제안한 작전은 그야말로 상대방의 손가락 끝에서 놀아났음이 증명되었던 것이다. 원로고수 팽선이 그야말로 개망신을 당하는 순간이었다.

그가 짠 작전은 처음부터 적들에게 읽혔고, 적들이 오히려 팽선이 거느린 세력을 묵사발 내기 위해 역으로 함정을 파고 기다렸다. 그리고 그 아가리 속으로 팽선은 순진하게 들어간 것이다. 만약 뒤늦게 마교에서 흑풍대를 투입해 적을 교란해 주지 않았다면 전투에 참여한 무사들은 몽땅 전멸당했을 거라는 게 개방의 분석이었다. 마교를 원수처럼 미워하고 있던 팽선에게 있어서 그것은 최악의 치욕이었다. 쓰레기 같은 마교도 따위에게 목숨을 구원받다니 말이다.

팽가의 가주도 이 사실을 알게 되자 그를 호되게 질책했음은 당연한 일이다. 나쁜 소문일수록 가을 평원에 들불이 번져 가듯 빠르게 퍼지는 법이다. 양양성에 나와 있는 무인들이 이 소문을 듣지 못했을 리 만무하다. 팽선은 요즘 자신을 바라보는 무인들의 시선이 예전과 다름을 느꼈다. 그리고 그 눈초리 속에는 팽가의 젊은 제자들도 포함되어 있다는 사실에 팽선은 하루하루가 가시방석에 앉아 있는 듯한 끔찍한 시간이었다.

그런 팽선에게 또 다른 불행의 시간이 다가오고 있었다.
"장로님, 마교 교주가 장로님을 뵙고 싶다고 청하고 있습니다."
팽선은 고개를 갸웃하지 않을 수 없었다.
"교주가 왜 나를 만나고 싶다고 한다는 말이냐?"
"그건 제자도 잘 모르겠습니다."
별로 만나고 싶은 생각은 없었다. 하지만 무턱대고 거절할 수도 없는 입장이었다. 자신이 원한 것은 아니었지만, 이번에 마교로부터 큰 신세를 지지 않았던가.
"객방으로 모시노록 해라."
그렇게 지시한 후, 팽선은 가급적 천천히 객방으로 걸어갔다. 그의 방문 목적이 궁금하기는 했지만, 행여 자신이 서두른다는 인상을 다른 이들에게 안겨 주기는 싫었던 것이다. 급히 달려가면 교주의 명성에 주눅이 들었다고 생각할 게 분명했기 때문이다. 그리고 무엇보다 팽선은 마교의 교주를 만나는 것 자체가 썩 내키지 않았다.

팽선이 문을 열고 들어가자, 의자에 앉아 있던 묵향이 그를 바라봤다. 그 눈빛이 너무 매서웠기에 팽선은 흠칫하지 않을 수 없었다.
"노부 팽선이라고 하오. 그런데 어찌하여 나를 찾으셨는지?"
"네게 몇 가지 물어볼 것이 있어서 들렀다."
묵향이 다짜고짜 반말로 말하자 팽선은 기분이 몹시 상했다. 사실 상대가 정파인이라면 배분이 자신보다 높기에 말을 놔도 할 말은 없겠지만, 놈은 사파가 아닌가. 그것도 팽선이 이를 가는 마교의 교주다. 즉, 두 사람 사이에는 배분이라는 것이 존재하지 않는 것이다. 당연히 대답하는 팽선의 말투는 퉁명스럽기 그지없었다.

"뭘 물어본다는 거요?"

"먼저 이번에 모든 계책을 세운 놈이 너냐? 누구 다른 사람의 의견이 들어간 게 있다면 정확하게 말해 봐."

안 그래도 그놈의 작전 때문에 쌓인 게 많은 팽선이다. 그런데 마교 교주라는 놈까지 그걸 들먹이자 팽선의 기분은 더욱 나빠졌다.

"물론 노부가 모든 계획을 짰소. 왜? 귀하에게 작전을 물어보지 않았다고 지금 내게 항의하러 온 게요?"

시비를 거는 듯 삐딱한 말투에 묵향의 눈썹이 꿈틀했다. 하지만 일단 참았다. 아직 물어볼 것이 몇 가지 더 남아 있었으니까.

"천지문 따위를 기습조로 임명한 이유를 듣고 싶다. 그들 대신 너희 팽가가 가든지, 아니면 다른 문파를 보냈다면 훨씬 적은 피해만으로 그곳을 박살 낼 수 있었을 게 아닌가?"

묵향은 일부러 천지문을 비하하는 발언을 했고, 팽선은 그걸 여과 없이 받아들였다.

"기습조로 누구를 보내든, 그건 순전히 내 맘이오. 나는 천지문이 기습을 해 주기를 원했고, 비록 그들이 큰 피해를 입은 것은 유감이지만 노부의 뜻대로 작전은 성공했소."

거침없는 팽선의 대답에 묵향의 눈썹이 점차 위로 치켜져 올라가고 있었다. 참기 힘들 정도로 열을 받은 것이다. 하지만 묵향은 끓어오르는 화를 억누르며 더욱 팽선을 조롱했다.

"호오, 놀라운 일이군. 박쥐들의 문파라고 하며 모두들 상대도 안하는 천지문을 자네는 그토록 믿었다니 말이야. 아마 천지문에 줄을 대서 본교에 아부하고 싶었던 모양인데, 괜히 그런 식으로 한 단계 건너올 필요 없네. 그런 생각이 있다면 앞으로 본좌에게 직접 얘기하도록 해."

이죽거리는 묵향의 말에 팽선은 너무나도 화가 나서 안면근육이 제멋대로 푸들푸들 떨릴 지경이었다.

"귀하, 말씀이 너무 심한 것 같소. 내가 왜 귀교와 친분을 맺고 싶어 한다는 말이오? 행여 그딴 소리 아무 데서나 떠들지 마시오. 다른 문파들의 구설수에 오를까 두렵소."

"그게 아니라면 얘기가 안 되잖아. 천지문은 겨우 문도수가 2천 남짓밖에 되지 않는 작은 문파야. 제령문처럼 엄청난 실력이라도 보유하고 있다면 또 모르겠는데, 그것도 아니거든. 이번 작전에서 기습조의 중요성은 어느 누구라도 알 수 있는 부분이었지. 그런데 왜 천지문 따위에게 그렇게 중요한 임무를 맡긴 거지? 하마터면 그 때문에 작전이 실패할 뻔했는데 말이야. 물론 천지문이 간신히 임무를 완수했다고는 하지만, 하마터면 전멸당할 뻔하지 않았나. 만약 팽가나 다른 명문대파가 그 임무를 맡았다면 그 정도까지 피해를 입지 않고도 성공하지 않았을까? 그러니 본좌로서는 그렇게 생각할 수밖에."

물론 말도 안 되는 소리였지만, 팽선은 그곳에 있지 않았기에 정확한 상황을 모른다. 묵향은 진팔에게 명령하여 자신들의 힘으로 상대를 물리쳤다고 보고하도록 했다. 그리고 개방과 무영문에까지 연락을 보내 일체 그 부분에 대해서는 함구령을 내려놓은 상태였기에, 천마혈검대가 그곳에서 대기하고 있었다는 사실을 팽선이 알 리 없었다.

팽선은 버럭 화를 냈다.

"어떤 놈이 당신한테 잘 보이고 싶어서 그놈들을 거기에 보냈다고 했소?"

"그렇다면 천지문의 실력을 그토록 신뢰했나?"

팽선은 가소롭다는 듯 콧방귀를 뀌었다.

"흥, 그딴 놈들이 무슨 실력이 그리 뛰어나다는 거요? 그 망할 계집은 제법 뛰어나지만, 나머지는 다 쓰레기……."

여기까지 말하던 팽선은 아차 싶었다. 갑자기 묵향이 무시무시한 기세로 자신을 노려봤기 때문이다.

"아, 아니……."

어느샌가 묵향의 손은 새파랗게 질린 팽선의 멱줄을 틀어쥐고 있었다. 이제 더 이상 의심의 여지가 없었다. 「망할 계집」이 바로 소연을 칭하는 표현이 아니겠는가. 무슨 이유 때문인지는 모르지만 팽선은 소연에게 좋지 않은 감정을 지니고 있었고, 그 때문에 천지문을 사지로 밀어 넣은 거라고 생각할 수밖에 없었다.

아직 물증은 확보하지 못했지만, 이 정도로도 묵향은 충분했다.

"망할 계집이라고?"

짝! 짝!

묵향의 손이 휘둘러질 때마다, 팽선의 뺨은 요란한 소리를 내며 획획 돌아갔다.

"이, 이게 무, 무슨 짓이오?"

짝!

이번에 때린 건 좀 셌는지 팽선의 입에서 핏줄기와 함께 흰 것이 하나 튀어나와 바닥을 도르르 굴러갔다. 피 묻은 팽선의 이빨이었다.

"크윽!"

"천지문이 본교와 협정을 맺은 유일한 문파임을 네놈은 잊었느냐? 전시문을 사지로 몰아넣고, 네놈이 살아 있기를 바라고 있었다니…, 정말이지 가소로운 일이군."

갑자기 뺨을 얻어맞은 팽선은 정신이 없는 가운데서도 다급히 공력을 끌어 모아 묵향을 향해 휘둘렀다. 만약 정신이 있었다면 절대 하지 못할 행동이다. 무공의 차이도 차이였지만 반항하다 보면 오히려 묵향에게 비무의 명분만을 줄 수도 있다. 노회한 팽선이지만 지금은 그런 것까지 생각할 겨를이 없었다. 치미는 분노로 인해 이성이 거의 상실되었기 때문이다.

"이얍!"

극성의 혼원벽력장이 바로 코앞에 있는 묵향을 향해 터져 나갔다. 하지만 묵향이 그걸 그대로 맞아 줄 사람이 아니다. 팽선이 공력을 장심에 끌어 모으고 있음을 벌써 눈치 채고 있었다. 묵향이 팽선에게 무공을 펼칠 기회를 준 것은 최후의 공격이 막혔을 때 놈이 느낄 절망감을 노린 것이었다.

콰쾅!

혼원벽력장은 묵향의 바로 코앞에서 엄청난 반발력과 맞부딪쳐 대 폭발을 일으켰다. 그 충격의 여파로 팽선의 몸은 뒤로 날아 문짝을 뚫고 밖으로 튀어나가 볼썽사납게 땅바닥에 나뒹굴었다.

"쿨럭, 쿨럭!"

내장까지 상했는지 기침을 할 때마다 팽선의 입에서 시뻘건 핏물이 흘러나왔다. 묵향의 행동은 쥐를 가지고 노는 고양이처럼 느긋하기 그지없었다. 그는 천천히 문밖으로 걸어 나왔다.

"팽가의 장로쯤 되는 놈이 이 정도로 죽으면 말이 안 되지. 자, 일어서서 좀 더 씩씩하게 발악해 봐."

팽선은 두려움에 질려 외쳤다. 자신의 무공으로는 도저히 어떻게 해 볼 수도 없는 상대. 암흑마제가 중원 최강의 고수라더니, 그 말이 오늘에야 뼈에 사무치게 그의 가슴을 울리고 있었다.

"대, 대체 왜 이러는 거요?"

"방금 말해 줬잖아. 천지문을 건드린 대가를 치르라고 말이야."

"겨우 그따위 쓰레기 같은 문파 때문에 무림맹과 분란을 일으키겠다는 말이오? 당신이 나를 해친다면, 맹이 가만히 있지 않을 거요."

팽가를 들먹여 봐야 소용없을 것 같았기에 팽선은 무림맹을 걸고 넘어갔다. 하지만 그의 위협은 전혀 먹혀들지 않았다.

"호오, 네 말대로 가만히 있을지, 그렇지 않을지는 무림맹의 돌대가리 같은 놈들이 결정하겠지. 하지만 그놈들 머리가 아무리 돌이라고 해도, 겨우 팽가의 장로 하나 죽였다고 감히 본교에 따지려고 할까?"

물론 묵향의 말은 사실이었다. 마교는 얼마 전에 화산파까지 멸문시키지 않았던가. 그런데도 무림맹은 마교와의 전면전으로 들어가는 대신 동맹을 선택했다. 그만큼 지금은 힘을 모아 금나라를 상대해야 했고, 마교와 전면전을 벌이기 꺼려했던 것이다.

팽선의 얼굴에 처음으로 절망감이 떠오르기 시작했다. 정말 묵향이 자신을 죽일지도 모른다는 생각이 들었던 것이다. 이때, 팽선의 눈에 사방에서 쏟아져 나오는 팽가의 무사들이 보였다. 하기야 팽선이 방문을 뚫고 튕겨져 나갔을 만큼 커다란 소리가 났는데 팽가의 무사들이 아직 그 사실을 모르고 있다면 오히려 그것이 더 말이 되지 않았다.

"교주! 이게 무슨 짓입니까? 당장 멈추시오."

소리친 인물은 이곳에 파견되어 있는 또 한 명의 장로 팽지량이다. 묵향이 팽선의 멱살을 쥐고 들어 올리는 것을 본 그는 경악할 수밖에 없었다. 왜 교주가 여기까지 와서 이런 행패를 부린다는 말인가? 멈추라고 소리는 질렀지만 교주는 그의 경고를 들은 척도 하지 않았다.

"호오, 죽은 척 가만히 있으면 내가 안 때릴 것 같아? 반항을 해보라구. 이 쓰레기 같은 새끼."

퍽! 팍!

"쿨럭, 쿨럭."

호되게 맞아 한쪽 구석에 처박힌 팽선의 입에서는 기침을 할 때마다 핏물이 쏟아져 나왔다. 반항? 반항도 어느 정도 가능성이 있어야 하는 거다. 바로 코앞에서 그가 가장 자신 있는 공격을 날렸는데도 먹혀들지 않았는데, 어찌 반항할 엄두를 낸단 말인가. 축 늘어져 거칠게 기침을 하던 팽선은 자괴감에 눈물이 나올 것만 같았다. 더군다나 이런 무력한 모습을 수많은 제자들이 보고 있다는 생각이 들자 팽선은 묵향을 갈아 마시고만 싶었다. 그동안 어떻게 쌓아올린 명성인가. 잠시 기침을 내뱉던 팽선은 이를 갈며 문도들을 향해 명령을 내렸다. 물론 그의 목소리는 이제 곧 숨이 끊어질 듯 가늘게 떨리고 있었다.

"뭐, 뭣들 하는 거냐? 저, 저놈을…, 저놈을 쳐라!"

하지만 그 명령에 따르는 자는 단 한 명도 없었다. 팽선 같은 엄청난 고수를 순식간에 걸레로 만들어 놓은 사람이다. 마교 최강의 고수라고 칭해지고 있으며, 혹자는 중원 최고수라고도 부르고 있는 자가 바로 마교 교주다. 그런 자를 향해 앞장서서 공격할 마음은 아무도 없었던 것이다.

난감한 표정을 짓고 있던 팽지량은 주위를 한번 훑어본 뒤 제자들이 어떤 마음을 지니고 있는지 단숨에 눈치 챘다. 사실 그도 두려운 마음이 들었으니 일반 제자들이야 두말할 필요가 없을 것이다. 그렇기에 그는 다시 한 번 묵향에게 정중하게 질문을 던졌다.

"교주, 이게 어찌 된 일인지 말씀을 해 주시오. 왜 본가의 팽선 장로를 핍박하고 계신 것이오?"

"내가 네놈에게 대답해 줄 의무는 없다."

묵향은 싸늘하게 대답한 후, 팽선에게 천천히 걸어갔다. 그리고 한순간도 망설이지 않고 다리를 짓밟아 버렸다.

우드득!

"크아아악!"

팽선의 다리뼈가 박살이 나며 기괴한 모양으로 비틀렸다. 묵향은 냉기가 풀풀 날리는 어조로 이죽거렸다.

"어때? 강자에게 짓밟히는 기분이 말이야. 네놈이 감히 천지문을 벌레 보듯 하며 짓밟아? 그렇다면 네놈은 나한테 짓밟혀도 할 말이 없다. 강하기만 하면 약자를 짓밟아도 된다고 네놈이 말한 거나 다름없으니까 말이야."

또다시 우드득거리는 소리가 울려 퍼지며 팽선의 다른 쪽 다리뼈도 박살이 나 버렸다. 묵향이 내공을 운용해 밟았기에 수많은 뼛조각으로 갈라져 가루가 된 것이다. 설혹 화타가 다시 살아난다고 해도 조각조각 부서져 버린 팽선의 다리를 고친다는 것은 불가능했다.

팽선은 땅바닥을 데구루루 구르며 비명을 질렀다.

"으아아악! 제발, 제발 살려 줘……."

그 모습을 지켜보던 팽지량의 눈에 서서히 공포가 떠오르고 있었다. 어떻게 인간이 저토록 잔인할 수가 있단 말인가. 잠시 공포에 질린 모습으로 서 있던 팽지량은 입술을 질끈 깨물었다. 더 이상 방치해서는 안 된다는 생각이 든 것이다.

"교주, 멈추시오. 계속 팽선 장로를 핍박한다면 노부도 묵과할 수 없소."

말은 그렇게 내뱉었지만, 그의 목소리에는 힘이 없었다. 오히려 이 정도에서 묵향이 손을 거두고 물러가 주기만을 간절히 바라는 마음만이 가득했다.

"호오, 묵과할 수 없다고? 꼴에 자존심은 있는 모양이군."

묵향의 이죽거림에 팽지량은 더 이상 참을 수 없었다. 만약 여기서 자신이 물러선다면 팽가의 제자들이 자신을 어떻게 생각할 것인가. 그리고 이 사실이 양양성에 운집한 다른 문파에까지 알려진다면……. 생각하는 것만으로도 끔찍한 일이다. 설사 죽음이 빤히 보인다고 하더라도 팽지량은 앞으로 나설 수밖에 없었다.

"빌어먹을, 어쩔 수 없다. 쳐랏!"

"흥, 쓰레기 같은 것들. 간이 배 밖으로 나왔군."

퍼퍼퍽!

묵향의 손이 현란한 움직임을 보이자 그를 향해 달려들던 팽가의 고수 10여 명이 뒤로 튕겨져 바닥에 나뒹굴었다. 그들은 극심한 충격을 받았는지 잠시 몸을 버둥거리더니 쭉 늘어져 버렸다. 보기에는 부드러워 보이는 손짓이었지만 한 방만 맞아도 전투력을 완전히 상실할 정도로 강력한 파괴력을 내포하고 있었던 것이다.

"죽여, 저놈을 죽이란 말이야!"

하지만 그런 모습을 보면서도 팽선은 계속 공격하라고 소리치고 있었다. 묵향은 덤벼드는 팽가의 고수들을 상대하면서도 짬이 나면 팽선을 두들겨 패는 것을 잊지 않았다. 물론 정신을 잃지 않을 정도로 힘 조절을 하면서 말이다. 소연이 죽음의 경계에까지 간 모습을 본 묵향의 분노는 그렇게 컸다. 팔다리를 모조리 박살내 병신을 만들었지만 이 정도로 손을 멈출 생각은 없었다. 물론 편안한 죽음을 선물할 생각조차 없었지만 말이다.

"호오, 목소리를 들어 보니 아직 매가 부족한 모양이군."
퍽! 퍽!
"크으으윽! 이, 이런 잔인한 놈……."
어느 순간 팽선은 계속되는 고통에 견디지 못하고 의식을 잃었다. 그래도 묵향의 매질은 계속되었다. 그동안 쌓인 짜증을 한 번에 풀기라도 하려는 듯.

"크, 큰일 났습니다, 대주님."
전황을 표시한 지도를 쳐다보던 관지는 급하게 보고를 하는 부하를 못마땅하다는 듯 쳐다보며 물었다. 일사불란한 조직 체계를 자랑하는 흑풍대의 일원으로 저렇게 호들갑을 떠는 부하가 마음에 들지 않았던 것이다.
"무슨 일이냐?"
"지금 교주님께서 팽가에 쳐들어 가셔서……."
관지는 그 뒷얘기는 듣지도 않고 지도를 내팽개친 뒤 밖으로 달려 나갔다. 워낙 서류 작업이 지지부진한 상태였기에 혹여 이런 사태가 벌어지지나 않을까 내심 걱정하고 있던 그였다. 물론 팽가를 상대로 혼자 쳐들어간 묵향을 걱정하는 마음은 조금도 없었다. 그보다 묵향의 성질을 건들이지 않기만을 간절히 바랄 뿐이었다.
"마화!"
"예, 왜 그러십니까? 장로님."
"큰일 났다. 빨리 흑풍대를 출동 준비시켜라."

흑풍대 대원 전체가 항시 출동 대기하고 있는 것은 아니다. 금나라와의 대치 상태가 지속되다 보니 특별한 일이 없는 한 긴장 상태를 유지하기가 힘들었다. 물론 일부는 성 주변을 정찰하거나 물밑 작전에 투입되지만, 그 외의 인원은 개인 훈련을 하거나 술을 마시든 장원에서 멀리 떨어지지만 않으면 어느 정도 자유롭게 시간을 보낼 수 있었다.
　"예? 그건 무슨 말씀……."
　"이러고 있을 시간이 없다. 지금 바로 전투 가능한 인원들을 모아라. 중무장을 갖출 필요도 없다. 검 한 자루라도 들고 빨리 모이라고 해!"
　관지의 명령에 마화는 급히 끌어 모은 천 명 정도의 흑풍대원들을 이끌고 팽가가 묵고 있는 장원을 향해 달려 나갔다. 모두들 장검 한 자루만 달랑 들고 있을 뿐, 워낙 급하게 나온 탓에 암기를 휴대한 놈조차 거의 없었다. 그건 흑풍대원들이 작고 휴대가 편한 암기보다는 철령전이나 비도(飛刀) 계열의 크고 묵직한 암기만을 선호하기 때문일 것이다.
　마화가 현장에 도착했을 때는 이미 손을 쓸 수 없을 정도로 상황은 악화되어 있었다. 팽선은 피투성이가 되어 쓰러져 있었는데, 죽었는지 살았는지 알 수 없었다. 그리고 묵향을 중심으로 백여 명에 달하는 팽가의 무사들이 나자빠져 있었다. 간혹 신음성을 흘리거나, 바닥을 기어가는 자들이 보이는 것으로 보아 몽땅 다 죽여 버린 것 같지는 않다는 것이 그나마 마화에게는 큰 위안이었다.

묵향을 중심으로 거의 2천이 넘는 팽가의 제자들이 포위망을 구축하고 있었고, 이 진귀한 광경을 구경한답시고 인근의 문파에서 구경나온 자들이 거의 만 명에 육박하는 실정이었다. 거기에 마화가 이끄는 천여 명의 흑풍대원들이 도착한 것이다.

팽가의 무사들은 흑풍대의 등장에 당황한 듯했다. 전면전으로 갈 것인가? 아니면 이대로 상황을 종결할 것인가. 팽지량 장로는 순간 고심하지 않을 수 없었다. 이대로 상황을 끝내기에는 자존심의 상처가 너무나도 컸다. 그렇다고 대대적으로 전면전을 벌이기에도 만만치가 않다. 마교 교주가 거느리고 온 흑풍대의 수는 9천이 넘는다. 그리고 그들의 전투력은 금나라와의 전투를 통해 이미 입증된 상태였다. 만약 그들과 전면전이 벌어진다면 양양성에 파견 나온 팽가의 무사들은 절대 살아남을 수가 없을 것이다.

비감한 마음에 입술을 깨물던 팽지량 장로는 주위를 둘러보았다. 마치 재미있는 구경거리라도 되는 양 웅성거리며 쳐다보고 있는 사람들. 그들 중에는 평소 안면이 있던 문파의 사람들도 여럿 있었다. 팽지량 장로는 피를 토하는 심정으로 외쳤다.

"그대들은 본가가 이런 무뢰배들의 공격을 받고 수모를 당하는 것을 그냥 구경만 할 거요?"

팽지량 장로의 추궁에 종리세가(鍾里世家)의 가주 패도(覇刀) 종리영우(鍾里英優)가 앞으로 나서며 묵향에게 말을 걸었다. 그 역시 내키지는 않지만 말을 한다는 표정이 역력했다. 이런 일에 끼어들고 싶지 않았던 것이다.

"이보시오, 교주. 도대체 왜 팽가에 난입하여 이런 무도한 일을 벌인 것인지 모두가 납득할 만한 해명을 해 주시구려."

묵향은 이제 완전히 걸레가 되어 있는 팽선의 옆구리를 한 대 더 걷어찬 후 싸늘한 어조로 대꾸했다.

"본교는 천지문과 협정을 맺은 관계임을 모두들 잘 알 것이다. 여기 있는 팽선이 천지문과 무슨 원수가 졌는지 본좌는 알지 못하나, 이자는 천지문도들을 사지(死地)로 내몰아 막대한 피해를 안겨 줬다. 본좌가 손을 쓴 것은 그 때문이다."

종리영우는 침중한 표정으로 팽지량을 바라보았다. 만약 묵향의 말이 사실이라면 쉽게 끝날 일이 아니다. 사사로운 감정 때문에 같이 싸우는 문파를 사지로 몰아넣는다면 누가 무림맹의 명령에 따르겠는가. 이 말이 사실로 들어난다면 맹의 권위는 추락할 것이 분명했다.

"팽지량 장로, 귀하가 천지문에 큰 피해를 안기기 위해 일부러 사지로 내몰았다는 교주의 말이 정말이오? 사실대로 말해 주기 바라오."

그때 정신을 잃은 듯 보이던 팽선이 몸을 꿈틀거렸다, 그리고는 고개를 드는데 참혹한 모습이었다. 말도 되지 않는 소리라는 듯 팽선은 죽을힘을 다해 고개를 필사적으로 저었다. 물론 그런 의도로 일을 벌이긴 했지만 아무도 모른다. 자신만 입을 굳게 다물면 끝날 일이다. 묵향의 말에 그렇다고 시인하면 자신의 복수는 물 건너가는 것뿐만 아니라, 자칫 팽가가 무림의 공적으로 몰리게 될 일이다. 그걸 잘 아는 팽선이기에 필사적으로 반박했다.

"마, 말도 안 되는 어, 억지외다."

이빨이 몇 개 빠져서인지 발음이 어눌하기만 했다. 하지만 알아듣는 데는 문제가 없었다. 팽지량도 팽선의 주장을 거들고 나섰다. 자칫하다가는 팽가가 모든 죄를 뒤집어쓸 것 같다는 위기의식을 느꼈기 때문이다.

"모두들 아실 겁니다. 이번 작전에서 피해를 당한 것이 어디 천지문 한 곳뿐이오? 그 교활한 오랑캐들의 계책에 넘어가, 본가는 물론이고, 거기 참가했던 모든 문파들이 다 막심한 피해를 입었소이다. 만약 이 일이 팽 장로의 지휘 능력을 비판하는 것이라면 노부로서도 할 말은 없소. 그가 판단 착오를 해서 모두에게 막대한 피해를 안겨 줬다는 것은 더 이상 반론의 여지가 없는 것이니 말이오. 하지만 천지문을 상대로 차도살인의 계책을 썼다는 누명만은 절대로 받아들일 수 없소이다."

팽지량의 말에 묵향은 아무런 반박을 하지 못했다. 심증은 있는데 물증이 없는 것이다. 물론 팽선의 말실수를 이끌어 내기는 했지만 그 당시 그 말을 들은 건 자신뿐이다. 팽선을 묵사발 내기 전에 살살 구슬려 확실한 증거를 찾아냈어야 했는데, 분노를 이기지 못하고 손부터 나간 것이다. 이미 엎질러진 물, 그러나 묵향은 차후 일어날 사태에 대해 전혀 걱정하지 않았다. 벌레 같은 놈들이 자신을 오해해 봐야 어쩌겠는가.

묵향은 주위를 오만하게 둘러보며 소리쳤다.

"본좌는 이놈이 죄가 있다고 판단했고, 그에 따른 적절한 응징을 가했을 뿐이다. 만약 팽가 쪽에서 피 값을 받겠다면 상대해 줄 용의는 충분히 있다."

묵향의 풀리지 않는 분노   133

자기 할 말만 하면 끝이라는 듯, 묵향은 주위 사람들은 안중에 두지도 않고 밖으로 걸어 나갔다. 주위에 흑풍대 무사들이 깔려 있는 상황이었기에 섣불리 아무도 손을 쓰지는 못했다. 여기서 칼을 휘두르려면 흑풍대를 상대로 대 혈전을 벌일 각오를 해야만 했기 때문이다.

옆으로 다가오며 마화가 근심스러운 어조로 물었다.

"이대로 그냥 가도 됩니까? 교주님."

그 말에 묵향은 시큰둥한 표정으로 대꾸했다.

"복수를 하고 싶다면 나중에 찾아오겠지. 뭐, 제발 그래 준다면 좋겠지만 말이야."

그동안 쌓여 있던 짜증을 말끔히 풀기는 했지만 그래도 묵향의 분노는 쉽게 가실 줄 몰랐다. 그만큼 중상을 당한 소연에 대한 안타까움이 컸던 것이다.

옥화무제의 꿍꿍이

묵향이 양양성에서 사고 친 게 무림맹에 보고되지 않았을 리 없다. 맹주는 도저히 이해할 수 없다는 듯 감찰부주에게 되물었다.

"팽선을 아예 폐인으로 만들었다고?"

"예, 맹주님. 최선을 다해 치료하고 있는 모양입니다만, 상태가 너무 안 좋다고 합니다. 그를 치료한 의생의 말로는 뼈가 완전히 가루가 난 상태이기에 완치되는 것은 아예 불가능하고, 결국 절단해야 할 것 같다고 했답니다."

팽선이 벌인 일에 대해서는 맹주도 대충은 알고 있었다. 이미 무영문에서 보내 온 보고서를 받았었기 때문이다. 무영문에서는 이번 사건의 전말을 정확히 맹에 알리고, 그 사실을 교주가 알았을 때 일어날 수 있는 후환에 대해서도 언급했다. 무영문에서는 그런 불상사를 미연에 방지하기 위해 의도적으로 마교에 보낸 자료에 왜곡을 가했다는 것이었다. 따라서 맹에서도 마교와의 공조체제를 순탄하게 유지하기 위해서는 그에 맞춰 교주에게 보내지는 자료에 대해 정보 단속을 해 줄 것을 요청해 왔던 것이다.

"허허, 정말 이해할 수가 없구먼. 혼원패권(混元覇拳)의 잘못을 어떻게 그가 눈치 챘단 말인가?"

"절대로 그럴 수는 없습니다. 무영문의 협조 공문을 받는 즉시, 개방과 서문세가에 통보하여 만약 마교 쪽에서 이러한 정보에 대한 협조를 구해 온다면 어떤 방식으로 처리해 달라고 요청까지 했었습니다. 그리고 차후에 서문세가와 개방에서 마교 쪽에 보낸 문서의 사본까지 받아 확인 작업까지 했었습니다. 따라서 절대로 그 문서들을 통해서는 혼원패권 장로에 대한 혐의점을 발견할 수 없었을 겁니다."

감찰부주가 워낙 자신 있게 말했기에, 맹주는 교주의 행동을 더욱 이해할 수 없게 되어 버렸다.

"무량수불…, 그렇다면 그는 무슨 배짱으로 혼원패권을 그렇게 만든 거지? 아무런 증거도 없이 그런 짓을 저지르다니……. 본맹은 아예 안중에도 없다는 걸까?"

"그럴 가능성도 없잖아 있습니다. 사실, 그런 다툼을 사전에 방지하자고 무영문에서 정보를 왜곡한 것이 아니었습니까? 어찌 되었건 일은 벌어졌으니 어쩌겠습니까?"

잠시 궁리하던 맹주가 마지못해 중얼거렸다.

"일단 항의문을 발송하는 게 예의겠지?"

"초안을 준비해 두라고 지시했으니, 내일 중으로 보실 수 있을 겁니다, 맹주님."

"어쩌자고 일을 이렇게 복잡하게 만드는지…, 무량수불……."

머리가 아픈지 관자놀이를 지긋이 누르고 있는 맹주를 향해, 감찰부주는 의미심장한 미소를 지으며 말했다.

"그래도 불행 중 다행으로 이번 사건 덕분에 얻은 것도 있습니다."

"얻은 게 있다? 그래, 그게 뭔가?"

"이번에 왕첨 당주가 꽤나 재미있는 가설을 세워서 보고서를 올렸더군요. 그게 꽤나 그럴듯해서……. 한번 들어 보시겠습니까?"

맹주는 그다지 흥미 없다는 어조로 대꾸했다.

"말해 보게."

"놀라지 마십시오, 맹주님. 어쩌면 교주에게 혈육이 있을지도 모릅니다."

묵향은 지금껏 그 어떤 약점도 보이지 않고 있는 완벽에 가까운 - 어떤 의미로 보면 괴상한 - 인간이다. 그 나이를 먹을 때까지 결혼을 안 한 것은 물론이고, 심지어는 단 한 명의 여자와도 사귀었다는 증거조차 찾아낼 수 없는 별종인 것이다.

사람이라면 응당 성적인 본능이라는 게 존재하기 마련이 아닌가? 더군다나 그는 중도 아니었고, 도사도 아니었다. 그런데도 그렇게 돌부처 같은 생활을 하고 있으니, 필히 자신의 성적 욕구를 다른 방향으로 배출하고 있을 거라는 추측까지 나오게 된 것이다. 그래서 세간에는 그가 동성연애자라는 둥, 가학성 변태라는 둥… 별의 별 억측이 난무하고 있었다.

맹주는 전혀 놀라지 않았다. 오히려 그는 시큰둥한 어조로 손을 내저으며 대꾸했을 뿐이다.

"말도 안 되는 추측은 곤란해."

듣는 이로 하여금 호기심을 극대화할 수 있는 어순으로 말했는데도 맹주의 반응은 의외였다. 감찰부주는 이번에는 방법을 바꿔 차근차근 설명하기 시작했다.

"말도 안 되는 게 아닙니다. 자, 들어 보십시오. 마교가 협정을 맺은 건 천지문 단 한 곳뿐입니다. 그런데 왜 그들이 거의 불평등에 가까울 정도로 비굴한 협정을 맺어야만 했을까요? 천지문은 그럴 만한 가치가 한푼도 없는 3류문파인데 말입니다."

그러자 맹주는 고개를 갸웃하며 대꾸했다.

"글쎄…, 그 부분은 아직까지도 수수께끼가 아닌가? 가장 유력한 가설은 무림맹 체제를 흔들어 보기 위해 일부러 천지문에 접근한 거라고……."

"예. 감찰부에서도 그렇게 추리했었지요. 하지만 그게 아니라는 증거가 곳곳에서 발견되고 있습니다. 오래된 자료들을 뒤져본 결과, 천지문과 마교의 협정을 참관한 용천익 당주가 올린 보고서를 찾아낼 수 있었습니다. 그 보고서에 따르면, 천지문과 협정을 맺던 날, 당시 마교측 대표였던 부교주 묵향이 진양 문주의 둘째 아이에게 지독한 수법을 사용해 괴롭히며 즐거워했다고 하더군요."

"그런 일도 있었나? 괴이한 일이로구먼."

맹주가 짧긴 하지만 흥미를 보이기 시작하자 감찰부주는 회심의 미소를 지으며 말을 이었다.

"보고서는 묵향이란 인물을 가학성변태로 매도하고 있었습니다만, 제 생각은 다릅니다. 그의 성격이 괴팍한 건 사실입니다만, 협정을 막 끝마친 축하할 만한 자리에서, 그것도 진양 문주의 둘째 아들을 상대로 그런 해괴망측한 취미를 공개적으로 드러낼 만큼 파렴치한 인물은 아니잖습니까?"

"흠, 노부의 생각도 그렇다네."

"거기에 착안한 왕첨 당주는 마공들 중에서 어린아이에게 시전하며, 뭔가 무공 증진에 도움이 되는 그런 게 없나 찾아봤답니다."

무공 증진이라는 말이 나오자 맹주는 다음 말을 들을 필요도 없다는 듯 콧방귀를 뀌며 말했다.

"찾아볼 필요나 있을까? 그가 아이에게 추궁과혈(椎躬過穴)을 해 줬다면, 꼭 괴롭히는 것처럼 보였을지도 모르지. 물론 아이에게 추궁과혈 따위를 해 줄 사람은 아니겠지만 말이야."

추궁과혈하는 모습을 옆에서 지켜보면 꼭 상대를 두들겨 패는 것처럼 보일 수도 있기에 하는 말이었다. 하지만 감찰부주는 고개를 가로저으며 말했다.

"추궁과혈이 아닙니다, 맹주님. 그가 그때 사용한 것은 진골축근마공(珍骨縮筋魔功)이라는 마교의 전설적인 대법이었습니다. 사람을 상하게 만드는 무공이 아니다 보니, 마교 밖으로 거의 알려지지 않은 무공이지요."

새로운 무공에 맹주도 호기심을 나타냈다.

"진골축근마공? 어떤 효능이 있는데 전설적인 대법이라는 건가?"

"예. 본맹의 자료실에 그에 대한 자료가 남아 있었습니다. 만약 제가 감찰부주가 아니었다면 영원히 알 수 없는 사실이었겠지요. 놀라지 마십시오, 맹주님. 그 대법은 벌모세수(伐毛洗髓)보다 훨씬 뛰어난 효능을 발휘한다고 합니다. 대법에 성공하기가 힘들어서 그렇지, 성공하기만 한다면 환골탈태한 것과 유사한 근골로 만들어 준다고 고서에 기록되어 있더군요."

그런 엄청난 수법이 있다는 말에 맹주는 혹한 모양이다. 하지만 그는 노련한 고수답게 그 대법이 지닌 약점부터 파악하려고 애썼다.

"성공하기 힘들다면…, 실패하면 어떻게 되지? 혹시 혈도가 터져 죽는다든지……."

"아닙니다. 실패하면 다시는 대법을 받지 못한다는 것뿐, 다른 부작용은 없다고 합니다."

그 말에 맹주는 흥분을 감추지 못했다.

"오오, 그게 사실이라면 엄청나구먼. 무슨 대가를 치르더라도 그 무공을 꼭 입수하도록 하게. 본문이 성장하는 데 큰 힘이 될 테니 말이야."

만약 그 대법만 획득할 수 있다면, 화산파는 소림과 쌍벽을 이루는 게 아니라, 무림 최강의 독보적인 문파로 거듭날 수 있을 게 분명했다.

"맹주님께서 그렇게 생각하시는 것도 당연하다고 하겠습니다. 하지만 그 대법을 받는 게 말처럼 쉬운 게 아니라고 합니다. 꼭 분근착골을 당하는 것 같이 극심한 고통이 몰려오는 것이……."

그제야 이해가 된다는 듯 맹주는 고개를 끄덕이며 중얼거렸다.

"그래서 애를 고문했다는 말이 나왔던 거로구먼."

"예. 어쨌건 대법은 성공한 모양입니다. 그 나이 대에 비해 진팔이 뛰어난 무공을 지니고 있는 것을 보면 말입니다."

"그 아이의 이름이 진팔이었나? 어쨌건, 자네가 그렇게 칭찬하는 걸 보면 그 시주가 꽤나 우수한 실력을 지닌 모양이군."

"예. 아직 40살도 안 됐는데, 벌써 절정의 경지에 들어섰다고 합니다."

"그렇게나?"

맹주가 놀라는 것도 무리는 아니었다. 명문대파가 자신들이 지닌 모든 힘을 다 쏟아서 키우는 적전제자들이나 그 정도 발전 속도를 보이기 때문이었다. 그런데 천지문은 그리 대단한 문파가 아니지 않는가.

"놀라운 얘기임에는 틀림없지만……. 그런데 왜 교주에게 혈육이 있을지도 모른다는 얘기의 설명에 진양 문주의 둘째 아들 얘기가 나오는 겐가?"

"진팔과 교주와의 인연이 거기에서 끝난 게 아니었으니 그런 추측을 하고 있는 것입니다. 교주는 지금도 양양성에서 진팔에게 공공연하게 무공을 가르쳐 주고 있다고 합니다."

맹주는 잠시 할 말을 잊었다. 꽤 놀란 모양이다.
"어떻게 그런 귀중한 정보를 오늘에야 노부에게 말하는 거지?"
"속하가 맹주님께 보고를 올리지 않은 것은, 그건 누가 봐도 제대로 된 교육이라는 생각이 들지 않았었기 때문입니다."
"그건 또 무슨 말인고?"
감찰부주는 고문에 가까운 혹독한 교육법에 대해 설명했고, 맹주는 그제야 그 사실이 왜 자신에게 보고 되지 않았는지 이해할 수 있었다.
감찰부의 첩자들은 그걸 교육이라고 생각하지 않고, 교주가 짜증을 해소하기 위해 생각해 낸 한 가지 방편쯤으로 추측했던 것이다.
"그리고 이번에 천지문이 괴멸당할 뻔했을 때, 그때도 교주는 천지문도들을 구하기 위해 단신으로 그 먼 거리를 달려갔었습니다. 도저히 이해할 수 없는 일이 아니겠습니까?"
"흐음, 그렇다면 교주가 직접 거기까지 달려간 게 진 시주 때문이었단 말인가?"
"예. 왕첨 당주는 그렇게 추측하고 있더군요. 사실, 그렇게 따지면 지금까지 그와 천지문에 얽힌 모든 의문에 대한 해답을 얻을 수 있습니다. 그렇지 않습니까? 맹주님."
그 말에 맹주는 고개를 주억거리며 대답했다.
"그와 진팔이 모종의 관계를 맺고 있다는 게 사실일지도 모르겠구먼. 좀 더 확실하게 조사해 봐. 진팔의 생모와 그 가족 관계 등을 말일세. 어쩌면 그에 대한 약점을 한 가지쯤 틀어줄 수 있을

지도 모르니까."

"이미 첩보조를 보냈습니다."

 맹주와 감찰부주가 교주의 약점을 쥘 수 있을지도 모르는 크나큰 기회를 잡았다고 희희낙락하고 있을 때, 옥화무제는 묵향의 연락을 받고 기겁을 하고 있는 중이었다. 묵향이 그녀에게 급전을 보내, 만현에서 만나기를 청했던 것이다.

 그런데 급전이 도착한 시간이 아주 묘했다. 팽선이 묵사발이 났다는 보고를 받고, 총관과 대비책을 의논하고 있었던 시점이었기 때문이다. 그녀는 자신이 팽선에 대한 정보 조작을 해 놨었기에, 그게 들통난 게 아닌가 하는 우려감에 기절할 지경이었다.

 옥화무제는 절망적인 어조로 중얼거렸다. 그녀의 어조에는 힘이 하나도 없었다.

"교주가 왜 만현(萬縣)에서 날 만나자고 하는 거지? 혹시 나를……?"

"그건 아닐 겁니다, 태상문주님. 그의 성격상 태상문주님께서 정말 의심스러웠다면, 당장 양양성이나 그 인근으로 달려오라고 통보했을 겁니다. 그렇게 생각한다면 만현에서 만나자고 한 날짜까지는 여유가 너무 많지 않습니까?"

"그, 그렇군요."

 약간 안심이 되었는지 그녀의 안색이 조금 돌아왔다. 여유가 좀 생기자, 그녀의 머리도 원활하게 돌아가기 시작했다. 가만히 생각해 보니 총관의 말이 옳다. 그는 배신자를 싫어했다. 그리고 뭔가를 처리하겠다고 마음먹으면 단숨에 해치워 버린다. 만약 그가 자신을 의심했다면 이미 손을 써 왔을 것이다.

"어쩌면 의심은 하고 있는지도 모르죠. 하지만 그 정도만 가지고 본녀를 없앨 수는 없을 거예요. 나는 아직 그에게 쓸모가 있을 테니까."

"혹시 만나실 때 유도 심문에 넘어가시면 절대 안 됩니다. 딱 잡아떼십시오."

"그건 염려할 필요 없어요."

그렇게 말하기는 했지만, 그녀의 표정은 몹시 어두웠다. 그녀의 뇌리 속에는 어느 순간부터 사지가 박살난 처참한 몰골의 팽선이 떠오르고 있었기 때문이다.

무림맹에서 되살아난 마교의 꿈

하북팽가의 장로 팽선이 마교 교주에게 묵사발이 난 사건으로 인해 곤혹스럽기는 서문세가의 가주, 벽력도객 서문길 역시 마찬가지였다.

"도대체 무림맹에서 회답이 오려면 얼마나 더 기다려야 하나? 전령을 보냈으면 빨리 답변이 와야 할 거 아냐!"

서문길의 질책에 총관은 쩔쩔매며 대답했다.

"무림맹까지의 거리가 있는데, 어찌 그리 빨리 회답이 오겠습니까. 최소한 1주일은 기다리셔야 할 겁니다."

서문길은 도저히 짜증을 참을 수 없다는 듯 주먹으로 탁자를 내리쳤다.

쾅!

"젠장, 우르르 몰려와서 별의별 헛소리를 다 해 대는데, 그걸 앞으로 1주일은 더 참고 들어야 한다는 말이냐?"

서문길은 두통이 오는지 머리를 감싸 안았다.

그의 반응은 당연했다. 팽선 사건이 벌어진 직후, 양양성에 있는 한다하는 명숙들이 모두 다 그를 찾아와 어떻게 일처리를 하는 것이 옳은지 떠들어 댔기 때문이다. 문제는 그 의견이 하나로 통일되지 않고 모두 다 중구난방이라는 데 있었다.

교주의 횡포를 절대 용납해서는 안 된다고 떠들어 대는 사람, 아무리 그래도 지금은 마교와 싸울 수는 없다고 주장하는 사람, 심지어 그동안 팽선이 거들먹거리던 것이 눈꼴시렸다고 묵사발 난 게 고소하다며 씹어 대는 사람까지. 별의별 사람들이 다 있었다.

이 사건을 일으킨 마교 교주에게는 말 한마디 건네지 못했던 주제에 자신에게만 몰려와 이래라 저래라 하고 있으니, 서문길로서는 울화가 치밀 만도 하지만 지금은 참을 수밖에 없었다. 배분이 딸린다는 점도 있었지만, 마교와 관계된 일에 앞장서고 싶은 생각은 추호도 없었기 때문이다.

마교처럼 막강한 문파와는 될 수 있으면 개인적인 원한은 지지 않는 게 상책이다. 정과 사로 나뉘어 싸울 때야 대충 세력전을 하는 선에서 끝날 수가 있지만, 문파 대 문파가 된다면 마교와 싸워 살아남을 수 있는 문파는 단 하나도 없다. 화산파 같은 대문파도 하루아침에 멸문당하지 않았던가. 그렇기에 서문길은 이 모든 걸 무림맹에 떠넘긴 채, 한 발자국 뒤로 물러나 있는 상황이었다.

"그러지 말고 교주와 만나 얘기라도 해 보시는 건 어떨까요?"

"답답한 소리! 무림맹에 기별을 넣은 이상, 맹의 결정에 따라야지. 내가 교주와 만나 얘기를 나눈다고 해서, 무슨 해결 방안이 생기겠는가? 자칫 그 불똥이 우리 가문에 튀면 어쩌려고 하는가. 생각 좀 하고 말을 하게!"

서문길의 질책에 총관은 얼굴을 들지 못했다.

"죄송합니다, 속하의 생각이 짧았습니다."

서문길도 서문길이었지만 끊임없이 몰려드는 명숙들을 상대해야 하는 총관 역시 죽을 맛이었던 것이다.

"이럴 때 아버님이 계셨어야 하는데."

곤혹스러운 표정을 짓던 서문길은 아버지인 수라도제를 떠올렸는지 살짝 표정이 부드러워졌다. 갑자기 자리를 박차고 어디론가 가 버린 수라도제지만 서문길은 그다지 걱정을 하지 않았다. 어쩌면 마음의 벽을 깰지도 모른다는 기대감이 있기 때문이다. 무공을 연마하다 보면 어느 순간 벽을 느끼게 되고, 그 벽을 넘을 수만 있다면 무공이 큰 폭으로 상승하게 된다.

화경의 고수가 벽을 넘는다면 현경이지 않겠는가. 만약 서문길의 바램처럼 수라도제가 현경의 고수가 된다면 무림사가 요동을 칠 게 분명했다.

* * *

양양성의 서문길로부터 긴급 보고를 접수한 무림맹의 수뇌부들은 다급히 모여 대책 회의를 가졌다. 아직 정확하게 사태를 파악한 것이 아니었기에 회의를 주재한 것은 맹주가 아니라 그의 오른팔인 청호 장로였다. 사실, 아직 정확한 내막도 모르는 일을 가지고 맹주가 직접 나서서 회의를 주관할 수는 없었던 것이다.

"도대체 교주가 그런 짓을 한 저의(底意)가 뭐라고 생각하십니까? 공수개 장로."

청호 장로의 질문에, 공수개 장로는 대답하기가 몹시 곤란한 듯 머리를 긁적거렸다.

"그, 글쎄올시다. 아직 본방에 요청해 놓은 정보가 도착하지 않아서 뭐라고 말씀드리기가……."

"그렇다면 언제쯤이면 정확히 알 수 있겠소이까?"

"그건 저도 잘……."

이때 옆에서 듣고 있던 백량 장로가 답답하다는 듯 자리에서 벌떡 일어나 끼어들었다.

"개방만 믿고 기다리고 있을 게 아니라, 무영문 쪽에도 정보를 요청하는 게 낫지 않겠소이까?"

공수개 장로는 그 말을 꺼낸 백량 장로를 확 째려보기만 했을 뿐, 뭐라고 반박하지는 못했다. 사실 개방보다 무영문의 정보의 질이 좋다는 것은 자신도 인정하고 있지 않은가.

"무영문 쪽에는 이미 부탁해 뒀소이다."

청호 장로가 대답했지만 백량 장로는 못마땅하다는 표정으로 계속 자신의 주장을 주절거렸다. 골수까지 정파인 백량 장로인지라 처음부터 마교와의 협력 관계를 반대했다. 금나라와의 전쟁을 치르기 위해서는 어쩔 수 없다는 대세에 밀려 입을 다물고 있던 그에게 이번 사건은 자신의 생각이 맞다는 것을 증명해 주는 좋은 기회였던 것이다.

"복잡하게 생각할 게 뭐가 있겠소이까? 보나마나 마교 놈들이 이번 전쟁에서 발을 빼려고 연극을 하는 것이겠지요."

"그건 아닐게요. 그자는 장인걸과 철천지원수지간이 아닙니까? 원수를 갚으려면 본맹과 힘을 합치는 것이 훨씬 수월하다는 것을 그자도 잘 알 텐데, 뭣 때문에 동맹을 파기하는 행동을 했겠습니까?"

그래도 백당 상보는 이죽거리는 것을 멈추지 않았다.

"글쎄요. 아마 장인걸 쪽에서 기가 막히게 매력적인 제안을 했을지도 모르지요."

만에 하나라는 것이 있다. 청호 장로는 잠시 생각을 해 보다 고개를 갸웃하며 대꾸했다. 그가 아무리 생각해도 서로 간의 원한을 잠재울 만한 매력적인 제안 따위는 떠오르지 않았기 때문이다.

"매력적인 제안이라니요. 그게 가당키나 합니까? 놈이 어떤 제안을 한다고 해도 교주에게는 씨알도 안 먹힐 거외다. 서로 간에 쌓인 원한이 얼마나 큰데……."

"그렇지 않을 수도 있지요. 자, 생각들 해 보시오. 마교가 지금껏 꿈꿔 온 것이 바로 무림일통(武林一統) 아니겠소? 장인걸은 그 꿈을 이뤄 줄 능력을 지니고 있소. 그놈이야 천하를 손에 넣을 수도 있을 테니, 무림쯤은 뚝 떼어 마교에 줘 버릴 수도 있을 거 아니오."

그 말이 그럴듯한지 청호 장로는 고개를 끄덕였다. 마교를 처음부터 자신들과 같은 정파의 인물들처럼 생각했기에 제안의 답이 떠오르지 않은 것이다. 하지만 배신을 밥 먹듯이 하는 사파의 특성을 감안해 본다면 말이 되었다.

"허어~, 그것 참. 그럴 수도 있겠구려."

충분히 가능성이 있는 추측이다. 처음 장인걸은 자신만의 힘으로 황실은 물론이고 무림을 몽땅 다 자신의 발아래 놓을 수 있다고 생각하며, 무작정 몰아쳤을 것이다. 하지만 정과 사가 일치단결하여 황실을 돕자, 의외로 무너뜨리기가 힘들어졌다. 이때, 그가 꾀를 낸다. 둘 중 하나를 꼬셔서 자신과 같은 배를 타게 만든다. 그리고 그 결과가 지금 나타나고 있는 마교의 배신이 아닐까? 하는 생각이 들자 청호 장로는 소름이 오싹 끼치는 것을 느꼈다.

백량 장로를 바라본 청호 장로는 침중한 음성으로 입을 열었다.

"만약 그게 사실이라면 큰일이 아닙니까?"

자신의 말이 먹혀 들어가자 백량 장로는 회심의 미소를 지으며 주위를 둘러보았다. 그리고는 확신에 찬 음성으로 떠들었다.

"흑살마왕이나 암흑마제나 결국은 한 뿌리에서 나온 상종 못할 쓰레기들입니다. 그런 놈들을 믿고 일을 벌인 게 크나큰 실수외다. 그래서 내가 그 잡종들과 동맹을 맺는 걸 그렇게 반대했던 거요."

장내가 소란스러워지자 청호 장로는 탁자를 손바닥으로 탕탕 치며 소리쳤다.

"자자, 조용히들 하십시다. 아직까지는 암흑마제가 배신을 한 건 아니오. 하북팽가가 큰 피해를 당하기는 했지만, 그쪽에서도 막무가내로 일을 벌인 건 아니고 다른 이유를 댔다고 하지 않소이까?"

기세를 탄 백량 장로는 탁자를 쾅 소리 나게 치며 소리쳤다.

"흥, 천지문 말씀입니까? 겨우 그따위 하찮은 이유로 팽가를 묵사발 낼 수 있다고 생각하십니까? 만약 그놈이 진짜로 그렇게 생각하고 있다면, 얼마나 본맹을 하찮게 보고 있는지 쉽게 알 수 있는 게 아니겠습니까? 지금 당장 뭔가 그에 합당한 응징을 가해야만 합니다. 그렇지 않다면 맹의 권위는 땅바닥에 떨어지고 말 겁니다."

너무 과격한 주장에 청호 장로는 한심하다는 눈빛으로 백량 장로를 바라봤다. 만약 그 말이 사실로 드러나면 백량 장로의 말처럼 해야 할 것이다. 하지만 지금은 정보를 모아 사건의 진실을 밝히는 것이 먼저다.

무림맹의 수뇌부라는 사람이 지혜를 모아 이 사태를 풀 생각은 없고, 무작정 무력을 통한 응징만 주장하고 있으니 회의를 주관하고 있는 청호 장로로서는 답답했던 것이다.

"응징을 가하자구요? 그렇다면 고수들을 투입하여 이 사건의 주모자인 암흑마제의 목을 베자는 말입니까? 아니면 팽가가 박살난 만큼의 피해를 마교 쪽에 가하자는 겁니까? 참, 팽선이 폐인이 되었으니, 지금 양양성에 와 있다는 그 흑풍대주를 폐인으로 만들면 되겠군요."

말도 안 되는 소리다. 만약 진짜 그런 일을 벌인다면, 마교와 정파는 또다시 피를 피로 씻는 전쟁 속으로 빠져들 수밖에 없다. 그것도 금나라라는 오랑캐를 코앞에 두고 말이다.

백량 장로 역시 머리가 없는 사람이 아니다. 비꼬는 듯한 청호 장로의 말에 대답을 하기 난처해지자 슬그머니 꼬리를 내렸다.

"그, 그런 뜻으로 한 말은 아니었소이다."

"그런 뜻이 아니라니……. 이따위 일로 마교와 반목해 봐야 결국 그들과 결별하는 결과만을 만들게 되지 않겠소? 오랑캐들과 대전을 치를 시기가 코앞으로 다가왔는데 마교와 사이가 안 좋아져 봐야 좋을 게 하나도 없소."

이대로 꼬리를 말기엔 백량 장로 역시 싫었다. 어쩔 수 없다는 것은 인정하지만 마교의 행동을 인정하고 싶지도 않았다.

"그거야 그렇지만, 그렇다고 이 일을 그냥 덮고 넘어갈 수도 없는 일이 아니겠소이까?"

"이 일을 벌인 암흑마제의 의도가 뭔지를 정확히 파악하는 것이 우선이겠지요. 그가 장인걸과 몰래 손을 잡은 것만 아니라면, 지금은 놈을 잘 달래서 써먹는 수밖에 없소이다. 그리고 그 울분은 마음 깊숙한 곳에 담아 두고 계시다가 전쟁이 끝나면 마음껏 푸시구려. 그게 좋지 않겠소?"

가만히 얘기를 듣고 있던 공수개 장로가 앞으로 나섰다.

"청호 진인의 말씀이 옳은 듯 합니다. 좀 더 시간을 두고 마교를 관찰해 보는 것이 지금으로서는 최선의 길인 듯싶군요."

공수개 장로까지 나서자 백량 장로는 마지못해 자리에 앉으면서도 이죽거리는 것을 멈추지 않았다.

"하지만 팽가나 팽가와 친분을 맺고 있는 다른 문파들이 이 일을 어찌 받아들일지……."

그 일 역시 만만치 않은 것이기에 청호 장로는 난감한 표정이었다. 하지만 대의를 위해 잠시 참아야 했다.

"그쪽은 그쪽대로 따로 손을 써야겠지요."

잠시 궁리를 하던 청호 장로는 백량 장로의 옆에 앉아 있는 만수 장로 쪽으로 시선을 돌렸다.

"만수 장로."

"예, 말씀하십시오, 사형."

만수 장로는 무당파 출신으로서 청호 장로의 사제이기에 공식 석상임에도 불구하고 깍듯이 존대를 쓴 것이다.

"자네는 팽가주에게 가서, 봄이 되어 전쟁이 재개되면 마교도들을 가장 앞에 세워 막대한 피를 흘리게 만들 테니 지금은 노화를 풀라고 설득 좀 해 주게."

무림맹의 수뇌부 중 가장 팽가주와 허물없이 지내는 이가 만수 장로이기에 그에게 부탁한 것이다.

이때 옆에서 듣고 있던 공수개 장로가 조언을 던졌다.

"팽가의 경우 하북에서 쫓겨나 오랫동안 객지 생활을 하고 있지 않습니까? 맹에서 약간이라도 지원을 해 준다면 팽가주가 좋아할지도 모릅니다."

"호오, 그것도 좋은 생각인 것 같습니다, 그려."

어느샌가 대책 회의의 방향이 마교에 대한 보복에서 팽가주를 어떻게 달래느냐 하는 것으로 바뀌어 가고 있었다.

청호 장로는 다른 장로들을 설득하여 그들의 노기를 어느 정도 가라앉히는 데 최선을 다했다. 괜히 성질이 급한 장로들 중 한둘이 마교 쪽에 감당 못할 짓이라도 해 버리면 큰일이기에 그렇게 한 것이다. 그런 다음 그는 맹주에게 회의 결과를 보고하기 위해 걸어갔다. 이때, 공수개 장로가 맹주에게 드릴 말이 있다고 했으므로 그는 공수개 장로와 함께 맹주실로 들어갔다.
 마침 맹주는 감찰부주와 담소를 주고받고 있는 중이었다.
 "어서 오게, 이리 앉게나."
 둘이 자리에 앉자, 맹주는 청호 장로에게 물었다.
 "그래, 장로들의 생각은 어떻더냐?"
 청호 장로와 감찰부주는 무당파의 은거고수였던 태극검제가 맹주에 선출되었을 때 무림맹에 데리고 온 인물들이다. 둘 다 태극검제의 사질들로서, 뛰어난 실력과 인품을 지닌 무당파의 고수들이었다.
 맹주의 물음에 청호 장로는 쓸데없는 부분은 다 빼고, 회의 결과를 간략하게 간추려 대답했다. 그걸 다 들은 맹주는 수염을 쓱 쓰다듬으며 중얼거렸다.
 "흐음, 결국은 두고 보며 관찰하는 것 외에는 다른 방법이 없다는 것이로군."
 "그렇습니다, 맹주님."
 "청호 사질, 교주가 팽가와 사단을 벌인 이유가 천지문 때문이라고 했느냐?"
 "예, 서문가주가 보내온 전서에 따르면 그렇습니다. 얼마 전에 금나라를 상대로 벌였던 작전에서 천지문을 사지로 몰아넣었다는 게 그 이유라고 합니다."

그러면서 청호 장로는 그때 있었던 작전을 일목요연하게 정리해 놓은 보고서를 슬쩍 맹주 앞으로 내밀었다. 하지만 맹주는 그걸 펼쳐 보지 않고 청호 장로에게 계속 질문을 던졌다.

"네 생각은 어떠하냐? 마교의 주장에 타당성이 있더냐?"

"조금 의심스러운 점은 있었습니다."

맹주는 감찰부주 쪽으로 시선을 돌리며 물었다.

"청수 사질, 네 생각도 그러하냐?"

"예, 저도 사형과 같은 생각입니다. 천지문에서 큰 피해를 당한 것은 유감이지만 증거도 없는데, 팽선 같은 원로고수를 폐인으로 만들었다는 것은 너무 과한 처사였습니다. 혹, 교주가 시비를 걸기 위해 일부러 트집을 잡고 있는 것이 아니겠습니까?"

이번에는 맹주의 시선이 공수개 장로에게로 옮아갔다.

"공수개 장로의 생각은 어떻소? 기왕에 여기 오셨으니 개방의 고견을 들려주시구려."

공수개 장로는 고개를 조아리며 대답했다.

"저도 그 일 때문에 맹주님께 말씀드릴 것이 있어서 찾아뵌 겁니다."

공수개 장로는 청호 장로와 감찰부주의 눈치를 힐끗 살핀 후, 말을 이었다.

"어쩌면 교주의 의도는 다른 데 있을 수도 있다는 것이 본방의 생각입니다."

"다른 데 있을 수도 있다니요? 그게 뭡니까?"

"마교의 꿈 말입니다."

마치 선문답이나 하자는 듯한 공수개 장로의 대답에 감찰부주의 안색에 약간의 짜증이 떠올랐다. 정보를 다루는 것이 주 업무이다 보니, 얄팍한 정보 하나를 가지고 뭔가 엄청난 것이라도 알고 있다는 듯 시간을 질질 끄는 것이 참기 힘들었던 것이다.

"그게 무슨 말입니까? 공수개 장로."

"마교의 꿈이라면 다른 게 있겠습니까? 바로 무림일통을 말하는 것이지요."

"무림일통이라니요. 왜 그 말이 여기서 튀어나오는지 빈도로서는 이해할 수가 없소이다, 그려."

"단일방파로서는 마교가 최강의 힘을 지니고 있을 겁니다. 역대 마교의 교주들은 그 힘을 이용하여 무림을 정복하려 했고, 좌절당했습니다. 그게 바로 무림의 역사였죠."

"그건 여기 있는 모두가 다 잘 알고 있는 사실이오. 그런데 공수개 장로가 하고자 하는 말의 핵심이 도대체 뭐요?"

감찰부주의 채근에 공수개 장로는 자신이 생각해 온 결론을 밝혔다.

"이번에 천지문의 일을 빌미로 해서 팽가를 친 이유는 교주가 자신의 영향력을 무림에 과시하기 위해 벌인 일이 아닐까 생각됩니다."

"그렇게 생각하는 이유라도?"

"현재 마교는 역대 최강의 전력을 보유하고 있습니다. 자성만

마대와 함께 마교에서 가장 하급에 꼽히는 것이 바로 흑풍단입니다. 핵심 전투단도 아닌 흑풍대가 대금전쟁에서 빛나는 전과를 올리고 있는 것을 보십시오."

모두들 공수개 장로의 말에 공감한다는 듯 고개를 끄덕였다.

"그리고 더욱 위험한 것은 그가 눈에 보이지 않게 서서히 자신의 세력을 확장하고 있다는 겁니다. 만통음제와 의형제를 맺었고, 황룡무제나 패력검제와도 꽤 친분을 쌓은 것으로 조사되었습니다. 더군다나 현천검제도 그의 수하로 받아들였지요."

그 말에 감찰부주가 가장 크게 놀랐다. 왜냐하면 정보를 취급하는 그가 이런 얘기를 처음 들었기 때문이다.

"현천검제라니요? 그는 죽은 것이 아니었습니까?"

그 말에 청호 장로가 영문을 모르겠다는 듯 끼어들었다.

"그건 무슨 말인가? 사제. 화산파에서는 그가 은퇴했다고 발표했었는데……."

"사형도 참, 마교의 첩자였던 사람을 어떻게 은퇴시키겠습니까. 죽여 버렸겠죠. 그 때문에 교주가 화가 나서 화산파를 멸문시켜 버린 게 아니겠습니까."

"조용히들 해라."

맹주는 청호 장로와 감찰부주를 질책한 후, 공수개 장로에게로 시선을 던졌다.

"자 빨리 말해 보게, 공수개 장로. 그 말을 꺼낸 이유가 뭔가? 혹, 현천검제가 마교에 있는 걸 찾아내기라도 했다는 건가?"

"예, 그렇습니다. 단전이 파괴되거나 한 것도 아니고, 아주 건

강한 상태로 마교도들과 함께 지내고 있다고 합니다."

"이럴 수가……."

"그리고 무영문의 옥화 봉공님도 교주와 상당한 친분을 유지하고 계신 것으로 알고 있습니다. 현천검제가 생존해 있다는 것이 확인된 이상, 현 무림에 존재하는 화경급 고수는 아홉 명으로 늘어납니다. 3황6제가 되겠지요. 그들 중 교주와 직간접적으로 관계를 맺고 있는 사람의 수는 무려 다섯 명이나 됩니다."

생각지도 못했던 공수개 장로의 말에 좌중에 있던 세 사람은 말문을 잃어야 했다. 맹주는 놀란 마음을 추스르기라도 하려는 듯 헛기침을 하며 공수개 장로를 바라보았다. 계속 말을 해 보라는 표시였다.

"생각을 해 보십시오. 교주 같은 최강자를 단독으로 상대할 수 있는 사람은 현 무림에 단 한 명도 없을 겁니다. 그렇다면 여럿이서 협공을 할 수밖에 없을 텐데, 아홉 명의 화경급 고수들 중 다섯 명을 그가 포섭해 버렸다면 제대로 된 공격이 가능이나 하겠습니까? 더군다나 교주 밑에는 최소한 한 명 이상의 부교주가 존재하고 있습니다. 극마급인 그들의 존재까지 가세한다면……."

"그만! 그 말씀, 책임지실 수 있소?"

"물론입니다, 감찰부주. 만약 제가 말한 것 중에 엉터리 정보가 있다면, 제 목을 치셔도 좋습니다."

공수개 장로가 워낙 자신 있게 대답했기에, 감찰부주는 입을 꽉 다물 수밖에 없었다. 맹주는 이 정보에 대한 판단은 시간이 필요하다고 판단했다. 그만큼 엄청난 충격을 준 정보였던 것이다. 개방과 공수개 장로의 공로를 치하한 맹주는 공수개 장로에게 마교에 대해 좀 더 자세한 정보를 모아 줄 것을 당부했다. 지금으로서는 정보를 통해 정확한 판단을 내릴 근거가 필요했던 것이다.

"공수개 장로는 마교 쪽의 동태를 좀 더 자세히 살펴보도록 하시오."

"예, 최선을 다하겠습니다."

공수개 장로를 내보낸 후, 한동안 말없이 앉아 있던 맹주는 이윽고 마음을 정한 듯 입을 열었다.

"아무래도 내가 직접 양양성에 가 보는 것이 좋겠구나."

"그러실 필요가 있겠습니까? 맹주님."

"수라도제가 제 역할을 못 해 주고 있으니 교주가 그토록 간 크게 나올 수가 있는 게 아니겠느냐? 그가 일처리를 제대로 못하고 있으니, 어쩔 수 없이 노부가 가서……."

"그러실 필요 없습니다, 맹주님. 차라리 이번 기회에 곤륜파를 끌어들이는 게 어떻겠습니까?"

썩 내키지 않는다는 듯 맹주가 대꾸했다. 곤륜무황은 그의 오랜 경쟁자였기 때문이다.

"곤륜무황을 말이냐?"

"예, 맹주님께서 벌써부터 앞으로 나서신다는 것은 말도 안 됩니다. 아직까지는 뭐 하나 제대로 된 정보가 취합된 것이 아니지 않습니까? 만약 교주가 뒤통수를 칠 준비를 하고 있는 것이라면, 맹주님께서 양양성에 직접 가 계시는 것은 너무 위험하기 때문입니다."

"좋다, 그건 네가 알아서 처리하거라."

"예, 맡겨만 주십시오."

잠시 고민하던 맹주는 청호 장로를 바라보며 물었다.

"무영문에서는 뭔가 들어온 정보가 없었느냐? 개방에서 저런 결론을 내렸을 정도인데, 무영문이 모르고 있을 리가 없지 않겠느냐."

"아직 아무런 보고도 없었습니다."

"이상한 일이구나. 그렇다면 공수개 장로의 말대로 마교 쪽과 손을 잡은 것인가?"

"그럴 리가 있겠습니까? 노회한 옥화 봉공이 그런 극단적인 선택을 했을 리 없습니다. 계속적으로 양쪽을 저울질하며 어느 한쪽으로 평행추가 기울 때를 기다리고 있겠지요."

계속되는 좋지 않은 보고에 맹주는 답답한지 가볍게 한숨을 내쉬었다.

"그나저나 중원 전체에 괴이한 혈겁까지 벌어지고 있는데, 정보에 있어 최고라는 무영문까지 믿지 못하는 사태에 이르렀으니 정말 산 넘어 산이로구나, 무량수불."

"심려 놓으십시오, 맹주님. 아직까지는 정확한 흉수를 파악하지 못하고 있지만, 저희 감찰부 소속의 고수들까지 다수 파견해 놨으니 조만간 결론을 낼 수 있을 겁니다."

존경하는 사숙이 한숨을 내쉬자 감찰부주 역시 마음이 좋을 리 없었다. 걱정 마시라고 말은 했지만 아직 흉수에 대한 조그마한 단서조차 찾지 못한 감찰부주의 안색은 어둡기만 했다.

　　　　*　　*　　*

쾅!

"이럴 수가 없어, 어떻게 서문세가에서 우리 팽가를 이렇게 무시한단 말인가!"

서문길을 만나 마교에 강력한 대응을 요구하고 돌아온 팽지량 장로는 치미는 화를 이기지 못하고 탁자를 거칠게 내리쳤다. 자신을 상대하던 서문길의 태도가 마음에 들지 않았던 것이다. 강호에서 잔뼈가 굵은 팽지량이다. 은근히 발을 빼려고 하는 서문길의 기색을 눈치 채지 못할 리 없었다.

"우리 팽가가 피를 흘리며 희생을 치렀건만 치하는 고사하고, 이런 무시를 당해야만 하다니……."

이번 작전에 동원되었다가 희생된 제자들을 떠올린 팽지량은 행패를 부린 마교 교주보다, 믿었던 서문길에 대한 원망이 더욱 크게 느껴졌다. 한동안 치미는 분을 참지 못하고 씩씩거리며 탁자 주위를 서성거리던 팽지량은 문득 떠오른 생각에 밖을 향해 소리쳤다.

"게 누구 있느냐?"

"옛!"

문밖에 대기하고 있던 2대제자 한 명이 말이 끝나기가 무섭게 들어왔다.

"너는 당장 이번 전투에 참여한 제자들 중 한 명을 데리고 오너라. 자세하게 상황을 파악하고 있는 제자여야 한다."

"옛, 명심하겠습니다."

잠시 후, 문을 두드리는 소리와 함께 누군가가 방 안으로 들어왔다.

"부르셨다고 해서 왔습니다."

팽지량이 힐끗 보니 아직 상처가 채 낫지 않아 안색이 창백했다. 그런 자를 이쪽으로 불러들인 것이 안쓰러웠기에 질문을 던지는 팽지량의 음성은 부드러웠다.

"이번 전투가 시작되기 전부터 끝날 때까지 네가 알고 있는 모든 것을 상세하게 말해 봐라."

"예, 처음 제가 지시를 받은 것은……."

처음에는 주저하는 기색이 역력했던 그 제자는 어느 순간 술술 입을 열기 시작했다. 자신이 생각하기에도 사건이 너무 커졌기 때문이다. 제자는 그의 기대보다 훨씬 더 아는 것이 많았다. 천지문과의 불화를 시작으로 작전이 수립되고, 예상과는 달리 없어야 할 적병들이 대거 나타나 치열한 전투를 벌여야 했던 것까지. 한참 이야기를 듣던 팽지량 장로는 점차 안색이 창백하게 질려 갔다.

왠지 팽선이 천지문에게 수작을 부렸다는 냄새가 짙게 풍겼던 것이다. 제자가 말한 내용 그대로라면 누구라도 팽선이 개인적인 감정으로 천지문을 사지로 밀어 넣었다고 생각할 게 분명하지 않은가.

"이놈! 허튼 소리를 했다가는 당장 목을 날려 버리겠다."

"그, 그렇지는 않습니다. 믿어 주십시오"

지금까지 들어 본 바에 의하면 팽선보다 마교 교주의 말에 더 믿음이 갔다. 더군다나 이야기를 하는 제자는 2대제자로서 팽선의 행동을 낱낱이 파악할 수 있을 정도의 위치에 있던 자였다. 당연히 팽지량으로서는 그의 말을 믿지 않을 수가 없었다.

'허, 팽선이 어찌 그런 악수를 저질렀단 말인가.'

잠시 망연자실해 있던 팽지량은, 정색을 하고 제자를 향해 엄한 어조로 말했다.

"추호라도 다른 곳에 가서 이런 이야기를 해서는 안 될 것이다. 만약 이런 이야기가 들려오면 내 손으로 네 목을 벨 것이야."

"옛, 명심하도록 하겠습니다."

"다른 제자들 역시 입 조심을 하도록 조치를 취하거라. 아니, 아예 이런 일이 있었다는 사실조차 잊도록 해라. 본 세가는 이번 전투로 인해 고귀한 피를 흘렸다는 것 외에는 모두 다 잊어라. 알겠느냐?"

제자 역시 사태의 심각성을 자각한 듯 긴장한 안색으로 대답했다.

"절대 외부로 새 나가지 않도록 단속을 철저히 하겠습니다."

"그래, 그래야지. 그만 나가 보거라."

제자가 밖으로 나가자 팽지량은 답답한 듯 한숨을 내쉬었다.

"허어, 노회하던 팽선이 어찌 이런 바보 같은 짓을 했단 말인가?"

잘못하면 오랜 세월 동안 쌓아 왔던 팽가의 명성이 일순간에 진흙탕에 나뒹굴 것이라는 생각이 들자 팽지량은 나오는 한숨을 주체할 수 없었다. 수심에 잠긴 팽지량은 사지가 박살 나 아예 사람 구실을 하기엔 불가능한 팽선의 모습이 떠오르자 가슴이 아파 왔다. 지금껏 팽가를 위해 몸을 아끼지 않은 팽선이었기에 그 안타까움은 더욱 애절했는지도 모른다.

*　　*　　*

개방도와 만나고 돌아온 현천검제는 눈앞이 깜깜했다. 전통 있는 명문정파의 장문인이었던 자신이 마교의 무리로 낙인찍히게 될 것이 불 보듯 뻔했기 때문이다. 개방의 입이 얼마나 싼지는 누구보다도 잘 알지 않은가. 다급한 김에 방주를 찾아가 해명을 하겠노라고 말은 했지만 찾아가 만나 봐야 무슨 얘기를 하겠는가.

마음 같아서는 이대로 산속으로 깊이 들어가 숨어 버리고 싶지만 사형인 묵향을 생각하니 그럴 엄두도 나지 않았다. 아무리 궁리를 해 봐도 길이 보이지 않자 현천검제로서는 나오는 게 한숨뿐이었다.

"휴우~~~."

이런 그의 모습을 지켜보던 소연이 말을 건넸다.

"사숙께서도 무슨 근심이 있으신가요? 근래 두 분 다 왜들 그러시는지……."

"아, 아무것도 아니다. 그런데 패력검제께서는 무슨 고민이라도 있소?"

자신에게로 향하는 관심이 부담스러웠던 현천검제는 은근슬쩍 패력검제를 바라보며 말을 돌렸다.

패력검제는 그 말에 한참을 망설이더니 어색한 미소를 지으며 조심스럽게 입을 열었다.

"그나저나 댁도 참 용하시오. 그런 괴물들과 함께 잘 지내고 계시는 걸 보면……."

"어쩔 수 있소? 팔자려니 해야지."

패력검제로서는 마치 세상사를 포기한 듯한 현천검제의 태도가 가슴에 와 닿았다. 이해가 충분히 되었던 것이다. 아르티어스를 보고 난 후, 요즘 자다가도 가위에 눌려 벌떡벌떡 일어나곤 하지 않은가. 묵향의 무공을 접했을 때의 아득한 절망감과는 또 다른 완벽한 허탈감이었다.

전설 속의 존재인 용, 그리고 그 용이 아들이라고 말하는 마교 교주. 지금까지 살아오며 쌓아 왔던 관념이 일순간에 와르르 무너지는 기분이었다. 처음에는 헛것을 본 것이 아닐까 생각했다. 하지만 화타가 환생한다 해도 살릴 수 없을 것만 같았던 소연이 한순간 빛무리에 휩싸이더니 멀쩡하게 나아 버린 건 어떻게 설명하겠는가.

그리고 꿈에서도 잊기 힘들 정도로 무자비한 구타까지 당한 그였다. 그때는 정말이지 자존심이고 뭐고, 제발 좀 그만 패라고 얼마나 싹싹 빌었는가. 만약 상대가 사람이었다면 약한 모습을 보이느니 차라리 목을 베라고 외쳤을 것이다. 하지만 그는 그러지 못했다. 상대는 인간이 아니라 전설 속의 영물인 용이었다. 그것도 성질이 아주 더러운.

잠시 안쓰러운 눈빛으로 현천검제를 바라보던 패력검제는 천천히 입을 열었다.

"형장이 곁에 있는 만큼, 소연이의 안위는 문제가 없을 듯하고. 그래서 본인은 여기서 헤어지는 게 좋을 듯하오."

"그, 그게 무슨 말이오? 사실 나도 형장에게 그 일을 부탁하려 했는데……."

양양성에 가서 사형인 묵향과 수많은 정파인들을 만날 생각을 하자 눈앞이 깜깜했던 현천검제는 건수만 생기면 어딘가로 튈 생각이었다. 그런데 패력검제에게 선수를 빼앗긴 셈이다.

"어디로 가시려고?"

"허허, 그건 아실 필요 없고, 급한 볼일 한 가지가 생각나서 말이오. 그럼 소연이를 잘 부탁드리겠소."

그 말을 끝으로 패력검제는 곧바로 몸을 돌려 어딘가로 달려가기 시작했다. 부러운 눈빛으로 자신을 바라보는 현천검제의 시선을 뒤로 한 채.

악비 대장군

 양양과 무한을 거점으로 호북 일대를 주름잡고 있는 대 군벌(大軍閥)의 범 같은 장수 악비. 송의 주력 부대를 격파하고 파죽지세로 밀고 내려오던 금나라 오랑캐를 맞이해 양양성에서 무한에 이르는 강력한 방어선을 구축한, 불가능을 가능으로 만든 대단한 인물이다.
 금나라 병사들에게는 수라(修羅)의 화신인 듯 두려움의 대상인 악비였지만 봄이 다가올수록 그의 안색에는 점차 수심이 깊어 갔다. 봄이 되면 수라도제가 무림인들을 이끌고 북진하겠다고 통보해 왔다. 무림인들이 지닌 가공할 만한 힘을 익히 알고 있는 그였지만, 집단 전투에 취약한 무림인들만으로는 금나라에 커다란 타격을 주기는 힘들다고 악비는 생각하고 있었다.

하지만 대규모 접전에 능한 장졸들이 그들과 합류한다면 금나라 오랑캐를 멸망시킨다는 게 가능할 수도 있다는 희망을 지니고 있었다.

그런데 문제는 황제로부터 절대 북진을 불허한다는 칙명이 선포되었다는 점이다. 유약한 황제였지만 칙령을 거부한다는 것은 곧 반역이라는 말과 다름없다. 한참을 고민하던 악비는 어쩔 수 없다는 듯 고개를 흔들며 중얼거렸다.

"어쩔 수 없군. 내가 직접 가서 재상과 담판을 짓는 수밖에."

화평을 주장하는 재상 진회를 설득할 수만 있다면 황제를 움직일 수 있기에 내린 결론이다. 그의 말이 끝나기가 무섭게 곁에 있던 유광세 상장군이 반발을 하며 나섰다.

"그자는 도저히 믿을 수가 없는 놈입니다, 대장군."

"그게 아니라면 방법이 없지 않느냐? 칙령을 철회시키지 않은 상태에서 군을 움직였다가는 최악의 경우 반역죄에 걸릴 수 있음이야."

"어떤 놈이 감히 대장군을 잡아 금의위의 지하 감옥에 집어넣는다는 말입니까? 그런 놈이 있다면 소장이 직접 목을 베어 버릴 테니, 대장군께서는 염려하지 마십시오."

"물론 자네 말대로야. 하지만 본관이 반역죄를 뒤집어쓴 이상, 장졸들이 본관의 말에 따르겠는가?"

유광세 상장군은 입술을 질끈 깨문 뒤 악비를 바라보았다.

"대장군, 본관을 비롯한 모든 병졸들은 언제든 대장군의 명에만 따를 것입니다. 설사 목을 내놓으라고 명령을 내리신다고 해도 말입니다."

마음 든든한 유광세 상장군의 말에 악비는 환하게 미소 짓지 않을 수 없었다.

"허허, 자네의 충성심은 언제나 나를 든든하게 해 주는구먼. 좋아, 귀관의 말대로 본관의 부하들은 모두 충성을 다할 거라고 믿네. 그렇다면 주위에 있는 다른 군벌들은 본관의 요청에 응해 주겠는가? 반역자의 낙인이 찍혀 있는 본관의 요청에 말이야."

"그, 그건……."

유광세 상장군은 도서히 내납을 할 수가 없었다. 그늘이 악비의 요청을 들어줄 가능성이 없음을 너무나도 잘 알기 때문이다.

"그렇기 때문에 재상과의 협의가 필요한 걸세. 알겠는가?"

"정히 그러시다면…, 언제 출발하시겠습니까? 대장군."

"내일 새벽에 출발할까 생각하고 있네. 어느 정도 급한 일은 대부분 다 마무리 지어 놓은 상태니, 본관이 잠시 자리를 비운다 해도 큰 문제는 없을게야."

"알겠습니다, 대장군. 호위대를 대기시켜 놓겠습니다."

그러자 악비는 천천히 고개를 흔들었다.

"황도에 들어가는 것이니 호위병이 많을 필요 없네. 놈들이 언제 움직일지 모르는 판국에 쓸데없이 병사를 뺄 수는 없지 않겠나?"

"백 명 정도로 준비하겠습니다, 대장군."

악비는 좀 더 줄이라고 말하려 했지만, 유광세 상장군의 단호한 눈빛을 보자 더 이상 말을 하지 못했다. 사실 양양성에서 황도인 남경까지는 대단히 먼 거리다. 몇 날 며칠 동안 행군을 해야 도착할 수 있는 거리인 만큼, 혹시라도 적의 기습을 당할 가능성을 배제하기 힘들었다.

송을 지탱하는 거목인 악비에게 위험이 될 수 있는 것은 아무리 사소한 일이라도 철저히 대비하고 싶었던 유광세 상장군에게 있어, 호위병 백 명만 해도 최대한 양보한 숫자였던 것이다.

* * *

팽가에서 팽선을 무자비하게 두들겨 팬 묵향은 요즘 막힌 속이 뻥 뚫린 듯 개운한 표정이었다. 일을 마무리 지어 버렸으니 더 이상 문서를 뒤지고 앉아 있을 필요도 없어졌다. 그런 그의 유쾌한 기분은 진팔과의 비무에도 고스란히 드러났다. 소연을 지키기 위해서는 진팔의 무공을 높일 필요는 있지만 전처럼 비무를 가장한 구타를 하지는 않았다. 나름대로 초식을 운용할 때의 주의점을 말해 주는 등 친절하게 대해 줬던 것이다.

물론 그런 묵향의 호의를 진팔은 전혀 다르게 받아들였다. 팽가와의 사건이 있은 뒤 묵향이 신경 쓰고 있다는 천지문에, 그리고 진팔에 쏟아지는 눈길은 엄청났다. 서문세가와 무림맹, 개방, 무영문 할 것 없이 무림에서 정보 조직을 운영하는 어지간한 문파의 시선들이 천지문에 집중되고 있었던 것이다. 그들도 이제 묵향과 진팔의 묘한 관계에 신경을 쓰기 시작하고 있었던 것이다.

아무리 철면피에 악독한 묵향이지만 이렇게 타인의 시선이 집중되어 있는 상태에서 자신을 전처럼 심하게 굴리기는 힘들 거라는 것이 요즘 갑자기 편해진 비무에 대한 진팔의 판단이었다.

그래도 멍이 든 곳을 또 맞으면 아프기는 하기에 비무만 하면 진팔은 몸서리를 쳐야 했다. 진팔과 비무를 끝낸 뒤 묵향은 느긋한 걸음으로 만통음제에게로 갔다. 오랜만에 같이 음률을 즐기고 싶었기 때문이다. 보통 밤에 찾아갔지만, 오늘은 일이 있었기에 낮에 그를 찾은 것이다. 그런데 그 도중에 어딘가로 바삐 걸어가고 있는 유광세 상장군을 만났다. 유광세 상장군은 묵향을 보자마자 다가와서는 반갑게 인사를 건네 왔다.

"오랜만입니다, 묵 대인."

"오, 유 상장군이셨구려. 어딜 그리 바삐 가는 길이시오?"

"서문 대인을 만나러 가는 길입니다."

"서문? 수라도제 말씀이오?"

"아니요, 그 아드님 말입니다."

유광세 상장군의 말에 묵향은 흥미로운 표정을 지었다. 뭔가 일이 터졌다는 것을 직감적으로 눈치 챈 것이다. 그렇지 않고서야 악비의 최측근인 유광세 상장군이 이렇게 바삐 서문세가를 향해 발길을 옮기지 않을 것이다. 당연히 묵향이 그냥 넘어갈 리 없었다.

"무슨 일인데 그러시오? 혹, 놈들의 움직임이라도 포착되었소?"

"그게 아니라 대장군께서 황도에 가시겠다고 하셔서 호위 무사를 청하려고 말입니다. 황도까지 거리가 워낙 멀다 보니 아무래도 걱정이 되어……."

대장군의 지시에 의해 호위병을 백 명으로 제한받자, 유광세 상장군은 고심할 수밖에 없었다. 그래서 내린 결론이 서문세가에 부탁하여 무예가 뛰어난 무사들로 하여금 외곽 호위를 하게 하려는 것이다.

물론, 그 말을 듣고 "오, 그러쇼? 그럼, 잘해 보쇼" 하고 느긋하게 대꾸해 줄 묵향이 아니다. 심기가 좋지 않은 듯 묵향의 미간이 살짝 일그러졌다. 단일 세력으로 친다면 무림 최고라고 할 수 있는 마교 교주가 바로 코앞에 있는데, 서문세가 따위에게 경호를 요청하겠다고 하니 속이 뒤틀리지 않을 수 없었던 것이다.

묵향은 짐짓 선심이라도 쓰듯 말했다.

"흠, 그런 일이 있었구려. 그렇다면 구태여 거기까지 가서 아쉬운 소리 할 필요 없소. 본좌의 수하들을 내드리지. 서문세가의 쓰레기들보다는 훨씬 보탬이 될 거요."

사실 유광세 상장군의 입장에서 본다면 정파니 사파니 하는 것은 다 부질없는 구분이었다. 근처에 있는 것만으로 사람을 기분 나쁘게 만드는, 마기를 풀풀 풍기는 원조(?) 무사들을 보지 않은 그였기에 흑풍단의 무사나 정파 소속의 무사나 별다를 것이 없었던 것이다. 더군다나 경호를 요청한다고 해서 서문세가에서 흔쾌히 그걸 받아들여 줄지도 알 수 없는 일이 아닌가.

"그렇게 해 주신다면 감사할 따름이지요."

"관지에게 말해 일정에 맞춰 호위 무사들을 보내 주겠소. 확실하게 경호해야 할 테니, 천인대 하나 정도 보내 드리면 되겠소?"

천인대를 보내 준다는 말에 유광세 상장군은 놀라지 않을 수 없었다. 그는 황급히 포권하며 기쁨을 표시했다.

"가, 감사합니다, 묵 대인."

"뭘요, 그 정도는 아무것도 아닌데……. 그럼 대장군에게 황도에 잘 다녀오시라고 전해 주시구려."

묵향이 돌아서서 가려고 하는데, 급히 유광세 상장군이 불렀다.

"저, 묵 대인."

"왜 그러시오? 다른 용건이 또 있으시오?"

"깜빡 잊었는데…, 대장군께서는 많은 수의 호위를 원하지 않으십니다. 그런 만큼, 천인대는 가급적 대장군의 눈에 띄지 않는 원거리에서 호위해 주셨으면 합니다."

"그렇게 지시해 두리다."

묵향은 유광세 상장군과 헤어진 후, 곧바로 만통음제에게로 갔다. 만통음제는 아직 완벽하게 부상에서 회복하지 못한 상태였기에, 하루하루 몸조리에 힘쓰고 있는 상황이었다.

묵향이 들어오는 것을 보자 만통음제는 얼굴 가득 미소를 지으며 반겨 맞이했다.

"어서 오게."

"자주 찾아뵙지 못해서 죄송합니다, 형님."

그 말에 만통음제는 어이가 없다는 표정을 지었지만 묵향의 말이 싫지는 않은 듯 곧 환하게 웃음을 지었다.

"허허, 하루에 한 번은 꼭 찾아오면서 말도 안 되는 소리."

묵향은 주위를 쓱 둘러보다 불쑥 물었다.

"그런데 질녀는 어디 갔습니까?"

만통음제는 짐짓 의미심장한 눈빛을 보내며 대답했다.

"폭풍검을 만나러 갔지."

"폭풍검이요?"

그가 누군지 생각하느라 잠시 말을 멈춘 묵향은 곧 패력검제의 아들인 서량을 말하는 것임을 기억해 냈다. 그런데 그 녀석을 설취가 만나러 갈 이유가 없지 않은가.

"그놈을 왜 만나요?"

"요즘 몸도 찌뿌드드할 텐데 한판 뜨자고 놈이 취아를 꼬셨거든."

만통음제의 말에 묵향의 얼굴이 확 일그러졌다.

"아니, 그놈이 질녀에게 그딴 소리를 지껄였단 말씀이십니까? 내 그놈의 주둥아리를 확 찢어 놔야……."

씨근거리며 벌떡 일어서서 나가려는 묵향의 손을 만통음제가 급히 붙잡았다.

"허, 사람 성질하고는. 녀석이 한 말은 좀 더 완곡한 표현이었는데, 옆에서 내가 들어 보니 대충 그런 뜻이었다는 말일세."

묵향은 머쓱한 표정을 지으며 다시 자리에 앉았다.

"흐음 그렇습니까? 그런데 그놈이 질녀와 대련을 해 주고 있을 이유가 없지 않습니까. 혹시 뭔가 다른 꿍꿍이속이 있는 게 아닐까요?"

묵향이 그렇게 생각할 수밖에 없는 것이, 설취보다 그놈이 훨씬 더 윗줄에 놓이는 고수였기 때문이다. 배울 것도 없는데 왜 자신보다 하수와 수고스럽게 대련을 해 준단 말인가? 뭔가 흑심이라도 품고 있지 않고서야.

만통음제는 음흉스럽게 미소 지으며 말했다.

"그걸 이제야 눈치 채다니, 자네도 참 둔감하기 이를 데 없구먼. 내가 보니, 오래전부터 놈이 취아를 살펴보는 눈초리가 예사롭지 않았었거든."

"그게 정말이십니까? 그렇다면……."

"그렇다면은 뭐가 그렇다면이야. 너무 신경 쓰지 말게. 그냥 가만히 놔둬도 뻘 짓만 하다 끝날게 뻔하거든. 첫째 놈도 취아를 마음에 두고 그렇게 공을 들였지 않은가. 그럼에도 아무런 반응이 없었는데, 하물며 취아보다 훨씬 더 어린 녀석이 까불어 봐야 그 아이가 눈썹 하나 까딱하겠나?"

"그래도 사람의 일은 모르지 않습니까? 질녀의 취향이 연하일 수도 있으니까요. 제가 보니 그 녀석 꽤 괜찮은 놈인 것 같던데……."

"흠, 그것도 나름대로 나쁘지 않겠지. 첫째 놈이야 상심하겠지만 말이야. 그건 그렇고 오늘은 일찍 왔군. 나는 동생이 해질녘이 다 되어서야 올 줄 알았는데 말일세."

묵향은 요즘 저녁쯤에 문병을 핑계로 술병을 들고 찾아왔다. 함께 가볍게 한잔 마시고, 만통음제의 금에 맞춰 피리로 합주(合奏)를 즐기는 것이 요 며칠간 그들이 해 온 저녁 일과였다.

"아, 형님하고 함께 가 볼 데가 있어서요. 요즘 방에만 계셔서 엉덩이가 근질근질하실 거 아닙니까? 그런대로 몸도 쾌차하신 것 같은데, 저하고 같이 바람이나 쐬러 나가시죠."

만통음제는 묵향의 제안이 솔깃한 모양이다.

"그럴까?"

마음이 동한 만통음제는 금(琴)을 챙겨 들고 일어섰다. 객잔 문을 나선 그가 어딘가로 가려고 하자 묵향이 그의 소맷자락을 잡아끌며 물었다.

"어디 가시는 겁니까? 저하고 바람 쐬러 가자니까요."

"갈 때 가더라도 취아에게 말해 놓고 가야 할 거 아닌가?"

설취에게 행선지를 얘기하고 오겠다는 말에 묵향은 한심하다는 듯 이죽거렸다.

"아니, 한두 살 먹은 어린애도 아니면서 제자한테 그런 보고까지 올려야 합니까?"

묵향이 '보고를 한다'는 식으로 비꼬자, 만통음제는 기어 들어가는 듯한 목소리로 중얼거렸다.

"그래도 아무 말 없이 사라지면 걱정할 텐데……."

"걱정은 무슨 걱정이요. 슬그머니 사라지는 것도 삶을 살아가는 지혜라구요. 그래야 사부가 언제 돌아올지 모르는 만큼 긴장을 늦추지 않고 생활하지 않겠습니까? "지금 사라져서 언제 돌아오겠다" 이렇게 말해 놓으면 "해방이다!" 하면서 열심히 놀 게 당연하죠. 안 그래요?"

"흠, 그 말도 일리가 있군."

조금 억지스런 주장임에도 만통음제는 그냥 그러려니 하고 넘어갔다. 괜히 쓸데없는 것으로 입씨름을 해 봤자 입만 아프다. 사실 묵향이 한 번 억지를 부리기 시작하면 어떤 식으로든 궤변을 늘어놓으면서까지 이기려고 들었다. 또한 이런 식으로 우기는 것이 언제나 보면 별 볼일 없는 사안이었기에 그냥 져 주는 것이기도 했다.

마화도 여자랍니다

　제령문도들이 묵고 있는 장원은 양양성의 동문 쪽에 위치해 있다. 그리 넓지는 않았지만, 10여 필에 달하는 말과 수십 명에 달하는 제령문 식솔들이 지내기에 그리 불편하지는 않다. 더군다나 장원에는 무술을 수련할 수 있도록 작은 연무장까지 달려 있었다.
　연무장에서 치열한 비무를 하고 있는 남녀, 바로 서량과 설취다. 서량은 폭풍검이라는 명호답게 마치 폭풍과도 같은 사나운 검세로 몰아쳤다. 그리고 그에 대적하는 설취는 구름 사이로 꽃잎이 날아다니듯 아름다우면서도 날카로운 검으로 맞서고 있다.
　나이는 설취가 일곱 살 정도 연상이었지만, 검술은 서량 쪽이 훨씬 더 깊이 있게 깨닫고 있는 상태다. 설취의 경우 서량과 달리 문파의 대를 이을 필요가 없는 만큼, 만통음제가 그녀의 수련을 심하게 닦달하지 않았기 때문에 벌어진 격차였다. 만약 그렇지 않고 설취도 대사형인 냉파천처럼 뼈를 깎는 수련을 시켰다면 서량에게 그리 심하게 뒤쳐지지는 않았으리라.
"이제 그만 하는 것이 좋겠습니다."
그렇게 말한 서량은 재빨리 옆쪽으로 달려가 미리 준비해 놓은 수건을 가져다가 설취에게 건넸다.
"고마워요, 서 공자. 오랜만에 땀을 흘리니 정말 기분 좋네요."
"시원한 거라도 가져오라고 이를까요?"
그걸 마시면서 잠시 담소라도 나누자는 말이다. 하지만 설취는 살짝 하늘을 살펴본 뒤 고개를 흔들었다.
"말씀은 정말 고맙지만 이만 가 봐야겠어요. 사부님께서도 기다리고 계실 테고, 더 이상 서 공자의 시간을 뺏는다는 것도 염치없는 짓이니 말이에요."
서량은 무슨 말을 하느냐는 듯 손을 저었다.
"시간을 뺏는다니 당치도 않습니다, 설 소저."
"패력검제 대협께서 출타하신 후, 서 공자께서 문파의 모든 일을 도맡아 처리하신다고 들었는걸요. 그걸 잘 알면서도……."
"전혀 폐가 되지 않으니 그런 걱정은 하실 필요도 없습니다. 참, 오랜만에 오셨는데, 조 소저와 얘기라도 나누고 가시죠. 요즘 아버지께서 안 계셔서 꽤 적적해 하는 것 같던데 말입니다."
"조 소저의 말벗이요?"
설취의 반문에 서량은 아차 싶었다. 설취와 좀 더 같이 있고 싶은 마음에 급하게 말을 돌리다 보니 실수를 한 것이다.

　근래 조령은 패력검제로부터 무공을 배우고 있었다. 하지만 패력검제는 조령과 사제지간을 맺지 않았다. 그냥 심심풀이 삼아 무공만 조금씩 가르쳐 주고 있을 뿐이다. 그것도 별 볼일 없는 무공들로만 골라서 말이다.

　패력검제가 조령을 자신의 정식 제자로 삼지 않은 이유는 그녀의 자질이 형편없다는 것도 있었지만, 가장 큰 이유는 그녀의 정체가 불확실했기 때문이다. 그렇기에 서량은 조령과 사형제지간이 아닌, 그냥 아버지의 손님으로 적당한 거리를 유지한 채 대하고 있는 중이다.

　하지만 이제 조령의 나이 스물 둘. 일반적인 여성의 나이로 봤을 때는 꽤나 나이 먹은 축에 들어가겠지만, 이곳 무림에서는 얘기가 완전히 다르다. 웬만한 명가의 여식들이라면 무공수련을 끝내고 출도할 때의 나이가 가볍게 서른을 넘겨 버리니 말이다.

　더군다나 설취의 경우 제자까지 키우고 있다. 그녀의 제자인 송화의 나이가 조령과 엇비슷할 정도니, 설취에게 조령의 말벗이나 해 달라는 것은 어떻게 보면 조금 실례되는 부탁일 수도 있다. 일단 말을 꺼내 놓은 상태에서 그걸 깨달은 서량은 당혹감을 감추지 못하며 재빨리 수습에 나섰다.

　"저, 제가 한 말은 그러니까…, 조 소저가 여기 와서 친하게 지내는 사람도 없고, 또 지금 아버지도 안 계신 만큼 뭔가 조언을 청할 상대도 없고, 그래서 설 소저께서 조 소저를 제자처럼 그러니까……."

자기가 생각해도 뭔가 앞뒤가 안 맞는 횡설수설이다. 하지만 상대가 당황해서 변명을 늘어놓고 있는 것을 이해하지 못할 설취가 아니다. 그녀는 활짝 미소 지으며 아무렇지도 않다는 듯 말했다.

"서 공자께서 조 소저를 그렇게 생각해 주시는지 몰랐군요. 패력검제 대협께서 안 계신 동안이라도 제가 신경 써 드릴 테니 너무 염려하지 마세요."

"가, 감사합니다."

"그럼 잠깐 조 소저의 얼굴이나 보고 갈까요?"

서량은 부랴부랴 아랫사람을 불러 조 소저가 어디 있는지 물었지만, 그녀의 행방을 정확하게 알고 있는 사람은 단 한 명도 없었다. 정문을 지키는 무사에게 알아본 결과 두 시진쯤 전에 밖으로 나갔다는 것만 확인했을 뿐이다. 하지만 서량은 그녀의 행방에 대해 전혀 걱정하지 않았다.

그녀 곁에는 제법 실력 있는 호위 무사가 있다. 만약 무슨 일이 생기면 그가 이리로 달려올 게 분명했다. 그걸 잘 알면서도 조령의 행방을 찾기 위해 계속 아랫사람을 불렀던 것은 조금이라도 설취와 같이 있고 싶었기 때문이다.

아무리 찾아도 조령의 행방을 알 수 없자 설취는 살포시 미소 지으며 입을 열었다.

"오늘은 너무 늦어 시간이 안 될 것 같고, 조 소저하고는 다음에 만나서 얘기를 나눠 볼게요."

"예, 그래 주시면 감사하겠습니다."

이대로 떠나보내야 하는 것이 너무 안타까웠던지, 설취의 뒷모습이 시야에서 사라졌음에도 불구하고 서량은 안으로 들어가지 않고 하염없이 문 앞에 서 있었다.

"늦어서 죄송합니다, 사부님."

그렇게 말하며 사부의 방문을 열었지만, 설취의 예상과 달리 만통음제는 방 안에 없었다.

"어디에 가셨지? 잠시 자리를 비우신 모양이네."

그녀는 급히 물을 끓였다. 몸이 불편한 사부에게 향긋한 차를 올리기 위해서. 하지만 뜨겁게 끓인 물이 차갑게 식을 정도로 기다려도 사부는 오지 않았다. 기다리다 지친 그녀는 이리저리 객잔을 뒤지기 시작했다. 하지만 처음 그녀의 생각과 달리 만통음제의 모습은 객잔 안 어디에도 보이지 않았다.

'바람이라도 쐬러 나가셨나?'

그렇게 생각하며 그녀는 일상의 생활로 되돌아갔다. 비록 상처를 입어 몸이 불편하기는 하지만 천하에 자신의 사부를 해코지할 수 있는 사람은 없다고 굳게 믿고 있는 설취였다. 그랬기에 사부가 보이지 않아도 걱정을 하지 않고, 잠시 밖으로 산보를 나갔다고 생각한 것이다.

하지만 시간이 흘러 날이 저물고 있는데도 만통음제가 돌아오지 않자 설취의 미간에 근심의 기색이 살짝 떠올랐다. 밤이 되면 묵향 사숙이 매일처럼 그래왔듯이 술병을 들고 찾아올 것이 분명하다. 그런 만큼 사부는 어딘가 볼일이 있어 나갔다고 해도 밤이 되기 전에 돌아와야 했다. 옆에서 보면 샘이 날 정도로 묵향에 대한 만통음제의 애정이 각별하다는 것을 설취는 잘 알고 있었다.

잠시 초조한 모습으로 방 안을 서성거리던 설취는 뭔가 이상하다는 듯 고개를 갸웃거렸다. 해가 저물어 노을이 깔리기 시작했지만, 사부는 물론이고 매일처럼 모습을 드러내던 묵향 사숙마저 코빼기도 보이지 않았다.

주위가 완전히 어두워지자 설취는 숙소를 나와 묵향이 기거하고 있는 곳으로 달려갔다. 어쩌면 자신의 사부가 묵향 사숙이 있는 곳으로 갔을지도 모른다고 생각했기 때문이다. 평상시의 사부라면 걱정할 필요가 없겠지만, 지금 사부의 몸은 정상적인 상태가 아니다.

장인걸에게 워낙 호되게 당했었기에 상처가 아직까지 완치되지 않았던 것이다. 의생이 만통음제의 몸에서 잘라 낸 썩은 살덩이만 해도 한 근은 족히 되었을 정도였으니, 그런 치명상을 당하고도 목숨을 건진 것은 정말이지 기적이었다.

마교의 무사들이 머무르고 있는 숙소에 도착하자마자 설취는 사부의 행방을 묻기 위해 마화를 찾았다. 양양성에서 하루 이틀 얼굴을 보는 것도 아니었고, 모시는 분들끼리 서로 호형호제를 하다 보니 그녀들도 사이좋게 지내게 되었다. 거기에다가 설취로서는 다른 사람에게 말하지는 않았지만, 마화에게 묘한 동질감을 느끼고 있었다.

같은 남자를 사랑하고 있다는 것. 너무 오랜 세월이 흐른지라 점차 잊혀져 가던 자신의 첫사랑이 불쑥 그 모습을 드러냈을 때 얼마나 놀랬는지 모른다. 중년의 나이라고는 해도 아직 누군가와 사랑의 감정을 공유해 보지 못했던 설취로서는 조금씩 되살아나는 예전의 감정을 당혹스런 마음으로 억제할 수밖에 없었다. 그랬기에 묵향에 대한 마화의 짝사랑을 한눈에 알아차릴 수 있었던 것이다.

동병상련의 정 때문인지, 설취는 그런 마화를 친언니처럼 따랐다. 마화가 일하는 곳까지 찾아간 설취는 그녀를 보자 반갑게 인사했다.

"저 왔어요, 언니."

"어, 왔니? 어서 와."

하지만 말과 달리 마화의 안색은 썩 밝지 못했다. 어떻게 보면 "꼴 보기 싫은데 너 왜 왔니?" 하고 말하는 것만 같았다. 그 모습에 설취는 등골에 소름이 돋는 것을 느꼈다. 평상시에는 몰랐는데 오늘 이렇게 보니 마화가 아주 무섭게 보였던 것이다.

"저…, 시간을 잘못 택해 온 것 같네요. 저는 그만 가 볼게요. 별로 다른 볼일은 없었고…, 지나가다가 언니 얼굴이나 볼까 해서 온 것뿐이에요."

허둥지둥 밖으로 다시 나가려는 설취의 옷섶을 꽉 잡아당기며 마화가 급히 말했다.

"기왕 왔으니 차라도 한잔하고 가."

말은 그렇게 하고 있었지만, 그녀의 목소리에는 깊은 짜증이 묻어 있었다.

"저…, 그렇지만 언니 기분도 별로 안 좋으신 거 같고……."

"내가?"

그제야 마화는 아차 싶은 모양이다. 무심결에 설취에게 짜증을 내고 있었던 자신을 깨달은 것이다. 물론 지금 기분이 안 좋은 게 사실이기는 했지만, 기왕에 찾아온 손님을 이대로 보낼 수도 없는 노릇이 아닌가. 그렇기에 그녀는 될 수 있으면 밝은 표정을 유지하려 애쓰며 털털하게 말했다.

"내가 성격이 좀 그래서 그래. 방금 전에 별로 좋지 않은 일이 있었거든. 너 때문에 그런 거 아니니까 들어와서 차나 한잔하고 가. 오랜만에 찾아왔는데 이렇게 보낼 수는 없잖아, 응?"

상대가 이렇게까지 말하는데 가겠다고 고집을 부릴 수는 없지 않겠는가.

"그럼…, 그럴까요?"

설취는 마화가 권하는 자리에 앉으며 이곳으로 온 용건부터 슬며시 꺼냈다.

"언니, 혹시 사부님께서 여기 오시지 않으셨어요?"

"글쎄, 잘 모르겠는……."

여기까지 말하던 마화는 일이 어떻게 된 것인지 눈치 챘다. 그녀는 곧바로 자신이 생각한 바를 설취에게 말했다.

"아마 교주님하고 같이 계실 거야. 교주님께서 말을 두 필 끌고 나가셨거든."

평상시 묵향은 말을 타지 않는다. 왜냐하면 말을 타고 이동해 봐야 좋을 게 없기 때문이다. 그런 그가 말 두 필을 끌고 나갔다는 것은, 곧 누군가와 동행을 한다는 것과 같은 뜻이었다.

"교주…, 사숙님하고요? 사숙께서는 어디에 가셨는데요?"

마화는 설취가 마실 차를 끓이기 위해 부지런히 손을 놀리면서도, 상대의 질문에 일일이 대답해 주었다.

"옥화무제를 만나러 만현으로 가셨어."

설취는 고개를 갸웃하며 물었다.

"만현에요? 아주 급한 볼일이 있으셨나 보네요. 지금까지 사부님께서 어딜 가실 때면 꼭 행선지를 알려 주시곤 했는데, 이번엔 저한테 아무 말도 안 하고 가신 걸 보면……."

설취의 물음에 대답을 해 주는 마화의 목소리는 심드렁하기만 했다.

"급한 볼일이라기보다는 그건 교주님께서 흔히 쓰시는 방법이야. 교주님께서는 자신의 행선지나, 행동할 예정을 수하들에게 말해 주지 않으시거든. 상관의 움직임을 부하들이 정확하게 알게 되는 그 순간부터 부하들이 게을러진다는 게 그분의 지론이시지."

별 해괴한 지론을 다 들어 본다고 생각하며, 설취는 되물었다.

"말씀 중에 죄송하지만 그걸 아는 거 하고, 게을러지는 게 무슨 연관이 있죠?"

"상관이 언제 나타날지 모르는 만큼, 부하들이 마음 놓지 못하고 계속 열심히 일한다는 뜻이지, 아마."

그제야 이해했다는 듯 설취는 탄성을 내질렀다.

"아! 그렇군요. 확실히 일리가 있는 것 같네요."

하지만 마화는 콧방귀를 뀌며 툴툴거렸다.

"흥! 일리가 있기는 뭐가 있어? 그분이 그런 짓 안 해도 모두들 열심히 일해. 그리고 그분도 그걸 잘 알고 있고 말이야. 그러면서도 그런 식으로 둘러대는 건, 교주라는 지위에 얽매이지 않고 자기 편한 대로 행동하겠다는 얄팍한 잔꾀라구."

오랜만에 성깔을 드러내고 있는 마화의 모습에 설취는 주눅이 들 수밖에 없었다.

"그…, 그렇게 생각할 수도 있겠네요."

마화는 차가 끓자 설취에게 따라줬다. 그런 다음 어디선가 술병 하나를 가져온 뒤 자신의 잔에는 차 대신 술을 가득 따르는 것이었다.

"미안, 나는 차보다는 이게 좋아서."

조심스럽게 차를 마시던 설취는, 한 번에 쭉 들이켠 다음 또다시 찻잔에 술을 따르고 있는 마화의 안색을 살피며 조심스럽게 물었다.

"안 좋은 일이 있었나 봐요. 제가 알면 안 되는 일인가요?"

"그렇게 기밀을 요하는 일은 아니야. 그냥 황도에 갈 일이 생겼는데, 모두들 서로 가겠다고 경쟁이 붙어서 말이지. 나도 가고 싶었는데……."

이제야 마화가 왜 저기압인지 알 수 있었다.

"황도에 가지 못하게 되셔서 그런 거군요?"

마화는 당시의 상황이 떠오르는지 흥분해서 씩씩거리며 소리쳤다.

"정당하게 경쟁에서 졌다면 내가 이렇게 화를 내지 않아. 아,

글쎄 나는 부대주니까 제비를 뽑을 자격이 없다고 하잖아. 쪼잔한 놈들! 그러더니 자기들끼리만 제비를 뽑더라구. 하는 짓이 너무 치사하지 않아?"

믿는 도끼에 발등이 찍힌다고, 그런 말을 꺼낸 건 그녀와 가장 친한 임충(任充)이었다. 임충은 이 임무는 천인장이 할 일인 만큼, 부대주인 마화는 빠져 달라고 냉담하게 말했던 것이다. 그때의 뻔뻔하기 그지없었던 임충의 낯짝을 생각하면 너무 분해서 절로 이빨이 뽀드득 갈리는 마화였다.

설취는 마화의 심정을 충분히 이해한다는 듯 고개를 끄덕이며 물었다.

"황도에 무척 가고 싶으셨던 모양이죠?"

시무룩한 표정으로 마화가 고개를 끄덕였다.

"요즘 아무 일도 없고 너무 심심하잖아. 얼마 전에 한바탕 벌어졌던 것도 교주님 혼자서 쓱싹 끝내 버렸고 말이야. 모두들 심심해서 죽을 지경인데 황도에 가면 그러니까…, 시장에서 구경도 하고, 그러다가 마음에 드는 것도 있으면 사기도 하고……."

마화의 얘기를 듣는 순간, 설취는 곧바로 머리에 와 닿는 것이 있었다. 표현하지는 않았지만 마화가 내심 묵향을 사랑하고 있다는 것은 설취도 이미 알고 있는 일이다. 아마 그 때문에 황도에 가고 싶은 것이 아닐까? 여기서는 제대로 된 장신구 하나 구입할 수도 없으니 말이다.

"그렇죠. 사실 여기는 너무 물건이 없잖아요? 거기 가면 예쁜 속옷도 많을 텐데……."

미끼는 던져졌고, 마화는 아무 생각 없이 덥석 그 미끼를 물었다.

"맞아, 맞아. 바로 그거야. 맨날 산간벽지로만 돌아다니다 보니……. 에휴!"

아무리 선머슴 같은 삶을 살고 있다고는 하지만, 그녀도 여자다. 그것도 사모하는 남자에게 잘 보이고 싶은, 다른 사람에게는 몰라도 묵향 앞에서라면 언제까지라도 아름다운 여인으로 기억되기를 원하는 마화였다.

"그렇다면 이번에 가시는 분께 예쁜 거 좀 사 오라고 부탁하면 되잖아요."

마화는 말도 안 된다는 듯 손사래를 치며 한숨을 내쉬었다.

"그놈? 그놈도 숙맥이라서 그런 가게에 들어갈 수 있을 거 같아? 더군다나 창피하게 속옷을 사다 달라고 어떻게 부탁해. 에휴, 내 팔자야."

설취는 이런 마화의 털털한 모습이 정말 좋았다. 마화가 투덜거리는 모습을 환히 웃으면서 바라보던 설취가 조심스럽게 물었다.

"저 그럼 제가 가지고 있는 것을 좀 드릴까요? 비단으로 된 건데, 감촉이 아주 좋아요."

"정말? 그런데 동생도 입어야 하잖아?"

반색을 하며 좋아라하다 곧 고개를 흔드는 마화의 모습에 설취는 그게 아니라며 손을 저었다.

"예전에 서역에서 온 상인에게 한 번에 많이 산 적이 있거든요. 그리고 저 입을 거 많아요."

"그럼 좀 부탁해도 될까?"

마화가 좋아하는 모습에 미소 짓던 설취가 뭔가 떠오른 듯 불쑥 물었다.

"근데 사숙께서는 언제 돌아오실 것 같아요?"

갑작스런 설취의 질문에 마화는 난처한지 머리를 긁적거렸다.

"글쎄, 워낙 대중없이 움직이시는 분이시라서……. 짧으면 3일, 길게 잡으면……."

그녀는 어색한 미소를 지으며 말을 이었다.

"잘 모르겠네. 몇 달 후, 아니 어쩌면 몇 년 후라도 불쑥 나타나실 수 있는 분이라서 말이야. 가장 오랫동안 행방불명이 되셨던 기록은 24년 3개월이야. 모두들 돌아가신 줄 알았지."

그 말에 설취는 놀라지 않을 수 없었다.

"정말이요?"

"정말이야. 그동안 뭐 하셨는지는 아직까지도 수수께끼야. 그런 부분은 통 말씀을 안 하시거든."

"사숙께서 속마음을 드러내시지 않아서 섭섭하신가 봐요."

설취는 이제 비어 버린 자신의 찻잔 가득 술을 따르며 생긋 미소 지었다.

"저도 오랜만에 한잔해도 되죠? 돌아가 봐야 객잔에는 아무도 없으니 말이에요."

"큭큭, 좋지! 오랜만에 의기투합해서 마셔 볼까?"

마화는 설취가 내민 잔에 술을 가득 따라 주며 웃음을 터트렸다.

＊　　＊　　＊

　양양성을 떠난 묵향과 만통음제는 관도를 따라 의창(宜昌)까지 내려간 다음, 그곳에서 장강을 따라 올라갔다. 그렇게 하면 만날 수 있는 것이 바로 장강삼협(長江三峽)의 장관이다. 경치만을 즐기기 위해서라면 배라도 한 척 빌려 장강을 거슬러 올라가는 것이 가장 기억에 남는 유람이 되겠지만, 묵향은 그런 선택을 할 수가 없었다. 왜냐하면 옥화무제와 약속이 잡혀 있었기에 시간 내에 만현에 도착해야 했기 때문이다.

　그들은 의창에서 만현까지 육로를 이용해 달려갔다. 그 길은 절벽의 중간을 뚫어 내놓은 것이었기에 경치는 멋있을지 몰라도, 담이 작다면 한 발자국도 떼기 힘들 정도로 위험한 길이다.

　위태롭기 짝이 없는 한 가닥 길을 중심으로 한쪽으로는 끝이 보이지 않을 정도의 절벽이요, 그 반대편은 천길 낭떠러지다. 그리고 그 낭떠러지를 내려다보면 싯누런 흙탕물이 마치 황룡이 용트림이라도 하듯 웅장한 기세로 흘러간다. 절벽 위쪽에서 작은 돌조각이라도 아래로 떨어지면 머리털이 쭈뼛 설 정도로 무서운 것이 사실이지만, 옆으로 고개를 돌리기만 하면 그런 위험이 한순간에 잊혀질 정도로 황홀한 절경이 눈에 들어온다.

　"어떻습니까, 형님. 꽤 근사하죠?"

　풍류를 즐기는 만통음제인 만큼, 중원 곳곳에 경치가 좋다는 곳 치고 안 가 본 곳이 없었다. 물론 여기도 몇 번씩이나 와 봤었다. 때로는 혼자서, 때로는 제자들을 거느리고. 하지만 묵향의 표정을 바라보니 그는 이곳에 처음 와 본 듯했다. 그런 마음을 헤아려 만통음제는 마치 이곳에 처음 와 본 듯 장단을 맞춰 줬다.
"호오, 정말 아름다운 곳이로구먼. 그런데 동생은 이런 곳이 있는 줄 어떻게 알았나?"
경치를 둘러보며 흡족해하는 만통음제의 모습에 묵향도 기분이 좋은지 히죽 웃었다. 마교의 정보 조직도 때론 쓸모가 있다고 생각하며.
"부하 놈들 보고 양양성 근처에 경치가 괜찮은 곳이 있으면 알려 달라고 했더니, 여기를 권하더군요. 관지 녀석의 말로는 처음 시작되는 경치가 그러니까 뭐라더라? 하여튼 그런 게 있는데, 세 가지 경치가 순서대로 연결된다고 하더군요. 제가 보기에는 그놈이 그놈이라 어떤 게 어떤 건지 알 수가 없지만, 그런대로 시간 내서 구경해 볼 만은 하죠?"
묵향다운 말에 만통음제는 피식 미소 지으며 절경을 감상했다. 사실 지금 지나가고 있는 곳이 서릉협(西陵峽)의 절경이고, 계속해서 무협(巫峽)과 구당협(瞿塘峽)이 이어진다. 하지만 선인들이 붙여 놓은 그런 명칭들이 뭐가 중요하겠는가. 정작 중요한 것은 지금 이 순간, 시시각각으로 변하는 주위의 경치에 반응하여 가슴 가득 솟구쳐 오르는 이 진한 감동이 더욱 중요한 것이거늘.
더군다나 말하는 것을 들어 보니 자신을 위해 마교의 정보 조직까지 움직인 것 같아 그 마음 씀씀이에 만통음제의 눈시울이 슬쩍 붉어졌다.
"세 가지 경치면 어떻고, 여섯 가지 경치면 어떤가? 이 아름다운 경치보다 훨씬 좋은 동생이 있는데 말일세."

　말을 잠시 멈춘 만통음제는 품속에 손을 넣어 술병을 꺼내며 환히 웃었다.

　"허허, 그리고 여기 술이 있으니 더 이상 필요한 것이 무엇이 있겠나?"

　"물론입니다, 형님."

　두 의형제는 호탕하게 웃음과 술, 그리고 서로 간의 추억을 나누며 만현을 향해 말을 달렸다.

길흉화복을 점치는 태을복술원

　세상이 어수선할수록 점쟁이와 사이비 도사들의 수가 늘어난다는 것은 누구나 다 인정하는 사실이다. 민심이 워낙 흉흉한 데다가 미래에 대한 확신이 없다 보니 사이비 도사나 점쟁이에 의지해서라도 미래를 알고자 하는 욕구가 강해지기 때문이다.
　금나라 병사들이 침입하여 약탈을 벌이는 바람에 크나큰 곤욕을 치룬 하남성의 대도시들 중 하나인 낙양(洛陽).
　과거에 일어섰던 대 제국들의 황도였던 낙양은 시골에서 올라온 촌부의 혼을 쏙 빼놓을 정도로 그 규모가 장대하고 화려했다. 그런 낙양의 뒷골목에는 수십, 아니 수백 군데가 넘는 점을 쳐 주는 점집이나 도관이 있었다. 그리고 그들 중에서도 몇 손가락 안에 꼽힐 정도로 유명한 곳이 바로 태을복술원(太乙卜術院)이다.

태을복술원을 운영하는 태을진인(太乙眞人)은 화산에서 수십 년 동안 도를 닦아 천기를 읽고, 인생의 길흉화복을 훤히 알고 있다는 소문이 자자했다. 낙양의 고위 관료들도 점을 치기 위해 줄을 설 정도라는 그는 절대로 사람들 앞에서 점괘를 뽑지 않는다는 특이한 성격을 지니고 있었다.

태을복술원에 들어가면 용하다는 소문을 듣고 찾아온 수많은 손님들로 북적거린다. 손님들이 편안하게 기다릴 수 있도록 잘 꾸며 놓은 넓은 방에 앉아 향긋한 차 한 잔을 마시며 기다리다 보면, 얼마 지나지 않아 계집종이 다가와 자신의 차례가 되었음을 알려 준다.

태을진인의 방에 들어가면 방 한쪽을 가득 메울 정도로 거대한 원시천존의 족자가 걸려 있고, 한 손에는 불진을 든 태을진인이 단아하게 앉아 있다. 탈속해 보이는 태을진인이 앉아 있는 탁자 위에는 주역과 산통이 놓여 있다. 그런데 특이한 점은 산통 옆에 지필묵이 완비되어 있다는 점이다.

"어서 오십시오. 그래, 무슨 일로 오셨습니까?"

부드러운 목소리로 태을진인이 말을 건네자 손님으로 들어온 중년 부인은 황급히 고개를 조아리며 얼굴을 붉혔다. 자신이 지금까지 보아 왔던 일반 점집과는 너무나도 다른 모습에 당황한 것이다. 형형색색 무서운 귀신들이 그려진 그림으로 도배된 벽에 위압적인 모습으로 지성을 보이라는 점쟁이와는 격이 달랐기 때문이다.

오랜 시간 도를 닦아서인지 탈속해 보이는 태을진인을 훔쳐보며 왠지 모를 신뢰감을 느낀 중년 부인은 조심스럽게 입을 열었다.

"이번에 딸아이에게 맞선 자리가 들어왔는데, 궁합이 어떤지······."

태을진인은 붓에 먹물을 듬뿍 찍으며 다시 물었다.

"상대의 이름은 어떻게 되죠?"

태을진인은 선이 들어온 상대의 이름과 생년월일, 태어난 시각은 물론이고 상대가 거주하는 주소까지 꼼꼼하게 계속 질문하며 기록해 나갔다. 어느 정도 질문이 끝나자 기록된 종이를 봉투 안에 집어넣었다.

"따님의 미래가 걸린 일이니만큼, 길일을 택해 몸을 정갈하게 하고 점괘를 뽑아야 하기에 10일 정도 후에야 점괘가 나올 것 같습니다. 그때 다시 와 주실 수 있겠습니까?"

중년 부인은 그 말에 황급히 고개를 조아렸다. 일반 점집은 방울 몇 번 흔들고, 정성부터 보이라며 돈을 요구하는 게 관례인데 태을진인은 뭔가가 달라도 많이 달랐다. 딸아이의 미래가 걸린 일이라며 길일까지 택해서 몸을 정갈히 하고 점을 치겠다니 그저 감격스러울 따름이었다.

"저, 복채는 얼마나 드려야 할지······."

불진을 흔들며 눈을 감고 있던 태을진인이 그 말에 가만히 눈을 떴다. 그리고는 나직하게 한숨을 내쉬는 것이었다.

"허, 도를 깨쳐 부귀영화가 한줌의 티끌처럼 보이는 빈도에게 복채라는 말을 하시다니······. 속되고도, 속되도다. 무량수불."

그 말에 황급히 중년 부인은 다시 고개를 조아렸다. 왠지 자신이 해서는 안 될 말을 한 것 같은 기분이 들었기 때문이다.

"속 좁은 여인네의 말인지라 새겨듣지 마시고, 진인님의 도력에 감복하여 저의 정성을 표시하고 싶었을 뿐이에요."

그때서야 태을진인의 찌푸려졌던 안색이 조금 펴졌다.

"무량수불, 부인의 뜻이 정 그러하다면 밖으로 나가시면 총관이 있으니 그에게 말씀하시지요."

중년 부인은 다시 한 번 고개를 조아린 뒤 조심스럽게 밖으로 나갔다. 중년 부인이 밖으로 나간 것을 확인한 태을진인은 의자에서 벌떡 일어섰다. 그런 다음 자신이 앉아 있던 의자 뚜껑을 열고 그 안에 방금 전에 기록한 봉투를 집어넣은 후, 뚜껑을 닫고 위에 다시 걸터앉았다.

자리에 걸터앉은 태을진인의 얼굴에는 흡족한 미소가 걸려 있었다. 점 한 번 보는 데 얼마라고 말하는 건 하수들이나 하는 수작이다. 점집이나 도관을 찾아다니는 사람들이 어디 한두 군데를 다녔겠는가. 척 봐서 돈푼 꽤나 있게 생긴 사람들은 적당히 그럴듯한 분위기만 잡아 주면 된다. 물론 날로 그냥 먹으려는 사람들도 있었지만 그건 밖의 총관이 알아서 처리할 것이다.

방금 나간 중년 부인은 앞으로 자주 찾아올 것 같다는 생각에 흡족한 미소를 짓던 태을진인은 밖을 향해 나직하게 소리쳤다.

"다음 손님!"

말이 끝나기가 무섭게 문이 열리며 호화로운 복장의 중년인이 들어섰다. 중년인이 자리에 앉자 태을진인은 부드러운 미소를 지으며 아는 척을 했다.

"아니, 왕 대인 아니십니까? 오늘은 어쩐 일로……."

"점괘를 받으러 왔습니다."

"아차, 얼마 전에 친 점괘를 받으러 오셨군요. 오실 줄 알고 미리 준비해 두고 있었습니다."

앉아 있던 자리 옆쪽에 위치한 서랍을 열자 그 안에는 수백 통이 넘는 봉서들이 꽉꽉 들어차 있다. 태을진인은 빠르게 봉서들을 뒤져 왕대인의 것을 찾아냈다. 물론 왕대인이라 불린 중년인은 볼 수 없는 위치에 놓여진 서랍 안이었다.

"허허, 점괘가 아주 잘 나왔습니다. 왕대인의 운이 이제야 상승세를 타는가 봅니다. 무량수불."

점괘가 잘 나왔다는 말에 왕대인의 안색이 활짝 펴졌다. 봉서를 받아 든 왕대인은 말없이 품속에서 전표 한 장을 꺼내 탁자 위에 올려놓았다. 낙양 인근에서 가장 신용도가 뛰어나다나는 낙양전장에서 발행한 은자 50냥짜리 전표였다.

"이건 약소하지만."

"허허, 뭘 이런 것을……."

"태을진인께서 애써 점괘를 잘 뽑아 주신 것에 대한 작은 성의일 뿐입니다."

점잖게 사양하는 듯한 말과는 달리 태을진인은 어느샌가 탁자 위에 놓인 전표를 집어 품속에 밀어 넣고 있었다. 왕대인은 다시 품속에 손을 집어넣더니 봉서 하나를 꺼내 탁자 위에 올려놓았다.

"그렇다면 이것에 대해 점을 치는 데는 시간이 얼마나 걸리겠습니까?"

태을진인은 봉서를 뜯어 내용을 읽어 본 후, 고개를 갸웃하며 잠시 생각하더니 말했다.

"이 경우는 길일이 언제일지 지금으로서는 정확히 말씀드리기가 어렵군요. 일단 오늘 밤 천기를 짚어 본 후, 점괘가 나오면 그때 댁에 사람을 보내겠습니다."

"복채(卜債)는 얼마나 드리면 되겠소?"

"허허, 이 바닥의 가격이라는 것이 뻔하지 않습니까. 많으면 많을수록 점괘가 잘 맞는다는 것을 잘 아시는 분이……."

그 말에 왕대인은 다시 품속에 손을 집어넣어 전표 다발을 탁자 위에 올려놓았다.

"이번 점괘의 선금 은자 천 냥이오. 점괘가 흡족하게 잘 나온다면 잔금으로 은자 천 냥을 더 드리겠소."

은자 천 냥이면 동전으로 따졌을 때 무려 19만2천 냥이나 되는 엄청난 금액이다. 태을진인의 입 꼬리가 슬쩍 올라간다. 매우 만족스러웠지만 왕대인이 바로 앞에 앉아 있기에 그 정도 감정 표현에 그쳤던 것이다.

"호오, 잘 알겠습니다. 왕대인의 뜻이 그러하시다면 확실하게 점괘가 나오도록 신경을 쓰도록 하겠습니다."

"그럼 부탁하오."

용건이 다 끝나자 왕대인은 지체 없이 일어나 밖으로 나갔고, 태을진인은 봉서에 왕 대인의 이름을 기록한 후 앉아 있던 의자 뚜껑을 열어 그 안에 집어넣었다. 오랜만에 큰 건이 걸렸기에 태을진인의 얼굴에는 함박웃음이 걸려 있었다. 기분 좋게 자리에 앉아 밖을 향해 다음 손님을 모시라고 외치려 할 때였다. 갑자기 밖에서 소란한 소리가 들려오기 시작했다.

"무슨 일이냐?"

문이 벌컥 열리며 새파랗게 질린 시종 하나가 뛰어 들어와 다급하게 말했다.

"웬 손님께서 진인을 뵙겠다며 막무가내로, 큭!"

이때, 웬 커다란 손이 나타나 시종의 머리통을 붙잡고 뒤로 잡아당겼다.

우당탕탕.

문이 부서지는 소리와 함께 시종의 모습이 시야에서 사라지더니 곧 장대한 체구를 지닌 장한이 모습을 드러냈다. 장한의 얼굴을 본 태을진인의 안색이 창백하게 질렸다. 그는 재빨리 밖을 향해 소리쳤다.

"총관! 아무래도 오늘은 더 이상 손님을 받기 어려울 것 같으니 나중에 다시 찾아와 주십사 하고 말씀드리게. 오늘 영업은 끝이야. 알겠나?"

그렇게 말한 태을진인은 문밖으로 나가 나뒹굴고 있는 시종을 바라보며 지시를 내렸다.

"귀한 손님이 오셨으니 곧 차를 내오고, 총관에게 말해 주위에 사람들이 얼씬하지 못하도록 단단히 단속을 하라 전하거라."

어리둥절한 표정을 짓고 있던 시종은 태을진인의 말에 뭔가를 깨달은 듯 후다닥 일어나 고개를 조아렸다.

"예, 나으리. 말씀대로 하겠습니다."

태을진인이 방 안으로 돌아와 보니 장한은 거대한 도(刀)를 무릎 위에 올려놓은 채, 살짝 눈을 감고 앉아 있었다.

"처음 뵙겠습니다, 수라도제 대협. 이렇게 누추한 곳까지 어떻게 왕림하셨는지……?"

질문을 던지는 태을진인의 목소리는 마치 귀신이라도 본 듯 가늘게 떨리고 있었다. 그럴 수밖에 없는 것이 자신이 알고 있기로 수라도제는 양양성에 있어야 했다. 그렇다면 여기 앉아 있는 수라도제는 또 누구란 말인가?

무엇보다 중원 무림을 움직이는 거물과 마주 앉아 있다는 것만으로도 태을진인은 머릿속이 하얗게 비는 것만 같았다.

"예전에 낙양에 들렀을 때, 무영문에서 파견 나와 있던 인물이 혹시 연락할 사항이 있으면 이곳으로 사람을 보내면 된다고 했기에 찾아왔네."

"아, 예. 그렇다면 무슨 점을 치시…, 죄송합니다. 무슨 정보를 원하십니까?"

태을복술원은 무영문이 정보를 사고팔기 위해 천하에 깔아 둔 지부 중 하나였다. 물론 점을 치는 시늉을 하며 점괘를 뽑아 주는 것도 무영문의 정보를 바탕으로 분석해 주는 것이다.

"노부는 소림사 내부의 정확한 건물 배치도를 원하네. 그리고 가장 쉽게 참회동까지 들어갈 수 있는 침입로도 알려 주면 고맙겠군."

여기까지 말한 수라도제는 난감한 표정을 짓고 있는 태을진인을 바라보며 장난기 어린 말투로 물었다.

"그래 이 정도를 알아보려면 복채는 얼마나 주면 되겠나?"

수라도제의 짓궂은 질문에 태을진인은 씁쓸하게 웃으며 되물었다.

"참회동까지 들어가기 위한 침입로라니……. 설마 소림사의 담이라도 넘으시겠다는 말씀이십니까?"

"점쟁이를 상대로 하니 확실히 말하기 편하군. 내 의중을 그렇게 빨리 알아채는 것을 보니 말일세. 그래, 언제까지 알려 줄 수 있겠나? 빠르면 빠를수록 좋겠는데."

그 말을 듣자 뭘 떠올렸는지 태을진인의 안색이 조금 더 창백해졌다.

"직접… 가실 겁니까?"

"물론."

"월담하지 않으셔도 대협의 신분이시라면 충분히……."

"전에 월담을 했다가 붙잡힌 경험이 있으니, 그런 조언은 해 줄 필요가 없네."

덤덤한 수라도제의 말에 태을진인의 표정은 참담하게 일그러졌다. 천하의 수라도제가 소림사의 담을 넘었다가 붙잡혔다니 누가 그걸 정말이라고 믿을 수 있겠는가? 문제는 자신의 치부가 될 수도 있는 일을 천연덕스럽게 말하고 있는 수라도제의 태도였다. 이렇게까지 허심탄회하게 말하는 수라도제의 요구를 거절한다면, 아무래도 자신의 목숨이 위태로울 수도 있다고 태을진인은 생각했다.

"아무리 소림사라고 하지만, 대협께서 월담하시는 것을 알아채다니……. 정말 놀랍군요."

수라도제는 별것 아니라는 듯 담담한 어조로 대꾸했다.

"알고 보면 별로 놀라운 일도 아닐세. 방장실 근처를 통과하는 침입로를 택한 노부의 멍청함 때문이었으니 말이야."

그렇다면 충분히 이해할 수 있었다. 방장실 근처가 소림사 내에서도 가장 경비가 삼엄한 곳이니 말이다.

태을진인은 잠시 망설였다. 정보를 제공해야 하나? 아니면 정중하게 거절해야 하나? 만약 소림사 내의 침입로를 자신이 가르쳐 줬다는 것을 소림사에서 알게 되는 날에는, 천하 무학의 종주라고 할 수 있는 소림사와 척을 질 수도 있기 때문이다.

그리고 또 하나의 문제는 수라도제가 어떤 의도로 소림사의 담을 넘느냐 하는 것이다. 좋게 끝날 일이면 상관없지만, 만약 피를 부르는 사태가 벌어진다면 무영문의 명성에 큰 오점을 남길 수도 있는 일이었다.

잠시 고민하던 태을진인은 이윽고 결심이 섰는지 자리에서 벌떡 일어서서 의자 뚜껑을 열어젖혔다. 그리고는 의자 뚜껑 안에다가 머리통을 집어넣기라도 할 듯 가까이 가져다 대며 외쳤다.

"이봐! 소림사 내부 배치도 한 장 올려 보내 줘. 대충 그려 놓은 걸로 말이야."

그러자 놀랍게도 의자 안쪽에서 사람의 목소리가 들려왔다.

"내부 배치도는 뭐 하려고?"

"쓸데없는 소리 하지 말고 빨리 올려 보내!"

잠시 후, 의자 안쪽에서 둘둘 말린 종이 한 장이 튀어 올라왔다. 아마 의자 밑의 구멍을 통해 지하 밑쪽과 연결되어 있는 모양이었다.

태을진인은 그 종이를 가져다가 탁자 위에 쭉 펼쳤다. 소림사 내의 건물들이 어떤 식으로 배치되어 있는지 제법 세밀하게 그려져 있는 배치도였다. 태을진인은 손으로 지도를 가리키며 어떤 방향으로 침입하면 가장 쉽게 참회동까지 갈 수 있는지 상세하게 설명했다.

자신이 원하던 것을 얻었기 때문인지 수라도제는 만족스런 웃음을 흘리며 지도를 잘 접어 품속에 집어넣었다. 그 모습을 바라보던 태을진인이 침중한 음성으로 신신당부했다.

"한 가지 꼭 지켜 주셔야 할 것이 있습니다. 제가 드린 정보가 무영문에서 나온 것이라는 사실은 절대로 발설치 말아 주십시오."

"염려하지 말게, 노부도 그 정도는 잘 아니까. 그나저나 복채는 얼마나 주면 되는가?"

태을진인은 고개를 천천히 흔들었다. 소림사 건물 배치도 한 장을 나눠 준 것이 그렇게 큰일은 아니다. 더군다나 원본도 아니고 사본 한 장인데, 뭐가 그리 소중하겠는가. 이런 거물을 상대로 어설프게 돈을 요구하기보다는 차라리 빚으로 만들어 두는 게 훨씬 좋겠다고 태을진인은 생각했다.

"정보료는 주실 필요 없습니다. 금나라를 상대로 분투하고 계신 대협께 저희 무영문에서 드리는 작은 선물이라고 생각해 주십시오."

"고맙게 받겠네. 선물에 대한 보답은 다음에 꼭 하도록 하지."

용건이 끝나자 수라도제는 몸을 일으켜 문밖으로 신형을 날렸다. 왔을 때와 마찬가지로 순식간에 시야에서 수라도제의 모습이 사라지자 태을진인은 긴장감이 풀리는지 의자에 풀썩 주저앉았다. 그만큼 수라도제가 뿜어내는 위압감이 대단했던 것이다. 하지만 곧 튕기듯 일어난 태을진인은 의자 뚜껑을 열어젖히고 밑을 향해 악을 쓰듯 소리쳤다.

"이봐, 문주님께 전할 특급 정보다. 수라도제가 소림사로 향했다!"

"뭐? 수라도제가 소림사에는 왜?"

"나도 몰라. 월담을 한대."

"……!"

더 이상 밑에서 대답이 들려오지 않았다. 아마 모두들 너무나도 기가 막혀 말도 할 수 없는 모양이다.

어수선해진 실내를 치운 시종이 문짝을 새 걸로 다시 바꿔 달았다. 태을진인은 수라도제가 소림사로 향했다는 정보를 급하게 무영문 총단으로 보낸 뒤 차분히 차를 마시며 생각에 잠겼다.

"흠, 양양성을 책임져야 할 수라도제가 왜 이곳에 나타나 소림사의 담을 넘는 침투로를 물었을까?"

아무리 생각해도 납득이 가지 않았다. 금나라와의 일전이 목전에 다가왔음은 낙양에 있는 자신도 아는 사실이다. 더군다나 수라도제가 누구인가. 양양성에 운집한 정파인들을 책임져야 할 사람이다. 그런데 뜬금없이 나타나 소림사의 담을 타 넘는 방법을 물으니 기가 막힐 노릇이 아닌가.

그러다 문득 얼마 전에 수라도제와 마교 교주가 부딪칠 뻔했다는 정보를 들은 기억이 떠올랐다. 그저 서로 노려보다 끝나긴 했지만 그 뒤로 수라도제가 칩거에 들어갔다는 정보였었다. 서문세가가 철저히 입단속을 시킨 탓인지 자세한 정보를 얻을 수는 없었지만 분명 뭔가가 있다는 느낌이 확 들었다.

갑자기 태을진인이 무릎을 치며 벌떡 일어섰다. 어쩌면 그때 치열한 기 싸움이 있었을지도 모른다는 생각이 든 것이다. 그들은 둘 다 범인이 상상하기도 힘든 경지를 개척한 초절정의 고수들이다. 무기를 들고 싸우는 일반인들의 시각에서 봐서는 안 된다. 만약 자신의 생각이 맞는다면 수라도제는 그때의 싸움에서 큰 내상을 입었을지도 모른다. 그렇다면 칩거에 들어간 것은 내상을 치료하기 위함이고, 소림사의 담을 타 넘으려 하는 것은 영약으로 유명한 대환단을 얻기 위함일 것이다.

"맞다, 대환단!"

생각하면 할수록 자신의 추리가 그럴듯하게 느껴졌다. 소림사에서 그 귀한 대환단을 순순히 내줄 리 없다. 그러니 그는 담을 넘어가 대환단을 훔치려는 속셈인 모양이다.

"젠장, 괜히 지도를 준 것 같군. 그걸 들고 대환단을 훔친 게 밝혀지면 나는 끝장이잖아."

태을진인은 거칠게 의자 뚜껑을 열고 밑을 바라보며 소리쳤다.
"양양성의 서문세가에 대한 최근 정보들 좀 올려 보내!"
와장창.
그때 갑자기 문이 부서지는 소리와 함께 누군가가 걸어 들어왔다. 의자 뚜껑에 머리를 박고 소리치던 태을진인은 흠칫 굳은 채 어정쩡한 자세로 문 쪽을 바라봤다. 그의 표정이 새하얗게 굳었다. 또 한 명의 거물이 출현한 것이다.

"어쩐 일로 여기까지 오셨습니까? 패력검제 대협."
"흠, 여기에 오면 노부가 알고 싶은 정보를 얻을 수 있을 것 같아서 말이지."
패력검제는 뭔가 근심이라도 있는지 안색이 초췌했다. 현천검제와 헤어져 근방의 도시들을 찾아다니며 신수(神獸)에 정통한 학자들을 탐문해 보았지만 다 그 나물에 그 밥이었다. 그렇기에 중원에서 가장 번화하다는 낙양까지 단숨에 달려온 것이다.
"어떤 정보를 원하시는지요?"
패력검제는 짤막하게 대답했다.
"괴이지(怪異誌)에 정통한 학자가 누구인지 알려 주게."
"괴, 괴이지요?"
천하에 산재한 신기하고 괴기로운 이야기들을 집대성한 책이 바로 괴이지다. 잡학으로 치부되다 보니 괴이지를 깊이 있게 파고드는 학자는 없다. 더군다나 화경급 고수가 괴이지에 정통한 학자를 찾을 이유가 없지 않은가. 태을진인은 어리둥절한 얼굴로 되물었다.

"그런 학자를 왜 찾으십니까? 어느 정도 내용을 알아야 그에 알맞은 정보를 드릴 것이 아닙니까?"

잠시 주저하던 패력검제는 어렵게 입을 열었다.

"정확히 말하자면 용이든 이무기든 신수에 대해 해박한 지식을 가지고 있는 학자가 필요한 걸세. 그 이유는……."

여기까지 말하던 패력검제의 안색이 확 일그러졌다. 괜히 황금색 괴물을 만났다는 말을 꺼냈다가 미친놈 취급당할 우려가 있다는 생각이 들었던 것이다.

"이유는…, 더 이상 묻지 말게."

아르티어스를 만난 이후, 패력검제의 내심은 복잡하기만 했다. 전설로만 치부되던 용을 직접 목격했으니 당연한 일이다. 청룡이니, 백호니, 주작이니, 현무니 다 사람들이 만들어 낸 말도 안 되는 헛소리들이라고 생각했었다. 그런데 그게 아니었다. 뭔지는 모르겠지만 진짜로 있었던 것이다. 더군다나 그 괴물이 사람으로 변신하기도 하고, 죽었다고 생각한 사람을 한순간에 살려 내는 것을 직접 보기까지 했지 않은가.

지금까지 살아오며 쌓아 왔던 관념의 틀이 와르르 무너지는 기분이었다. 그렇다면 부처니 태상도군이니 하는 것도 사실일 수 있지 않을까? 패력검제는 전설로 내려오는 것들을 어디까지 믿어야 할지 혼란스럽기만 했다. 만약 전설이 사실이라면…, 무예의 끝을 보는 것보다 더 큰 목표가 생기는 것이다. 그렇기에 그쪽으로 정통한 학자를 찾아 자문을 구하려는 것이다.

대답을 하지 않고 입을 굳게 다문 패력검제를 본 태을진인은 가볍게 한숨을 내쉬며 의자 뚜껑을 열었다.

"이봐! 지금 당장 괴이지에 정통한 학자들을 찾아 명단을 올려 줘!"

잠시 시간이 흐른 뒤 별걸 다 찾는다며 투덜거리는 소리와 함께 종이 한 장이 튀어 올라왔다. 명단이 적힌 종이를 받아 든 패력검제는 태을진인을 보며 물었다.

"정보료는 얼마나 주면 되겠나?"

태을진인이 패력검제를 힐끗 보니 눈을 부릅뜨고 있었다. 받을 생각도 없었지만, 달라고 하면 죽여 버리겠다는 듯한 살벌한 눈빛을 하고 있는데 어떻게 돈을 달라고 하겠는가. 서로의 눈이 마주치자마자 빠르게 태을진인의 고개가 좌우로 돌아갔다.

"정보료는 주실 필요 없습니다. 금나라를 상대로 분투하고 계신 대협께 저희 무영문에서 드리는 작은 선물이라고 생각해 주십시오."

"흠, 자네 제법 마음에 드는군. 자주 찾아오지."

말이 끝나기가 무섭게 밖으로 신형을 날린 패력검제는 순식간에 그 모습을 감춰 버렸다. 태을진인은 자리에 털썩 주저앉았다. 비록 태연을 가장하고 있었지만 좀 전에 훔쳐본 패력검제의 싸늘한 눈빛에 그의 심장은 입 밖으로 튀어나올 정도로 세차게 뛰고 있었던 것이다.

"미치겠군. 갑자기 이런 거물들이 연달아 찾아오다니."

그때 부스럭거리는 소리와 함께 시종이 부서진 문짝을 치우려는 모습이 보였다.

"그냥 놔두게. 또 어떤 놈이 찾아올지 모르니 말이야."

거칠게 뛰는 가슴을 진정시키려 애쓰던 태을진인은 문득 자신의 신상에 뭔가 변화가 찾아온 게 아닌가 하는 생각이 들었다. 그렇지 않다면 평생 얼굴 한 번 보기 힘든 두 거물이 연달아 자신을 찾아올 이유가 없지 않은가. 그것도 자신이 도무지 이해하기도 힘든 이유를 대면서 말이다.

"젠장, 용한 점쟁이라도 찾아가서 점이라도 쳐 볼까? 아무래도 이러다가는 명대로 살기 힘들 것 같은데……."

말도 안 되는 소리라는 것은 알지만 태을진인의 머릿속은 벌써 낙양에서 소문난 점집을 찾아 영활하게 움직이고 있었다.

곤륜파를 끌어들여라

만현에 도착한 묵향은 만통음제를 데리고 그곳에서 가장 좋은 객잔으로 들어갔다. 만통음제에게 조금이라도 더 편안한 잠자리를 제공해 주고 싶었기 때문이다. 3일에 걸친 유람이 조금 힘들었던지 만통음제는 운기조식을 끝낸 후, 곧바로 잠자리에 들었다. 하지만 묵향은 점소이를 불러 술상을 봐 오라고 이른 후, 달을 벗 삼아 홀로 술잔을 기울였다. 그런데 탁자 위에는 술잔이 하나 더 놓여 있었다.

세 번째 술병이 비워져 갈 무렵, 옥화무제가 우아한 몸놀림으로 밤하늘을 가르며 객잔 담을 넘어왔다. 그녀는 도착함과 동시에 묵향의 맞은편에 앉아서는 새침한 어조로 따지기 시작했다. 등 뒤로는 긴장으로 인해 식은땀이 흘러내리고 있었지만, 그걸 숨기기 위해 그녀는 더욱 새침함을 가장하고 있었다.

"낮에도 시간은 충분한데, 꼭 밤에 만나자고 한 이유가 뭐죠?"

묵향은 그녀 앞에 놓인 술잔에 술을 따르며 딴청을 부렸다.

"만나자마자 그런 식으로 얘기할 필요는 없잖아. 자 한 잔 하라구."

"당신에겐 내가 그렇게 한가한 사람으로 보였던 모양이죠? 하지만 나 아주 바쁜 사람이라구요. 그런데 이런 산골짜기로 불러내다니, 대체 정신이 있는 거예요? 없는 거예요?"

"아아, 덕분에 구경 잘하면서 왔을 텐데 뭐가 그렇게 불만이야? 바쁘게 일만 하다 보면 일도 잘 풀리지 않고, 성질만 더러워지잖아. 그래서 오랜만에 바람이나 쐬라고 이쪽으로 불렀지. 어때, 내 배려에 감사하지 않아?"

'헉! 뭔가 분위기가 수상쩍은데…….'

상대가 평상시와 달리 너무 능글맞게 나왔기에 옥화무제는 간이 콩알만 해질 수밖에 없었다. 예상과 너무 다른 상대의 행동이 그녀를 더욱 불안하도록 만들었던 것이다. 어쩌면 저자는 일부러 이러고 있는 줄도 모른다. 자신을 시험하기 위해서.

'그래, 시험이 분명해!'

그렇게 마음을 정한 옥화무제는 최대한 평상시 그를 대하던 것과 비슷한 상태를 유지하기 위해 최선을 다했다. 하지만 그녀의 목소리는 마음의 불안 때문이었는지 평상시보다는 많이 퉁명스러웠다.

"쓸데없는 소리 하지 말고 나를 부른 용건이나 어서 말해요. 도대체 무슨 일이기에 나를 직접 봐야겠다고 요청한 거냐 이 말이에요?"

"허, 미인의 입에서 이런 쌀쌀맞은 말이 나올 줄은 몰랐는걸. 이렇게 감성이 메말랐을 줄이야. 자, 천천히 주위를 둘러보라구. 얼마나 아름다워? 은은한 달빛에……."

하지만 묵향의 말은 옥화무제의 신경질적인 어조에 가로막혔다.

"정말 계속 흰소리만 할 거예요? 댁한테 그딴 감성 없다는 거 뻔히 알고 있는데."

"이런, 그대야말로 나를 정확히 모르고 있었군. 나는 그렇게 메마른 사람이 아니야. 삶이 나를 그렇게 보이게 했을 뿐이지."

묵향은 품속에서 피리를 꺼낸 다음 천천히 입으로 가져갔다. 옥화무제는 이 인간이 이번에는 또 무슨 짓을 하는 건가 하는 생각에 그저 잠자코 바라보기만 했다. 하지만 그녀의 싸늘한 표정도 잠시, 묵향이 피리를 불기 시작하자 싸늘함은 놀라움으로, 놀라움은 곧 탄성으로 바뀌었다. 그리고 잠시 후에는 피리 소리에 빨려 들어간 듯 몽롱한 상태로 변하기 시작했다.

'정말이지 놀라운 솜씨!'

그녀는 피리 소리를 들으며 과거를 떠올렸다. 그러니까 그녀가 묵향을 처음 만났을 때였다. 기억을 잃은 현경급 고수가 옥영진 대장군과 함께 청성루에 왔다는 총관의 보고에 그녀는 다급히 그가 머물고 있는 방으로 달려갔었다. 그때 그녀는 그곳에서 처음 묵향의 탄금을 들었다. 어지간한 예인(藝人)은 감히 연주를 하겠다는 말조차 할 수 없을 정도로 명성이 높은 청성루였다. 하지만 그때 들은 묵향의 탄금 실력은 청성루에서도 특급으로 인정받을 만큼 뛰어났었다.

분위기가 많이 부드러워졌다. 그리고 날카로웠던 그녀의 마음도 평상시와 같아졌고.

"음공(音攻)을 익혔나요?"

잠시 피리 소리가 멈췄을 때 옥화무제가 별생각 없이 건넨 질문이었는데, 그게 묵향의 신경을 건드린 모양이다. 묵향은 피리를 품속에 신경질적으로 집어넣으며 불쾌한 듯 투덜거렸다.

"겨우 사람 하나 죽이자고 음(音)을 이 정도까지 익히는 사람을 봤나? 그런 말은 나나 형님에게 모욕이라구."

여기까지 말한 묵향은 말을 끊고 싸늘한 눈길로 옥화무제를 바라봤다.

잠시 침묵이 흐른 후, 묵향이 먼저 그 침묵을 깼다. 그의 목소리는 처음과 달리 아주 사무적으로 바뀌어져 있었다. 방금 전의 불쾌함도, 그리고 그녀가 이곳에 처음 왔을 때 느낀 뻔뻔함을 가정한 다정함도 없었다.

"장인걸의 정확한 위치, 그리고 그놈에게 위급한 일이 벌어졌을 때 놈을 구하기 위해 달려올 모든 전력에 대한 정보가 필요해."

"그 정보를 언제까지 제공해야 하죠?"

"놈이 죽을 때까지."

옥화무제는 상대의 제안을 생각해 보는 척하면서 묵향의 안색을 살폈다. 왜 갑작스럽게 이렇게 그의 분위기가 변한 것일까? 처음부터 의도한 것일까? 아니면 정말 불쾌했던 것일까? 그렇다면 처음에 친한 척 다정하게 말했던 것은 또 무슨 수작이었던 것일까?

워낙 생각이 많은 그녀였기에 태연을 가장하려는 의도와는 달리 머릿속은 바쁘게 움직이고 있었다. 사실 그녀가 생각하고자 하는 것은 이게 아니라 다른 것이었는데, 그와 상관없는 별의별 잡생각만 머릿속에 가득 떠오르고 있는 중이었다.

그녀는 잡념을 쫓듯 살짝 고개를 가로저으며 말했다.

"꽤나 힘든 의뢰로군요. 좋아요. 서로 협정도 맺은 사이니 싸게 해 드리죠. 매월 황금 백 냥이에요."

황금 백 냥이면 은자로 치면 2천 냥이다. 머릿속은 딴 생각으로 가득했지만, 오랜 세월 정보 장사를 해 온 그녀였는지라 그녀의 입은 그녀를 배신하지 않았던 것이다.

"일시불이 아니라 매월이라면 엄청난 금액이로군."

"이쪽도 땅 파 먹고 장사하는 건 아니니까요. 대신 그만한 값어치는 한다는 생각이 들 거예요. 오랫동안 시간만 끌지 않는다면 그렇게 부담이 갈 금액도 아니잖아요?"

"좋아, 양양성에 돌아가면 매월 은자 2천 냥씩 그쪽에 지급하라고 명령해 두지. 그리고 또 한 가지, 요 근래 무영문에 요청했던 자료들 말인데……."

그 말이 나오자 옥화무제는 내심 올 것이 왔구나 하는 생각이 들었다. 요 근래 행해졌던 작전에 대해 될 수 있으면 마교와 팽가

간의 마찰이 생기지 않도록 하기 위해 그녀의 지시 하에 정보를 조금 왜곡해서 보냈었다. 그걸 묵향이 눈치 챈 것일까?

옥화무제는 짐짓 아무것도 모르는 척 시치미를 떼며 반문했다.

"본문에 요청한 자료라구요?"

"그래."

"그런 게 있었나요?"

옥화무제가 짐짓 아무것도 모르는 듯 맹한 어조로 되물었기에 묵향은 기가 막히지 않을 수 없었다. 자신에게는 중요한 자료인데, 저쪽은 신경도 쓰지 않고 있었다니 화가 날 만도 했다.

"이봐, 본교에서 요청한 자료인데, 어떻게 모르고 있을 수가……."

"그쪽은 현역인지 모르지만 나는 이미 딸한테 문주 자리를 물려주고, 한 발 뒤로 물러나 있는 상태라구요. 내가 꼭 알고 싶어 하는 정보가 아닌 한, 모든 것은 딸아이가 처리해요. 무슨 말인지 알겠어요?"

"그렇다면 모르고 있었나?"

"물론이에요. 그런데 뭐가 불만이라는 거죠? 당신이 뭔가를 원한다는 공문을 보냈는데도 불구하고 아직 답신이 안 왔다는 거예요? 아니면 이쪽에서 보내 준 정보의 수준이 기대에 못 미친다는 거예요?"

'그 일에 대해서는 아예 모르고 있었던 모양이군.'

묵향은 옥화무제의 눈을 자세히 바라봤다. 그녀의 눈빛은 결코 자신의 말이 거짓이 아니라는 듯 순진하게 빛나고 있었다. 묵향은 옥화무제에 대한 혐의를 풀 수밖에 없었다.

만약 자신이 원한 정보가 정확히 어떤 것인지 옥화무제가 자세히 알고 있었다면, 묵향은 다른 의미에서 그녀가 전해 준 정보를 의심했을 것이다. 왜냐하면 그녀가 그만큼 이 일을 자세히 알고 있다는 사실은, 묵향에게 전해 주는 정보를 약간이라도 왜곡해 놨을 가능성이 있다는 뜻이기 때문이다.

"흐음, 받기는 했는데 너무 기대에 못 미친 게 사실이라……."

옥화무제를 빤히 바라보던 묵향은 소연이 중상을 당했던 그 작전에 대해 무영문이 확보해 놓은 모든 자료를 원한다는 뜻을 밝혔다.

"그렇다면 돌아가는 대로 총관을 불러 지시해 놓겠어요. 이쪽에서 알고 있는 모든 것을 전해 주라고 말이에요."

"그렇게 해 주면 고맙지."

"그런데 한 가지만 물어볼게요."

"호오, 정보의 여왕이라는 그대가 나한테 물어볼 일이 있다니 놀랍군. 그래, 뭐야?"

비꼬는 상대의 어조에 그만 둘까도 생각했지만, 아무래도 그럴 수는 없었다.

"지금 중원 각지에서 혈겁이 벌어지고 있어요. 혹시 그쪽의 작품인가요?"

자신이 그런 의심을 받고 있다는 게 불쾌한 모양인지 묵향의 어조는 퉁명스러웠다.

"나는 금시초문이야."

"그렇게 믿겠어요."
둘의 대화는 여기서 끊겼다.
옥화무제는 내심 한숨을 내쉬었다. 이제 놈의 시험을 무사히 통과했다는 생각이 들었던 것이다. 마음이 평정되자, 평상시와 같은 자신감을 되찾을 수 있었다. 생각해 보니 묵향의 행동이 아주 불쾌했다. 꼭 상대가 자신을 가지고 논 것 같은 기분이 들었던 것이다.
옥화무제가 가만히 눈치를 보니 묵향은 말없이 창밖만 바라보며 술만 들이켜고 있을 뿐, 더 이상 자신과 대화를 할 생각이 없는 듯했다. 처음에 은근슬쩍 다정하게 대하는 척하더니 이쪽에서 조금 튕겼다고 그걸로 끝이다.
'속 좁은 인간 같으니라구…….'
하지만 그렇다고 그녀 쪽에서 분위기를 좋은 방향으로 이끌어 가고 싶은 생각은 전혀 없었다. 그녀의 자존심이 용납하지 않았던 것이다. 그렇기에 그녀는 홀가분하게 자리를 털고 일어서며 새침한 어조로 말했다.
"더 이상 할 말이 없다면 이만 가 봐야겠군요. 나도 바빠서 말이에요."
"좋을 대로. 하는 일 잘되기를 바래."
그녀는 방긋 미소 지으며 말했다.
"덕담을 해 준 보답으로 한 가지 알려 드리죠."
말없이 창밖만 바라보던 묵향의 시선이 옥화무제에게로 옮겨 갔다.

"무림맹에서 곤륜파로 사람을 보냈어요."

묵향은 심드렁한 표정으로 물었다. 꽤나 대단한 정보인 줄 알았는데 사람을 하나 보냈다고 하니 황당했던 것이다.

"맹에서 곤륜파에 사람을 보낸 게 나한테 생색을 낼 만큼 그렇게 중요한 정보인가?"

별 관심을 보이지 않는 묵향의 반응에 옥화무제는 더욱 화사한 미소를 지으며 항변했다.

"물론 문파에 심부름꾼 하나 보내는 거야 흔히 있는 일이겠지만, 누굴 보냈느냐 하는 게 문제겠죠."

그 말에 묵향은 아차 싶었다.

"그래, 누굴 심부름꾼으로 보냈는데?"

옥화무제의 눈이 야비하게 반짝 빛났다. 이 순간을 위해 서두를 꺼낸 것이기 때문이다.

"무료 봉사는 여기까지. 방금 전에도 말했죠? 한 가지만 알려준다구요. 나머지를 알고 싶으면 돈을 지불하든지, 아니면 직접 알아보세요."

화사한 표정과 목소리로 말한 거였지만, 그걸 듣고 있는 묵향의 속은 그녀의 의도대로 확 뒤집혀 버렸다. 무영문이라는 단체 자체가 정보를 사고파는 것이 주업인 만큼, 돈 내라는 것을 탓할 수도 없는 노릇이다. 하지만 약 올리듯 하는 말투와 그녀의 표정이 그의 심사를 뒤집어 놨다고 해야 할까?

"젠장, 알았어. 직접 알아보지."

"어머머, 그게 생각대로 잘될까 모르겠네~. 어쨌건 이제 더 이상 나한테 볼일은 없는 것 같으니 그만 가 볼게요."

마지막 한마디까지 비꼬아 준 뒤 옥화무제는 사라져 버렸다. 그녀로서는 오랜만에 작은 복수를 할 수 있었기에 무지하게 통쾌했으리라. 어쩌면 그런 식으로밖에 분풀이를 할 수 없는 자신의 처지가 원통했을지도 모르지만…….

옥화무제가 돌아간 뒤, 묵향은 그녀가 제시한 수수께끼를 풀기 위해 오랜 시간 머리를 굴렸다. 하지만 자신에게 주어진 정보가 너무 없다 보니, 떠오르는 것이 없었다. 오히려 골치만 아파질 뿐…….

묵향은 양양성에 돌아가는 대로 군사에게 연락을 보내야겠다고 생각했는데, 뜻밖에 그에 대한 해답을 만통음제로부터 얻어 낼 수 있었다. 다음 날 새벽, 잠에서 깬 만통음제는 운기조식을 한 후, 묵향과 식사를 했다. 식사 도중에 묵향은 별것 아니라는 듯 슬쩍 물어봤다.

"무림맹에서 곤륜파로 꽤나 거물을 파견한 모양이던데, 무슨 일이라고 형님은 생각하십니까?"

"거물이라…, 무림맹 장로급 정도의 핵심을 말하는 건가?"

"예, 대충 그 정도인 모양입니다."

묵향의 대답에 만통음제는 아주 흥미롭다는 듯 말했다.

"다른 문파라면 몰라도 곤륜파에 그 정도 거물을 파견한 게 사실이라면 꽤 재미있는 일이 벌어질 수도 있겠군."

"어떤 일 말입니까?"

"곤륜이 오랜 잠에서 깨어나 무림에 발자취를 남기는 일 말일세."

"그건 또 무슨 뚱딴지같은 말씀이십니까? 곤륜파야 오랜 옛날부터 무림사의 한 축을 담당하고 있던 강인한 문파였는데요."

만통음제는 손까지 내저으며 묵향의 말을 부인했다.

"한 축을 담당하고 있다고? 전혀 그렇지 않아. 곤륜파는 그 규모와 전력에 비해, 거의 존재감을 드러내지 않고 있었지. 그 이유가 뭐겠나?"

그건 묵향도 뻔히 알고 있는 사실이었다. 왜냐하면 그 원인 제공을 한 게 다름 아닌 그가 몸담고 있는 마교였으니까. 십만대산에서 가장 가까운 정파의 거대문파가 곤륜파다. 그렇다보니 곤륜파와 마교 사이에는 크고 작은 충돌이 끊임없이 벌어졌다. 더군다나 마교가 무림일통을 외치며 대대적인 침공을 시작하면, 가장 먼저 큰 피해를 당하는 문파 역시 곤륜파였다.

물론 잃는 것이 큰 만큼, 얻는 것 또한 많다. 곤륜파만큼 마교의 무공에 대해 깊은 연구를 한 문파도 없었고, 고수들 간의 실전 경험 또한 타의 추종을 불허했다. 곤륜의 도사들은 마교도들과 싸우며 성장했고, 그 과정에서 쭉정이들은 다 떨어져 나가고 알곡만 남게 되는 것이다.

그런 형국이다 보니, 곤륜파는 살아남는 데 급급해서 다른 데로 신경을 돌릴 틈이 없었다. 오죽하면 무당파에 버금가는 막강한 전력을 지니고도 9파1방에 끼지도 못했을까.

"그야 당연히 본교 때문이죠. 맨날 우리한테 쥐 터진다고 다른 데 한눈 팔 시간이나 있었겠습니까?"

"바로 그걸세. 그래서 그런지 곤륜파는 제자들을 키우는 데 전력을 다하지. 다른 문파들에 비해 훨씬 더 많은 제자들을 받아들일 뿐더러, 그 제자들에게 하나라도 더 많은 것을 가르치기 위해 노력을 아끼지 않아. 그렇게라도 하지 않았다면 곤륜파는 오래전에 멸문당했겠지. 문도들의 평균 수명이 곤륜파만큼 낮은 문파도 없으니 말이야."

묵향은 그 말에 공감한다는 듯 고개를 끄덕였다.

"정말 끈질기기가 바퀴벌레보다 더한 놈들이죠. 본교에게 그토록 오랜 세월 짓밟히고도 살아남았으니까요."

"하지만 요즘 들어 곤륜파는 밖으로 나가고 싶어 하지. 그 이유를 자네는 아는가?"

"글쎄요. 본교에서 건드리지 않으니까 힘이 남아도나요?"

되는대로 말한 거였지만, 그게 정답이었던 모양이다. 만통음제는 고개를 끄덕이며 쉬지 않고 입을 놀렸다. 상대가 자신의 말에 이토록 흥미를 보이며 경청하자 설명해 줄 맛이 났던 것이다.

"그래! 바로 그거야. 요 근래 수십 년 동안 마교는 너무나도 조용하게 지냈고, 그 덕분에 소모전을 한 번도 치루지 않은 곤륜으로서는 세력이 필요 이상으로 커져 버린 거지."

"흐음…, 그러니까 형님 말씀은 곤륜파가 남아도는 힘을 바탕으로 중원으로 그 세력을 넓혀 올 거다, 이 말씀이로군요."

"그렇지! 동생 말이 맞아. 하지만 곤륜은 정도를 걷는 것으로 알려진 문파가 아닌가? 그런 만큼 생각이 있다고 해서 무턱대고 세력을 확장할 수는 없겠지. 다른 문파들이 차지하고 있는 영역으로 파고 들어가자면 아무래도 명분이라는 게 필요하거든. '우리는 댁들의 영역을 침범할 마음은 추호도 없었다. 하지만 이런 일이 있으니 어쩔 수 없이……' 이렇게 말이야. 그런데 이런 명분을 무림맹이 제공해 준다면?"

충분히 일리가 있는 얘기였다.

"호오, 얘기가 그렇게 연결되는 겁니까? 그러니까 무림맹에서 곤륜에 사람을 보냈다는 게 바로 곤륜이 밖으로 나올 명분을 제공한다는 거로군요."

"이 우형의 생각으로는 그런 것이 아닐까 싶구먼. 물론 진실은 시간이 지나면 정확하게 드러나겠지만 말일세."

"흠, 곤륜파라……."

예정에도 없던 곤륜이라는 거대 문파의 개입이 현 전세에 어떤 영향을 미칠지 묵향으로서는 예상하기 힘들었다. 그래서인지 말 없이 생각에 잠겨 있는 묵향의 눈빛은 더욱 차갑게 가라앉아 있었다.

재상 진회의 눈물

 묵향이 만통음제와 예정에 없던 유람을 하고 있을 때, 대송제국의 재상 진회의 처지도 그와 비슷했다. 물론 그의 경우는 유람이 아니라 지방 순시를 위해 남쪽을 둘러보고 있는 것이었지만 말이다.
 아무리 망해 가는 제국의 재상이라고 해도, 그는 일인지하 만인지상의 신분이다. 그렇기에 진회가 갑자기 지방 순시를 결정한 뒤 뭔가에 쫓기기라도 하듯 황도를 떠났음에도 불구하고 그를 수행하는 무리들의 수는 엄청나게 많았다.
 수십 명에 달하는 문관들을 중심으로 잡일을 맡을 시종들, 몇십 대에 달하는 수레, 거기에다가 이들의 호위를 담당할 5백에 달하는 병사들까지. 지방 순시를 위해 움직이는 행렬의 끝이 보이지 않을 지경이었다.

　진회가 갑자기 지방 순시를 결정한 것은 바로 악비 대장군과 만나고 싶지 않다는 것이 가장 큰 이유였지만, 절강성(浙江省)의 항구도시인 항주(杭州)를 둘러볼 목적도 있었다. 아무래도 지금 자리 잡고 있는 남경보다는 항주 쪽이 금나라의 침입으로부터 훨씬 안전하지 않을까 하는 생각 때문이었다. 그는 근시일 내로 항주로 천도를 할까 생각하고 있었기에, 이번 기회에 악비를 피할 겸 항주를 직접 봐 두려는 것이었다.

　분명 악비는 오랜 시간 양양성을 비워 둘 수 없을 게 분명했다. 그렇다면 그 시간 동안 남방을 순시하며 제국이 어떻게 돌아가고 있는지 살펴보는 것이 훨씬 유익할 것이다. 그게 악비의 상경 소식을 듣고 밤새워 그가 생각해 낸 가장 원만한 대처법이었다.

　자신은 재상이지만 상대는 제국에서 가장 강력한 병권을 쥐고 있는 장수다. 뭔가 타협의 여지라도 있다면 만나서 대화를 해 보겠지만, 서로가 원하는 것이 너무나도 달랐다. 이런 경우 그를 없애 버리는 것이 제일 좋을 수도 있겠지만, 진회는 그렇게 하고 싶지 않았다. 상대를 없앤 후의 뒤처리도 문제였지만, 진회는 악비를 아꼈기에 차마 그를 죽일 수 없었던 것이다.

　진회가 타고 있는 마차는 행렬의 중간쯤에 위치해 있었다. 그편이 그를 경호하기에 가장 좋았기 때문이다. 그는 마차의 창문을 통해 주변의 경치를 주의 깊게 관찰했다. 길가에는 백성들이 무릎을 꿇고 엎드려 있었다. 그들의 행색은 초라했지만, 궁핍해 보이지는 않았다. 그리고 관도(官道) 주변에 늘어서 있는 집들의 굴

둑에는 저녁밥을 짓는 연기가 아스라이 피어오르고 있었다.

질리지도 않고 밖을 내다보고 있던 진회의 눈에 이채가 어렸다. 행렬 앞쪽에서 일행을 선도하고 있던 박 교령이 말을 몰아 천천히 이쪽으로 다가오고 있는 것을 봤기 때문이다. 박 교령은 진회가 타고 있는 마차와 나란히 가도록 말의 고삐를 조종하며, 창을 통해 자신을 바라보고 있는 진회를 향해 군례를 올린 후 말했다.

"다음 마을에서 쉬시는 것이 좋겠사옵니다. 이 지방 태수가 이미 대인께서 편히 묵어가실 수 있도록 만반의 준비를 갖춰 뒀다고 하옵니다."

"그렇게 하게."

"옛, 대인."

박 교령은 말에 박차를 가하며 행렬의 앞쪽으로 달려 나갔다.

마을에 마련된 숙소에서 진회는 간소하게 식사를 마친 후, 박 교령을 불러들였다.

"찾으셨사옵니까?"

"들어오게."

박 교령이 들어오자 진회는 주변을 재빨리 살펴본 다음 나직한 어조로 말했다.

"다른 곳과 달리 이곳 태수는 아주 유능한 인물인 모양이야. 백성들을 잘 다스리고 있는 것 같으니 말일세."

박 교령은 고개를 조아리며 대답했다.

"소장도 그렇게 느꼈사옵니다."

"하지만 그렇게 느끼는 것과 실제로 그런 것은 큰 차이가 있지. 귀관은 내가 비밀리에 그들의 실상을 알아볼 수 있도록 방책을 강구해 보게."

순간 박 교령의 두 눈이 놀라움으로 부릅떠졌다.

"암행(暗行)을 하시겠다는 말씀이시옵니까?"

진회가 그렇다고 대답을 하려고 할 때 어디선가 그의 귓가로 가느다란 목소리를 보내왔다.

〈그건 안 됩니다, 대인.〉

그런 말을 한 사람이 어디 있는지 보이지도 않았고, 알 수도 없었다. 하지만 진회는 이리저리 두리번거리지 않고 마치 상대가 자기 눈앞에 있는 듯 입을 열었다.

"아무리 말린다고 해도 나는 할 걸세. 여기까지 오면서 만난 제대로 된 선정을 베푸는 첫 번째 태수일세. 요즘같이 어수선한 시국에 백성들을 위해 바른 길을 간다는 것이 결코 쉬운 일은 아니지. 그런 심지(心地)가 곧은 소중한 인재를 여기에서 썩게 놔둘 수는 없는 일이야."

〈정 그러시다면 제가 직접 태수를 만나고 오겠습니다.〉

"그럴 필요 없네. 내가 직접 그가 백성들을 위해 행한 일들을 살펴보고, 백성들에게서 그에 대한 평가를 들은 연후에야 그를 제대로 알 수가 있을 걸세. 짧은 시간 직접 만나서 대화하는 것은 아무런 도움이 되지 않아."

〈그렇다면 제가 그 일을 대신해 드리겠습니다.〉

"내 자네를 못 믿는 바는 아니지만, 그런 중차대한 일을 다른 이에게 맡길 수는 없다네. 만약 제대로 된 인물이라는 판단이 서면 곧바로 황도로 불러들여 중용할 생각이니 말일세."

〈저 혼자서 결정할 사안이 아니니, 사형께 말씀드리고 오겠습니다.〉

그 말을 끝으로 더 이상 사내의 말은 들려오지 않았다. 박 교령은 진회에게서 한동안 아무런 말도 이어지지 않자, 초조한 듯 주위를 둘러보더니 진회에게 물었다.

"정말 암행을 하실 생각이시옵니까?"

"믿고 일을 맡길 만한 소중한 인재일세."

박 교령은 진회의 의지가 굳건하다는 걸 느꼈는지 더 이상 말리지 않았다.

"정 그러시다면 암행을 준비하도록 하겠습니다."

그날 밤, 진회는 박 교령이 차출한 20여 명의 날랜 병사들과 함께 몰래 숙소를 빠져나왔다. 박 교령은 자신이 직접 진회의 호위를 맡고 싶었지만, 그는 호위대의 대장이었기에 오히려 타인들의 눈에 잘 띄게 행동해야 했다. 만약 그가 빠져나간다면 진회의 암행이 곧바로 들통 날 게 틀림없다.

그에 비해 진회는 신분이 워낙 높았던 터라 감히 그를 만나겠다고 찾아올 만한 인물은 거의 없었다. 진회가 만나기 싫다고 거절했음에도 불구하고 막무가내로 그에게 접근해 올 수 있는 인물은 황제와 황후, 그리고 황자 정도다. 진회는 그걸 잘 알고 있었기에 순시 행렬에서 따로 떨어져 나와 암행을 할 생각을 할 수 있었던 것이다.

숙소에서 진회 일행이 어둠 속으로 사라지는 모습을 가만히 지켜보고 서 있는 의문의 그림자들. 몸에 착 감기는 흑색 암행복으로 전신을 감싸고, 두건까지 쓰고 있는 괴한들이다.

"사형, 왜 말리지 않으셨습니까? 만약 저자가 잘못되기라도 한다면……."

"그런 걱정은 할 필요도 없다. 정말 실력 있는 자가 재상의 목숨을 노린다면, 겨우 5백밖에 안 되는 허접한 병사들을 염두에나 두겠느냐?"

"그, 그건 그렇습니다만……."

"오히려 이건 기회라고 할 수도 있다. 그에게 좀 더 가깝게 다가갈 기회를 잡은 건지도 모르니 말이다."

그는 한 복면인을 손가락으로 가리키며 지시를 내렸다.

"너는 지금 당장 현청(縣廳)으로 가서 동정을 살펴라. 과연 그가 기대한 대로 청렴한 관리인지 자세히 확인하란 말이다."

"옛, 사형."

지시를 받은 복면인은 현청 쪽으로 달려가 버렸고, 남은 자들은 은밀하게 진회의 뒤를 밟았다. 그러면서 그들은 혹시 있을지도 모르는 암살자에 대비하여 경계를 늦추지 않았다.

진회가 20여 명의 날랜 병사들을 이끌고 몰래 암행을 하기 시작한 지도 벌써 이틀이 지났다. 강서성(江西省)은 중원에서는 비교적 남쪽에 위치하고 있기에 한겨울이 돼도 그리 춥지 않다. 그

덕분인지 거리에 굶어죽은 시체는 그리 눈에 띄지 않았지만, 고된 삶에 지친 굶주린 백성들은 어디를 가도 지천으로 널려 있었다. 그들은 산으로 들로 나다니며 먹을 수 있는 풀이나 나무껍질을 뜯어 집 안 여기저기에 말려 두고 있었다.

진회가 한 농가 안으로 쓱 들어서자 아낙은 어린 아이들을 재빨리 자신의 등 뒤로 숨기며 두려움에 질린 시선으로 그를 바라봤다. 아니, 정확하게 말하면 진회가 아니라 진회 뒤에 서 있는 검을 든 두 명의 병사들을 쳐다본 것이다.

진회는 20명이나 되는 병사들을 이끌고 이 집에 들이닥치면 농민들이 놀랄 것 같아서 그중 두 명만을 이끌고 들어온 것이었는데, 시골 아낙에게는 그들만으로도 마음속 깊은 곳까지 두려움을 안겨 주기에 부족함이 없었다.

"무, 무슨 일이십니까요?"

병사들은 군복을 벗은 상태였고, 진회 역시 호사스런 관복 대신 누구나 입고 다님직한 평상복을 입고 있었다. 하지만 병사들은 진회의 호위가 자신들의 주 임무인지라 진회의 명령에도 불구하고 검을 휴대한 채 긴장감에 딱딱한 표정이었다. 그 위압적인 모습이 아낙에게 두려움을 안겨 주고 있었던 것이다.

진회는 어찌 보면 당연한 아낙의 반응에 내심 한숨을 내쉬며 부드러운 어조로 입을 열었다.

"이보시게, 예서 하룻밤만 이슬을 피해 갈 수 있겠는가?"

아낙은 잠시 대답을 하지 않았다. 하지만 진회의 뒤에 서 있는 병사들이 두 눈을 부릅뜨자 고개를 끄덕일 수밖에 없었다. 탐탁

치 않았지만 마지못해 승낙한다는 표정이 역력했다. 칼을 든 장정 둘이 뒤에 서 있다. 만약 거절했다가 무슨 봉변이라도 당할지 몰라 내심 두려웠을 것이다.

"드, 들어오시우. 자실 건 별로 없지만, 방 한 칸 내드리는 건 어렵지 않수."

그녀가 일행을 데리고 간 곳은 농가 한쪽 구석의 작은 방이다. 침상이 한 개뿐이라 세 명이 잠을 청하기에는 무리가 있지만, 처음 그들의 요구대로 밤이슬을 피하는 데는 부족함이 없어 보였다.

병사들이 방 안을 치우는 동안, 진회는 아낙과 그 아이들을 슬쩍 바라보았다. 볼이 홀쭉한 것이 영양상태가 그리 좋아 보이지는 않았다. 손님들이 방 안으로 들어가고, 잠시 시간이 흐르자 아이들은 또다시 이리저리 뛰놀기 시작했고, 아낙은 분주히 움직이며 궁색하기는 하지만 먹을 것들을 준비하느라 두 손을 바쁘게 놀려 댔다.

어둠이 짙게 깔리자 그녀의 남편이 돌아왔다. 남편은 밭에서 일을 하다 간혹 그 주변을 돌아다니며 혹 먹을 만한 것이 있는지 돌아다니느라 늦은 것이다. 불빛에 비친 그녀의 남편 역시 얼마나 못 먹었는지 몸은 깡말랐으며, 볼이 홀쭉했다. 집에 다른 사람이 있다는 걸 알자 남편은 불안한 눈빛으로 부인을 쳐다보았다.

"손님이 있어요."

"손님?"

"예, 길손인 모양인데, 하룻밤 이슬이나 피하게 해 달라고 해서……."

내외는 속닥속닥 뭔가 얘기를 주고받으며 남편은 그날의 수확물을 아내에게 건넸고, 아내는 부엌 안으로 분주히 들락거리며 뭔가 음식을 하기 시작했다.

잠시 후, 그녀는 부엌에서 김이 무럭무럭 나는 것을 가지고 나왔다. 남편과 아이들에게 일부를 건네준 후, 나머지를 가지고 진회가 있는 방문을 두드렸다.

"변변치는 않지만 좀 드시구려. 시장기는 면할 수 있을 테니."

그녀가 건네준 것은 따뜻한 김이 무럭무럭 피어오르는 국이었다. 국에는 곡물 같은 것도 조금 보였지만, 그 재료의 대부분은 뭔지 알 수 없는 풀들이다. 일부는 싱싱한 것들, 그리고 일부는 말려서 저장해 뒀던 풀들. 먹을 만하기에 국을 끓여 먹겠지만 진회처럼 궁핍한 삶을 경험해 보지 않은 사람에게 있어서는 너무나도 생소한 음식이다.

이걸 무슨 맛으로 먹는가 하는 생각이 들 정도로 국은 맛이 없었다. 그리고 척 봐도 영양가도 거의 없어 보였다. 하지만 그는 젓가락으로 박박 긁으며 하나도 남김없이 국물을 들이켰다. 국물이 생각보다 뜨거웠던 탓일까? 그의 눈가에 이슬이 맺히기 시작했다. 그는 슬쩍 손등으로 자신의 눈가를 훔치며 병사들에게 너스레를 떨었다.

"허어, 국물이 너무 뜨겁구먼. 그래도 주린 속에 이거라도 먹으니 한결 든든한걸. 자네들도 어서 들게."

"존명."

하늘과도 같은 상관이 깨끗이 그릇을 비운 마당에, 그들이 국을 남길 수는 없었다. 이때, 병사들 중 하나가 재빨리 자신이 가져온 짐을 뒤져 건량을 꺼내 왔다. 하인들조차 먹지 않을 정도로 부실한 국이었기에 재상 진회가 시장할 것이라 생각한 것이다.

"이것도 같이 드시지요."

"아니, 나는 됐네. 이것만 먹어도 뱃속이 그득한 것 같구먼."

뱃속이 그득한 것이 아니라, 너무나도 안타까운 백성들의 삶 때문에 그의 식욕이 사라진 것이다.

식사가 끝나자 진회는 집의 주인을 청했다. 서로 산에 인사를 나눈 후, 진회는 여러 가지 질문들을 은근슬쩍 던졌다.

"저녁에 건넨 식사를 보니 식량이 모자라는 것 같던데. 수확이 별로 좋지 않은 모양일세 그려."

진회의 질문에 농부의 눈에 의아함이 짙게 어렸다. 하지만 곧 뒤에 서 있는 병사들의 손에 들린 검을 보자 두려움이 짙게 배인 눈으로 진회를 살펴보며 물었다.

"왜 그런 걸 묻는 거요?"

"내 궁금해서 묻는 걸세. 이 일대에 기근이 들었다는 말은 아직 들어 본 적도 없었거든."

그 말에 농부는 퉁명스럽다 싶을 만큼 짧게 대꾸했다.

"그건 나도 잘 모르겠수."

진회는 밖으로 나가려는 농부의 손을 잡아 억지로 다시 앉게 한 뒤 다시금 여러 가지 질문을 던졌지만, 농부의 대답은 한결 같았다. 자신은 아무것도 모른다는 것이다. 그런 농부의 응대에 병사

중 한 명이 화가 치밀어 그의 멱살을 틀어쥐며 윽박질렀다.

"이놈이 어느 안전이라고 계속 거짓말을 늘어놓는 게냐! 주리를 틀어야 이실직고할 테냐?"

얼핏 들어 봐도 관부의 냄새가 물씬 풍기는 어조요, 단어들이다. 그걸 느낀 농부의 입은 더욱 고집스럽게 꽉 다물어졌다. 그 모습을 보던 진회는 뭔가가 있다고 생각했다. 사내가 이토록 고집스럽게 말을 하지 않는 이유가 말이다.

"이보게, 왜 대답을 안 하는가? 설마 하니 우리가 자네를 해칠까 두려워서 그런가? 그런 것이 아니라 그저 묻고 싶은 게 있을 뿐이니 안심하게."

하지만 두려움에 질린 눈으로 살그머니 자신을 훔쳐볼 뿐, 고집스레 입을 다물고 있는 사내를 보며 진회는 사내에게 연민의 정을 느끼지 않을 수 없었다. 도대체 어떻게 당했기에 항변조차 못할 정도로까지 길들여진 것인지.

"말을 하지 않겠다면 어쩔 수가 없지."

병사들을 시켜 입을 열게 할 수도 있었지만 진회는 그러지 않고 답답한 듯 그저 한숨만 내쉬었다. 고집스레 입을 다물고는 있지만 농부의 온몸이 두려움에 덜덜 떨리고 있는 걸 봤기 때문이다.

잠시 애처로운 눈빛으로 농부를 바라보던 진회는 밖으로 나가보라는 듯 손을 내저었다. 이때 갑자기 아낙이 방 안으로 내달려 들어와서는 남편의 앞을 막아서며 소리쳤다.

"이이가 잘못한 것이 없는데 왜 그러시우? 관에서 나왔다고 사람을 이렇게 핍박해도 되는 거요?"

"우리가 관에서 나왔다고 누가 그러던가?"

"누가 모를 줄 아우! 저 아랫마을에 사는 김 씨네도 길손을 집에 묵게 해 준 다음 날 관에 잡혀가서 초주검이 되어 돌아왔수. 괜히 이리저리 찔러 이쪽에서 말실수하도록 유도하지 말고 그냥 돌아가시란 말이우. 따뜻한 방에서 주무실 수 있도록 방까지 내드렸지 않수! 왜 은혜를 이렇게 웬수로 갚으려고 하시느냐는 말이우."

남편을 보호하려는 일념에 여인은 두려움에 눈물까지 글썽이면서도 필사적으로 외치고 있었다. 그녀의 말을 들은 후에야 진회는 복잡한 사정이 있음을 눈치 챌 수 있었다. 아마도 이쪽에 있는 관부에 있는 놈이 먼저 선수를 친 듯했다. 길손으로 분장시킨 밀정을 보내 주민들을 슬슬 찔러 본 다음, 이 고을 관리들의 폭정에 대해 사실대로 고해바친 인물들을 잡아 들여 묵사발을 내놓은 모양이다.

처음에 좀 묵어가자는 말을 꺼냈을 때 당혹스러워 하던 그녀의 모습이 그제야 이해가 되었다. 그녀로서는 당연히 모르는 길손들을 집 안에 들이고 싶지 않았으리라. 진회의 경우 부하 둘을 거느리고 있었기에 차마 묵어가자는 말을 거절하지 못해 일이 이 지경이 된 것이겠지만 말이다.

"어찌 된 일인지는 대충 알겠으니 마음을 진정하시구려."

부드러운 목소리로 여인을 달래며 진회는 품속을 뒤져 은자 두 냥을 꺼내 그녀의 손에 꼭 쥐어 줬다.

"마음 같아서는 지금 내가 가진 것을 다 건네주고 싶지만, 갈

길이 먼 데다가 앞으로도 당신들 같은 처지의 인물들을 계속 만나게 될 테니 그들에게도 뭔가를 줘야 하지 않겠소. 적은 돈이지만 그걸로 곡식을 추수할 때까지 버티도록 하시오."

진회의 말에 아낙은 잔뜩 고조되었던 긴장이 풀려서인지 울음을 터뜨리며 진회에게 감사의 말을 연발했다. 하지만 그녀의 뒤에 어정쩡한 자세로 서 있던 남편은 망연한 표정으로 중얼거렸다.

"추수하면 뭐 합니까? 황충이 떼라도 나타난 듯 집 안을 이 잡듯 뒤져 다 털어갈 텐데……."

진회는 믿기 힘들다는 듯 급하게 물었다.

"이 고을 관리들의 폭정이 그토록 심하다는 것이냐?"

남편은 넋이라도 나간 듯 멍하니 있다 고개를 끄덕이며 힘없는 어조로 중얼거렸다.

"다들 죽지 못해 살고 있는 것입지요."

한 번 말문이 터지자 참을 수 없다는 듯 남편은 이 마을 관리들의 폭정이 얼마나 지독한지 진회에게 낱낱이 얘기하기 시작했다. 얘기를 듣던 진회의 얼굴이 점차 새하얗게 질려 가기 시작했다. 그의 꽉 움켜진 손은 얼마나 그가 분노하고 있는지 핏줄이 불쑥 튀어나와 있었다.

* * *

백성을 수탈하는 탐욕스런 관리일수록 의심이 많다. 관리들에게 있어 백성은 하찮은 무지렁이였고, 자신들의 돈주머니를 채워주는 존재에 지나지 않았다. 관리들은 이들 무지렁이들이 수확물을 속여 자신에게 내야 할 세금을 제대로 내지 않거나, 이 지방을 지나는 길손에게 이런저런 불만을 말해 괜히 높은 곳에 있는 관리의 귀에 정확한 정보가 들어가 자신들이 상납해야 할 뇌물의 양이 많아지는 걸 원치 않았다. 그렇기에 그들은 좀 더 효율적으로 백성들을 쥐어짜기 위해 '밀정'이라는 놈들을 애용했다.

왕적삼(王積三) 포두 또한 바로 이 밀정이라는 놈들을 이용하여 톡톡히 재미를 보고 계시는 나으리들 중 한 명이다.

"그러니까 서가 놈 집에 웬 길손이 묵고 있더라는 말이냐?"

"예, 그날 같이 논일을 하기로 약조를 했었기에 제가 서가네 집으로 갔었지 않았겠습니까요. 그런데 서가네 집에서 장정 둘과 서생 하나가 묵고 있더라 이겁니다."

"그자들의 용모는 어떻던가?"

"멀리서 얼핏 봤기에 잘은 모르겠습니다만, 장정 둘은 기골이 아주 장대해 보였습니다요. 그리고 그중 하나는 장검을 들고 있던뎁쇼."

순간 왕적삼의 눈이 번쩍 빛났다.

"장검이라고? 확실하냐?"

"예, 틀림없습니다요."

밀정이 돌아가고 난 후, 왕적삼은 머리를 긁적거리며 중얼거렸다.

"흐음, 어디서 보낸 놈들이지?"

지금까지 그의 옆에 말없이 앉아 있던 장 포두가 끼어들었다.

"이봐, 생각할 게 뭐 있어. 그냥 해치워 버리면 그만이지."

"그렇게 쉽게 생각할 일이 아니야."

"허, 쥐새끼 세 마리 해치우는 게 어려울 게 뭐가 있나?"

이들은 지금까지 수상쩍어 보이는 외지인들은 몽땅 다 쥐도 새도 모르게 없애 버렸다. 물론 그중에는 상부에서 보낸 밀정도 있을 수 있겠지만, 대부분은 아무 상관없는 사람들이다. 하지만 뒤가 구린 그들은 수상쩍은 사람도 없앨 겸, 그자들이 지니고 있는 돈도 털어먹을 겸 일석이조의 사냥을 해 오고 있었던 것이다.

"세 마리가 아니니까 문제지. 그냥 토끼 사냥하듯 때려잡기에는 숫자가 너무 많아."

"무슨 소리야? 좀 전에 세 놈이라고 그놈이 말한 걸 내가 똑똑히 들었는데."

그러자 왕적삼은 고개를 절레절레 흔들었다.

"그놈들 말고 뒤따르는 또 다른 놈들이 있기에 하는 말이야."

"뭘 복잡하게 생각해. 그렇다면 대규모 상단인가 보지."

장 포두는 예전에 상단을 털어 짭짤한 재미를 본 기억을 떠올리며 갑자기 왕적삼이 왜 이렇게 소심하게 구는지 의아한 표정을 지었다.

"상단이면 내가 이렇게 고민하지도 않아. 사실 오늘 아침 조가 놈이 찾아와서 말하더군. 어제 저녁 산에서 나물을 캐고 있는데, 산 아래쪽에 20명 남짓한 장정들이 숨어서 서가 놈 집 쪽을 관찰하고 있더라고 말이야. 그런데 문제는 모두들 무장을 하고 있데다 꽤나 덩치가 있는 놈들이라고 하더라구."

"어라, 그렇다면 상단이 아니라 그거 산적 놈들 아냐?"

왕적삼은 그 말에 찬동한다는 듯 고개를 주억거렸다. 시절이 어수선하다 보니 굶주림을 견디다 못한 농민들 중 칼을 움켜쥐고 산적으로 직업을 바꾸는 이가 부지기수였다.

"흠, 산적이라. 그럴 수도 있겠네."

장 포두는 왕적삼이 자신의 말에 고개를 끄덕이자 더욱 침을 튀기며 입을 놀렸다.

"내 생각에는 그 산적 놈들이 서가 놈의 집에 묵고 있다는 놈들을 쫓아온 거 같아."

왕적삼은 장 포두의 말이 그럴듯한지 계속 고개를 끄덕였다. 그러자 당장이라도 뛰쳐나갈 것처럼 몸을 들썩이며 장포두가 말했다.

"좋아, 우리도 빨리 움직이자구. 산적들이 그놈들을 노리는 걸 보면 꽤나 큰 건수임에 틀림없어. 보아하니 장정 둘은 서생을 호위하는 보표인 듯한데 그 정도야 문제없잖아."

신이 난 장 포두와는 달리 왕적삼은 떨떠름한 표정이었다. 장사치 몇 명 죽이고 돈을 뺏는 거야 병사들을 우르르 몰고 가면 되지만, 덩치 좋은 산적들이라면 얘기가 달랐다. 자칫 자신의 생명이 위험할 수도 있기 때문이다.

"그래도 산적하고 맞붙어야 하는데, 그건 좀 찜찜하군."

"산적 놈들이 서가 놈 집 근처에 숨어서 호시탐탐 노리고 있다며? 언제 털어먹고 튀어도 이상할 게 없다구. 어쨌거나 돈을 만지려면 어쩔 수 없이 산적 놈들과 맞붙을 수밖에 없잖아. 혹, 그놈들이 우리가 출동한 걸 알면 알아서 도망칠 수도 있으니 거기에 희망을 걸자구. 무엇보다 그 정도의 산적이 쫓아올 정도라면 우리가 만져 보지도 못할 정도의 거금을 지니고 있을지도 몰라."

장 포두의 말에 왕적삼은 귀가 솔깃했다. 생각해 보니 20명이나 되는 산적들이 몰려올 정도라면 도대체 얼마나 많은 돈을 지니고 있을까? 어쩌면 돈이 아닌 희대의 보물을 지니고 있을지도 모른다. 더군다나 보표를 고용해 돌아다닐 정도라면 돈푼깨나 가진 놈이 분명했다.

산적이라는 말에 잠시 고개를 숙였던 탐욕의 마음이 서서히 고개를 치켜들었다. 왕적삼은 마을에 소속된 병사들을 모두 불러들인다면 산적들이 쉽게 덤벼들지 못할 거라고 생각했다. 물론 혼자 챙겨먹는 것보다 자신에게 떨어지는 양은 적겠지만 산적들이 횡재를 하는 것을 손가락만 빨며 지켜보는 것보다는 나았다.

"그렇다면 병사들의 숫자가 한 명이라도 더 많은 게 좋겠군."
"물론이지. 내가 이 포두에게도 연락을 넣을게."

큰 건수라고 생각했는지 병사들을 모으고, 출동 준비를 갖추는 포두들의 움직임이 부산해졌다.

* * *

산적들이 언제 행동을 개시할지 알 수 없는 상황이었기에, 포두들은 병사들이 어느 정도 모이자 즉시 출동했다. 그들은 각자 부하들을 거느리고 세 방향에서 외곽부터 시작해 포위망을 구축하기 시작했다. 왕적삼은 자신이 맡은 방향으로 부하들을 이끌고 이동하며, 요소요소의 길목에 활로 무장한 포졸들을 배치했다.

"너는 저쪽에 숨어 있어."

"옛."

왕적삼은 자신의 지시대로 숲 속으로 달려가는 포졸의 뒤통수에 대고 외쳤다.

"만약 이쪽으로 도망치는 놈이 있으면 무조건 쏴 죽여!"

왕 포두의 지시를 받은 포졸이 히죽 웃으며 자신 있게 내꾸했다.

"알고 있습니다, 왕 포두 나으리. 이런 일 어디 한두 번 합니까."

부하들을 이끌고 왕 포두가 가 버린 후, 그곳에 홀로 남겨진 포졸은 길이 잘 내려다보이는 곳에 자리를 잡았다. 그는 자리를 잡자마자 등에 메고 온 활을 내려놓은 다음, 화살을 하나 꺼내 시위에 걸어 두었다. 언제라도 신속하게 쏠 수 있도록 하기 위해서다.

"놈들이 빠져나가지 않았어야 할 텐데……."

포졸의 바램은 그것뿐이었다. 만약 저들이 포위망이 구축되기 전에 이미 도망치고 없다면? 그렇다면 자신들은 그들을 쫓아 산길을 달려 또다시 이동해야만 했다. 될 수 있으면 그런 수고는 안 했으면 하는 게 그의 바램인 것이다.

"오늘은 좀 빨리 끝났으면 좋겠군."

중얼거리며 산길을 관찰하고 있는 그의 뒤편에 놀랍게도 시커

먼 그림자가 얼핏 보였다. 사람의 움직임이라고는 생각되지 않았다. 왜냐하면 그곳에서 갑자기 쑥 튀어나왔다고 느껴질 정도였으니까.

우드드득!

포졸은 자신의 뒤편에 누군가가 나타났다는 사실도 인식하지 못한 채, 허무하다 싶을 정도로 손쉽게 목이 꺾여 버렸다. 포졸의 목을 붙잡고 뒤틀어 버린 것은 검은색 야행복과 복면으로 전신을 감싼 괴한이었다. 괴한은 소리가 나지 않도록 포졸의 몸을 살며시 땅바닥에 내려놓는 한편, 재빨리 주위를 살폈다. 잠시 시간이 지날 때까지 주위에서 어떠한 움직임도 느껴지지 않자, 그는 또 다른 먹잇감을 찾아 어딘가로 사라져 버렸다.

"크흐흐, 식은 죽 먹기겠군."

적당한 곳에 한 명씩 포졸들을 배치하던 왕 포두는 잠시 후면 거금을 만질 수 있다는 생각에 기분이 몹시 좋았다. 사실 산적이 있다고는 해도 지금껏 몇 번씩이나 해 왔던 일의 반복에 지나지 않는다. 더군다나 이번에는 자기 외에도 다른 포두 두 명이 더 병력을 이끌고 오지 않았는가. 동원된 병사만 해도 56명이다. 그럭저럭 무예에 능한 자들은 채 20명이 되지 않지만, 농사만 짓다 칼을 든 산적들쯤이야 쉽게 물리칠 수 있을 것이다. 아니, 어쩌면 자신들의 모습만 보아도 경기를 일으키며 줄행랑을 칠지도 모른다.

자신감에 충만한 왕적삼의 관심은 이제 산적들보다 거금을 지니고 있을 서생 놈에게 쏠려 있었다. 사방에 궁수들을 매복시켜 놓기에 놈들은 이제 죽은 목숨이나 다름없다고 그는 생각했다. 왕적삼의 머릿속에는 벌써 서가네 집에 묵고 있는 놈들을 잡아 거금을 챙기면 다른 두 명의 포두에게 어느 정도 나눠 줘야 할지 주판을 열심히 튕기고 있었다. 하지만 누군가가 그의 뒤를 따르면서 부하를 한 명씩 매복시킬 때마다 죽이고 있다는 사실은 전혀 눈치 채지 못하고 있었다.

"자, 모두들 잠시 휴식."

고개 하나만 더 넘으면 서가 놈의 집이다. 그렇기에 웡 포두는 부하들을 그곳에 대기시킨 후, 두 명의 포졸만 데리고 고개 위쪽으로 조심스럽게 올라갔다. 고개 위에 올라가면 사방을 폭넓게 관찰할 수 있는 만큼, 다른 포두들이 목적지에 도착해 있는지 알 수 있다. 여기서 가장 중요한 것은 서로 간에 신호에 맞춰 동시에 돌진해 들어가야 하는 것이다. 만약 조금이라도 시간이 어긋나면 놈들이 포위망을 뚫고 탈출할 가능성이 있기 때문이다.

고개 위에 도착한 왕 포두는 나무 사이에 몸을 숨기고 서가네 집을 관찰했다. 순간 왕 포두의 눈이 번쩍 빛났다. 서가네 집 문을 열고 밖으로 나오는 장정 하나를 보았기 때문이다. 밀정의 보고대로 놈의 기골은 꽤나 장대했다. 제법 검술을 익힌 자인지도 모른다.

"흐흐흐, 산적 놈들이 아직 습격을 하지 않은 모양이군. 우리가 먼저 행동을 시작해도 되겠어."

왕 포두는 품속에서 작은 동경 하나를 꺼내 햇빛을 반사시켜 다른 두 포두들이 자리 잡고 있어야 할 위치로 신호를 보냈다. 잠시 그렇게 신호를 보냈지만 두 포두들이 있는 쪽에서는 아무런 반응이 없었다.

왕 포두는 살짝 인상을 찌푸렸다.

"아직 도착하지 않은 모양이군. 그나저나 산적 놈들보다 먼저 움직여야 할 텐데…, 어쩌지?"

산적들이 지금 어디에 있는지 짐작도 할 수 없는 만큼 왕 포두는 애가 탈 수밖에 없었다. 산적들이 먼저 털어 먹고 도망쳐 버린다면, 그들을 잡기 위해 산적들과 싸워야 할 것이다. 물론 병력의 차가 있으니 산적들을 잡는 건 문제가 아닐지도 모른다. 그러다 눈먼 칼에 다치면 자신만 손해 아닌가. 가장 좋은 방법은 산적보다 저들을 먼저 털어야 한다. 그렇게 되면 산적들도 포졸들과 싸우느니 그냥 물러날 게 틀림없다.

"젠장, 뭣들 하고 있는 거야? 아직까지도 도착하지 않고 말이야."

투덜거리며 왕 포두가 뒤로 돌아섰을 때, 그는 깜짝 놀랐다. 자신이 이끌고 온 두 명의 포졸들이 어느새 땅바닥에 쓰러져 있었고, 검은색 야행복을 입은 괴한 하나가 자신을 싸늘한 눈빛으로 바라보고 있었던 것이다. 비록 자신이 아래쪽을 관찰한다고 뒤쪽에 신경을 쓰지 못했지만, 어떻게 아무런 기척도 없이 부하들을 해치울 수 있었을까?

살기를 뿜어내며 괴한은 나직한 목소리로 말했다.

"대인을 암습하려 한 죄, 죽어 마땅하다."

순간 왕적삼은 뭔가 잘못됐다는 것을 직감적으로 느낄 수 있었다. 이들은 장사치나 산적이 아니다. 생각이 채 정리되기도 전에 왕적삼은 잽싸게 칼을 뽑아 들었다.

"산적들이 출몰했다는 정보를 입수하고 그들을 토벌하기 위해 출동한 포졸들에게 손을 쓰다니 당신은 국법이 무섭지도 않소?"

대기하고 있는 포졸들이 들을 수 있도록 왕적삼은 큰 소리로 말하려 했지만 안타깝게도 목소리는 가늘게 떨려 나왔다.

"큭큭, 국법? 감히 네가 국법을 논한단 말이냐?"

괴한의 비아냥거림에 왕적삼은 부들부들 떨면서도 애써 입을 놀렸다.

"보아하니 서로 간에 오해가 있는 듯한데 이 정도에서 물러간다면 죄를 묻지 않겠소."

"오호, 죄를 묻지 않는다? 그건 좀 곤란하지. 그리고 네놈이 아니라 내가 너의 죄를 물을 생각이거든."

"다, 당신이 뭔데 포두인 내게 죄를?"

"감히 진 대인을 암습하려는 행동 하나만으로도 넌 죽을죄를 지었다."

순간 왕적삼의 머릿속이 새하얗게 변해 버렸다. 진 대인이라는 말 한마디에 재상 진회가 지방 순시를 나와 있다는 사실이 떠올랐던 것이다.

'씨불, 좆됐다. 그냥 주는 거나 챙겨 먹고 돌아가지, 웬 암행?'

잽싸게 땅바닥에 엎드린 왕적삼은 벌벌 떨리는 목소리로 애원을 했다. 그동안 열심히 모아 놓은 돈도 써 보지 못하고 이대로 죽기엔 너무 억울했던 것이다.

"제, 제발 살려 주시오. 집에는 팔십 먹은 노모가……."

퍽!

물론 집에 노모가 있지도 않았지만 상대의 마음을 조금이라도 움직이기 위해 떠든 것이었다. 하지만 그건 통하지 않았다. 괴한의 매서운 손에 그는 뒤통수가 함몰되어 저세상으로 가 버렸다.

"쓰레기 같은 놈. 이런 것들이 관리랍시고 설치고 있으니, 나라가 이 모양이지."

괴한은 이리저리 두리번거리며 주위의 상황을 점검했다.

"이쪽은 얼추 끝났는데 혹시 놓친 놈이 있는지 다시 한 번 확인해 봐야겠군."

괴한은 진회를 암중에서 호위하고 있는 복면인들 중 한 명이었다. 아무리 죄를 지었다 하더라도 포졸들은 국가의 녹을 먹는 관리다. 그럼에도 이렇게 가차 없이 죽이는 이유는 진회의 암행 순시가 밖에 드러나면 안 되기 때문이다.

말이 채 끝나기도 전에 괴한의 모습은 고개 위에서 소리 없이 사라져 버렸다.

다음 날 아침 일어난 진회는 짐을 꾸린 후, 농가의 아낙에게 작별인사를 건넸다. 그녀의 남편은 일을 하러 나갔는지 보이지 않았다.

"우리는 이만 가 봐야겠네. 어려운 형편에 찾아온 길손에게 온정을 베풀어 주어 고마울 따름이야."

진회의 말에 아낙은 코가 땅에 닿도록 연신 절을 하며 감사해했다.

"아, 아닙니다. 오히려 저희들이 큰 은혜를 입었습니다요."

어제저녁 생각지도 않은 은자 두 냥을 얻게 된 것이 그녀 가족에게는 너무나도 큰 축복이었다. 은자 두 냥으로 식량을 사서, 산에서 캔 나물과 나무껍질을 함께 먹는다면 내년 가을까지 충분히 버틸 수 있을 것이다. 그렇게 본다면 그녀에게 있어서 진회는 살아 있는 부처님이나 마찬가지였던 것이다.

"은인들을 이리 보낼 수는 없으니, 제발 애들 아버지가 올 때까지만 기다려 주시면 안 되겠습니까? 이렇게 부탁드립니다."

진회로서는 난감한 부탁이기는 했지만, 여인의 말을 들어 보니 남편은 새벽녘에 손님들께 대접할 음식 재료를 구하기 위해 길을 떠났다는 것이다. 아마 늦어도 점심나절이면 도착할 테니, 제발 제대로 된 음식이나마 대접하여 조금이라도 은혜를 갚을 수 있도록 해 달라고 그녀는 간청했다.

너무나도 간절하게 청했기에 진회는 할 수 없이 떠나는 것을 잠시 보류했다. 아낙의 청을 차마 뿌리치고 떠나지 못한 진회 일행은 그날 점심나절이 다 되어 푹 삶은 닭국을 한 사발 먹은 후에야 그 집을 나설 수 있었다. 비록 물을 잔뜩 넣어 끓인 멀건 닭국이었지만, 지금까지 자신이 먹어 본 그 어떤 산해진미보다 맛있다고 생각한 진회였다.

행방불명된 악비 대장군

　임충은 관지 장로의 명령으로 악비 대장군을 호위하고 황도에 와 있었다. 그의 휘하에 있는 1개 천인대를 몽땅 다 데리고 왔지만, 천기나 되는 중무장한 인마를 황도 안에까지 끌고 들어올 수는 없는 노릇이었다. 그렇기에 황도 안에까지 그와 함께 한 인원은 50기뿐이었고, 나머지는 황도에서 멀리 떨어진 곳에서 대기하고 있는 중이다.
　처음에 그가 들은 대로라면, 이번 임무는 임무라기보다 오히려 유람에 가까운 것이었다. 악비 대장군이 황도에 다녀오는 데, 그가 왕복하는 동안 원거리에서 철저히 호위하라는 것이 주된 임무다. 황도에는 3만에 달하는 황군이 치안을 유지하고 있기에, 그 안에서까지 그를 호위해 줄 필요는 없었다. 즉, 황도에 도착한 후에는 충분한 자유 시간이 보장되는 최고의 임무였던 것이다.

악비가 일을 다 마칠 때까지 현재 대송제국에서 가장 번화한 도시 남경을 여유롭게 즐길 수 있다는 생각에 임충의 마음은 꽤나 들떠 있었다.

황도에 도착한 후, 그는 가장 먼저 50기의 인마가 묵을 수 있을 정도로 넓은 객잔을 확보했다. 교주의 명령에 의해 이곳에 온 것이었기에 객잔에 묵을 돈은 공금으로 처리된다. 임충은 아주 괜찮은 객잔 하나를 통째로 빌려 버렸다. 그리고 곧바로 수하들과 함께 거하게 술판까지 벌였다. 이곳까지 달려오면서 목에 낀 먼지를 씻어 내기 위해서.

"대장, 손님이 오셨습니다."

밖에서 들려오는 수하의 목소리에 임충은 억지로 눈을 떴다. 새벽녘까지 퍼마신 술이 아직까지도 그의 뒷골을 울리고 있는 중이다.

"아이구, 머리야."

임충은 머리맡에 놓인 주전자를 집어 주전자가 텅 빌 때까지 벌컥벌컥 들이켰다. 심한 갈증이 조금이나마 해소되자 그제야 겨우 좀 살 것 같다.

"무슨 일이냐?"

"소진(蘇振) 교령이 대장을 찾습니다."

소진 교령이라면 이번에 악비 대장군을 수행하고 황도에 온 장수들 중 하나다. 양양성으로 출발하는 날이 정해지면 연락을 주겠다고 했으므로, 악비가 볼일을 모두 마친 것으로 생각할 수밖에 없었다.
"젠장, 꽤 오래 있을 줄 알았더니 벌써 돌아가나?"
낮은 목소리로 투덜거리며 그는 방문을 벌컥 열었다. 문밖에 수하와 함께 서 있는 소 교령의 모습이 보였다. 어깨가 넓은 근육질의 몸매라서 그런지 푸른색의 전포(戰袍)가 아주 잘 어울렸다. 눈꼬리가 위로 치켜 올라간 그의 사나운 눈매 때문에 첫인상은 별로 좋지 않았지만, 황도까지 같이 오는 동안 몇 번 말을 섞어 보니 꽤나 괜찮은 사내였다.
임충은 소 교령을 보자 히죽 웃으며 옷섶 안으로 손을 넣어 가슴을 득득 긁었다. 술이 덜 깬 건지, 잠이 덜 깬 건지 몸이 찌뿌둥했기 때문이다.
"어서 오시구려, 소 교령. 같이 해장술이라도 한잔하시겠소?"
소 교령은 창백한 안색으로 재빨리 방 안으로 들어오더니 다급하게 말했다.
"지금 그럴 때가 아닙니다. 큰일 났습니다, 임 대인."
"큰일이라니, 대체 무슨 말씀이시오?"
소 교령은 주위를 둘러본 후, 임충의 귀에 대고 속삭였다. 그의 목소리는 가늘게 떨리고 있었다.
"대장군께서 행방불명되셨소이다."
너무나도 충격이 컸던 탓일까? 아니면 상대의 말을 믿기 힘들었던 것일까? 임충은 멍한 눈으로 소 교령을 잠시 바라보다 피식 웃었다.

"이제 보니 농담도 아주 과격하게 하시는구려."

'생긴 것만큼이나' 라는 말이 생략된, 임충의 농이었다. 하지만 소 교령은 심각한 표정으로 대꾸했다.

"농담이 아니올시다. 대장군께서는 어제 오후에 10여 명의 호위병을 거느리고 입궁하신 후, 아직까지 돌아오지 않고 계시단 말이오."

"오랜만에 친한 사람이라도 만나서 늘어지게 술이라도……."

말을 하는 임충의 머릿속에는 아름다운 미인들에게 둘러싸여 흡족한 웃음을 터트리며 술을 마시고 있는 악비 대장군의 모습이 그려지고 있었다.

"절대 그럴 리 없소이다. 만약 그런 일이 있다면 사람을 보내어 연락을 주셨을 것이오."

창백한 소 교령과는 달리 임충의 표정은 심드렁하기만 했다. 별거 아닌 일 가지고 아침부터 호들갑을 떤다고 생각했기 때문이다. 자신들이 있는 곳이 어디인가? 바로 대송제국의 심장부인 황도다. 그리고 악비 대장군은 대송제국을 지탱하는 실세 중의 실세가 아닌가. 오랜만에 입궁한 악비 대장군에게 잘 보이려고 당연히 사람들이 줄을 설 테고, 그러다 보면 연락을 못할 일이 생길 수도 있는 건 당연하지 않을까?

"그렇다면 황궁에 사람을 보내 보면 알 것 아니오. 어제 대장군은 누구를 만나러 입궁하신 거요?"

"병참감 왕천(王仟) 장군을 만나러 가셨소. 봄에 공급해 줄 보급품 문제 때문에 상의할 것이 있으니, 양양성 사정에 밝은 고위급 장교를 보내 달라고 왕 장군에게서 연락이 왔었기 때문이오. 대장군께서는 그런 일이라면 당신께서 직접 왕 장군과 상의하는 것이 좋겠다며 입궁하셨소."

그럼 모든 문제가 해결된 것이 아니냐는 듯 임충은 어깨를 으쓱하며 말했다.

"병참감? 그렇다면 그자에게 가서 문의해 보면 알 수 있겠구려. 대장군께서는 지금 어디에 계시느냐고."

"본관은 방금 전에 왕 장군과 만나고 오는 길이외다. 괴이하게도 왕 장군은 대장군을 만난 적도 없을 뿐더러, 대장군께 사람을 보낸 적도 없다고 말씀하셨소."

임충은 고개를 갸웃하지 않을 수 없었다.

"거~참, 귀신이 곡을 할 노릇이군. 그렇다면 왕천이라는 자가 보냈다는 심부름꾼은 어디에 있소?"

"알아보고 있는 중이지만 행방이 묘연하오."

그제야 임충은 사태가 상당히 심각하게 돌아가고 있다는 것을 느낄 수 있었다. 하지만 뭘 어떻게 조치를 취해야 할지 아무 생각도 나지 않았다.

'젠장, 이런 귀찮은 일이 벌어질 줄 알았으면 인심 쓰는 척하면서 마화에게 양보하는 거였는데······.'

아무리 후회해도 이미 늦은 일이다. 한동안 끙끙댔지만, 지금 이곳에 와 있는 책임자는 자신이다. 할 수 없이 벌떡 일어서서 방문을 열자 방금 전에 소 교령을 안내해 온 수하가 문밖에서 대기하고 있었다.

"이봐, 백인장보고 이리 오라고 해."

"존명!"

얼마 지나지 않아 제11백인대장 왕덕(王德)이 달려왔다.

"찾으셨습니까, 천인장님."

임충은 왕덕에게 사건의 전말을 간단하게 설명한 후, 부하들을 이끌고 가서 빨리 대장군을 찾아보라고 명령했다.

"누군가 대장군을 접대한다고 거하게 술판을 벌이고 있을 수도 있으니, 남경 안의 제법 이름 있다는 술집은 몽땅 다 샅샅이 뒤져 보란 말이다."

"옛."

"대신 대장군이 행방불명되었다는 내색은 절대로 하면 안 된다. 알겠나?"

"수하들에게 주의시키겠습니다."

"그리고 혹 사람이 부족할 수도 있으니, 성 밖에 대기하고 있는 녀석들에게 연락을 보내 자네 백인대의 남은 인원 50명도 이리로 합류하라고 하고."

"알겠습니다."

왕덕을 내보낸 후, 임충은 소 교령에게 말했다.

"자네는 그 심부름꾼을 찾아보게. 무슨 일이 있어도 그놈을 찾아내야 해. 알겠는가?"

"최선을 다하겠소이다, 임 대인."

소 교령까지 황급히 떠나고 난 후, 홀로 남은 임충은 물부터 벌컥벌컥 들이켰다. 목마름은 이제 어느 정도 해소되었지만, 그의 속은 답답하기 짝이 없었다. 대장군은 과연 납치된 것인가? 아니면 어딘가에서 술에 취해 골아 떨어져 있는 것인가? 그도 아니면 누군가 고위급의 인사와 은밀한 곳에서 만나 밀담을 나누고 있을까?

'하루! 하루 동안 전력을 다해서 찾는 거야. 그래도 나타나지 않으면 교주님께 연락을 넣는 수밖에.'

내심 그렇게 결심했지만, 아무래도 뭔가 찝찝했다. 괜히 실종되었다고 보고를 올렸는데, 악비 대장군이 어디선가 아무 일 없었다는 듯 나타나면 자기만 교주에게 왕창 깨질 게 뻔하기 때문이다.

"젠장, 아주 재수 더럽게 걸렸어."

그렇게 말하는 임충의 안색은 마치 소태라도 씹은 듯 떨떠름하기 그지없었다.

* * *

순시 행렬이 강서성의 성도(省都) 남창(南昌)을 이틀거리쯤 남겨 놓았을 때 진회는 행렬에 합류했다. 몰래 빠져나간 것이었기에 다시 합류하는 것도 조심스러울 수밖에 없었다. 박 교령에게 연락을 넣자, 그는 인근에서 가장 큰 주루(酒樓)의 이름을 알려 주며 그곳에 준비를 해 두겠다는 전갈을 보내왔다. 곧이어 가짜 재상의 화려한 행차가 원청루(園淸樓)를 향했다. 재상께서 인근에서 가장 유명한 원청루에 들러 가벼운 다과를 즐기며 경치를 감상하고 싶다는 것이 이유였다.

　병사들이 원청루 주변을 완벽하게 에워싼 후, 잡인의 출입을 금했다. 그런 다음 원청루 안을 샅샅이 뒤져 그곳에 있던 손님들까지 모두 내보냈다. 그런 소란 통에 가짜가 진짜로 교체되었고, 재상을 따라 밖으로 나가 개고생을 하고 돌아온 20여 명의 병졸들도 군복으로 갈아입었다.

　호화로운 관복으로 갈아입은 진회의 안색은 밝지 못했다. 암행순시를 해 본 결과 백성들의 참담한 현실에 할 말을 잃을 정도였기 때문이다. 굶주려서 뼈만 남은 유랑민, 식량이 없어 사식들을 팔아 버린 부모, 어떤 곳은 심지어 서로 자식을 바꿔 잡아먹기까지 했다. 전쟁의 와중이라 어느 정도 혼란스러울 것이라 짐작은 했지만 이 정도까지는 아니었다.

　진회가 착잡한 표정으로 창밖을 바라보고 있을 때 조심스럽게 시종이 다가와 입을 열었다.

　"섭 대인이 사람을 보내왔사옵니다."

　참지정사(參知政事) 섭평(聶平)이라면 중서(中書)에서 재상 다음가는 지위에 있는 존재다. 즉, 재상 진회가 황성을 비운 지금, 그가 가장 강력한 실권자라는 말이다.

　"섭평이? 그래, 무슨 일이라고 하더냐?"

　"대인께 독대를 청하고 있사옵니다."

　"독대를? 이상한 일이군. 심부름을 온 자가 독대를 청하다니……."

　무슨 일인가 하여 궁금하기는 했지만, 그렇다고 곧바로 숙소로 돌아갈 수도 없다. 경치 구경을 핑계로 여기 와 있으니 그만큼의 시간을 보내야만 했던 것이다.

"그자에게 이리 오라고 일러라."

"예, 곧바로 사람을 보내겠사옵니다."

원청루는 3층으로 이뤄진 큰 규모의 주루였다. 진회는 3층에 자리를 잡은 뒤 간단한 요리와 술을 들었고, 1층과 2층은 병사들이 자리 잡고 일절 잡인의 출입을 막고 있는 상태다. 그런 만큼 비밀스러운 얘기를 나누기에는 안성맞춤이었다.

병사의 안내를 받으며 나이 지긋한 문관이 올라왔다. 진회는 한눈에 그가 누군지 알아볼 수 있었다. 그자는 바로 섭평의 총관이었던 것이다. 그렇기에 진회는 눈짓을 하여 병사에게 나가 보라고 지시한 후, 총관을 반겨 맞이했다.

"자네는 이 총관이 아닌가. 그래, 무슨 일로 독대를 청했느냐?"

"예, 섭 대인께서 이 서신을 재상께 급히 전하라고 하셨사옵니다."

이 총관은 품속에 소중하게 간직해 온 봉서를 꺼내어 진회에게 바쳤다. 서신을 전하는 데 자신의 가장 충복이라고 할 수 있는 총관을 보낸 것을 보면 대단히 중요한 서신인 모양이다. 진회는 봉서를 뜯은 후, 재빨리 내용을 읽기 시작했다. 하지만 곧이어 그는 엄청난 충격을 받은 듯 두 눈을 부릅뜰 수밖에 없었다.

"이, 이게 무슨 소리냐? 이게 사실이냐?"

하지만 이 총관은 고개만 더욱 깊게 숙일 뿐 아무런 대답도 하지 않았다. 아마도 그는 봉서 안의 내용을 모르는 모양이었다.

"너는 지금 즉시 돌아가서 섭평에게……."

진회는 급히 입을 다물었다. 총관을 통해 구두로 전할 만한 내용이 아니라는 생각이 들었기 때문이다. 그렇기에 그는 밖에 대고 외쳤다.

"지필묵을 가져오너라!"

시종이 지필묵을 가져오자 그는 섭평에게 전할 내용을 단숨에 써 내려갔다. 그런 다음 서찰을 단단하게 봉인한 후, 이 총관에게 건네주며 신신당부했다.

"자네는 지금 즉시 달려가서 이것을 섭평에게 전하게. 최대한 빨리 전해야 하네. 알겠는가?"

"예, 밤낮을 가리지 않고 달려서라도 최대한 빨리 전하겠사옵니다."

이 총관이 서둘러 밖으로 나간 후, 어디선가 목소리가 들려왔다.

〈무슨 일이십니까? 대인. 그렇게 긴 시간은 아니었지만 대인을 모시면서 지금처럼 동요하고 계신 모습은 처음 뵙기에 드리는 말씀입니다.〉

"황도에서 보내온 급전일세."

〈양양성에서 전투가 벌어지기라도 했습니까?〉

양양성에서 전투가 벌어졌다는 말은 곧 금군이 재차 군사를 일으켜 쳐 내려왔음을 의미하는 것이다. 하지만 진회는 고개를 가로저으며 말했다.

"악비 대장군이 투옥당했다고 하더군."

이 말만은 전혀 예상하지 못한 것이었는지, 상대방으로부터 아무런 반응이 없었다. 아마 너무 놀라서 말문이 막힌 모양이다.

"내 소문을 들으니 무림에 적을 둔 인물들은 경공술이라는 독특한 기술을 익혀 말보다도 빨리 달린다고 했는데, 그게 사실인가?"

〈단거리만을 달린다면 말보다 훨씬 빨리 달릴 수 있겠지만, 장거리를 달리면서 말보다 더 빨리 달릴 수 있는 사람은 거의 없습니다.〉

"휴~ 그렇다면 이 총관에게 모든 것을 맡겨야만 하는가?"

〈대인께서 방금 전에 경공술에 대해 물으신 것이 혹시 서신을 얼마나 빨리 전해 줄 수 있느냐 하는 그런 것입니까?〉

"그 이유였네."

〈그것이라면 이 총관보다 최소한 4일 먼저 황도에 서신을 전할 수 있을 것입니다.〉

진회는 반색하지 않을 수 없었다. 4일을 벌 수 있다니…….

"그게 사실인가?"

〈예, 저희들은 말이 달리지 못하는 지름길을 달려갈 수 있으니까요.〉

"그럼 내 자네에게도 서신을 부탁해야겠구먼."

진회가 서둘러 밀서를 한 통 작성하자마자, 어디선가 흑의복면을 한 인물 하나가 흡사 바닥에서 솟아오르기라도 하듯 유령처럼 모습을 드러냈다.

"이걸 참지정사 섭평에게 전하게."

"예."

흑의복면인은 밀서를 조심스럽게 품속에 집어넣은 후 진회에게 물었다.

"이걸 섭 대인에게 전하기만 하면 되는 것입니까?"

"최대한 빨리 전해 주기만 하면 되네."

"예, 그럼 저는 가 보겠습니다."

진회를 경호하기 위해 이곳에 배치된 인물들 중에서 가장 실력이 뛰어난 경호대주가 직접 그 밀서를 품에 지니고 황도를 향해 달려갔다. 그의 경공 실력이 가장 뛰어났기에 어쩔 수 없이 그가 직접 움직여야 했던 것이다.

섭평에게 밀서를 보낸 후, 진회는 박 교령을 불러올렸다. 박 교령은 재빨리 달려와 예를 갖췄다.

"찾으셨사옵니까? 대인."

"지금 바로 황도로 돌아갈 수 있도록 준비해 주게. 남은 모든 일정은 취소하도록 하고."

"예? 황도로 말씀이시옵니까?"

갑작스런 진회의 명령에 박 교령은 당황한 듯 물었다. 하지만 곧이어 냉정을 되찾은 그는 진회의 눈치를 살피며 조심스럽게 말했다.

"지금 바로 돌아가시는 것은 다시 한 번 생각해 주시옵소서."

평소의 박 교령답지 않게 간곡하게 청해 오니, 진회로서도 그걸 매몰차게 거절할 수가 없었다.

"왜? 무슨 곤란한 일이라도 있나?"

"남창이 바로 코앞이옵니다. 여기까지 오셔서 성주(省主)님을 만나지 않고 그냥 돌아간다면, 예가 아닐 것이옵니다."

그 말을 듣자 진회는 난감함을 감추기 어려웠다. 그렇다. 잠시 잊고 있었는데, 각 성(省)을 맡고 있는 성주들은 황제가 가장 신임하는 인물들이다. 특히 강서성주(江西省主) 조권(趙權)은 나는 새도 떨어뜨릴 정도의 권세를 지닌 황족이었다. 여기까지 와서 얼굴도 보이지 않고 그냥 돌아가기에는 뭔가 찜찜한 인물인 것이다.

더군다나 조권은 재상이 순행 온다는 통지를 받고 지금쯤 여러 가지 준비를 해 뒀을 것이다. 그 준비에 빠질 수 없는 것이 연회인데, 거기에 참석할 수많은 손님들에게 이미 초청장을 다 돌려 놨을 것은 불 보듯 뻔했다. 연회에 초청한 사람들 앞에서 재상과의 친분을 과시하며 권세를 뽐낼 것이 눈에 보이는 것만 같았다.

그런데 갑자기 자신이 성주를 보지도 않고 황도로 돌아가 버린다면, 연회에 초청받은 손님들은 그 사실을 어떻게 받아들이겠는가? 아마도 조권의 권력이 그렇게 대단한 것이 아니라고 깔볼지도 모를 일이다. 그리고 그런 치욕적인 일을 당한 조 성주는 어떤 대가를 치르더라도 자신에게 복수하기 위해 광분할 것이 분명했다.

거기까지 떠올린 진회는 박 교령의 조언이 적절하다는 것을 인정하지 않을 수 없었다. 진회는 떨떠름한 표정으로 다시 지시를 내렸다.

"자네 말이 옳아. 예정대로 남창을 방문하는 것이 좋겠군. 하지만 그 뒤의 일정은 모두 취소하고, 곧바로 황도로 돌아갈 수 있도록 준비해 주게."

"옛, 명대로 조치해 두겠사옵니다."

박 교령은 절도 있게 대답한 후, 조심스럽게 재상의 안색을 살피며 물었다. 그는 재상이 갑자기 황도로 돌아가고자 하는 이유를 짐작할 수가 없었던 것이다. 만약 외적이라도 쳐들어왔다면, 자신의 조언은 받아들여지지 않았을 것이다. 하지만 남창에 가는 것을 허락한 것으로 보아 정말 화급을 다투는 그런 중대사는 아닌 듯하지 않은가. 그렇다면 무슨 일일까?

"황도에 큰일이라도 벌어진 것이옵니까?"

진회는 아무것도 아니라는 듯 대답했다.

"악비 대장군이 투옥당했다고 하더군."

하지만 그 말을 들은 박 교령은 경악할 수밖에 없었다.

"예? 어떻게 그럴 수가······."

"섭평의 보고에 따르면, 추밀사 류태청이 그를 체포한 모양이야. 황상께 대한 항명죄로 말일세."

추밀사라면 군부의 최고 기관인 추밀원의 우두머리다. 내각이라고 할 수 있는 중서와 더불어 2부(二府)라 불릴 정도니 추밀사의 권력은 나는 새도 떨어뜨릴 정도인 게 당연했다. 하지만 그것도 오래전의 이야기다.

장수들은 자신들의 병사를 사병화시켜 버린 후, 마치 자기들이 지방의 호족이나 되는 듯 행세하고 있다. 이른바 군벌(軍閥)이라는 말이다. 그들은 추밀원의 지시를 들을 생각도 하지 않고, 고삐 풀린 망아지처럼 날뛰는 상황이다. 하지만 추밀원은 그들을 징계할 방법이 없었다. 휘하의 모든 장수들이 다 말을 듣지 않는데 그들을 무슨 방법으로 징죄한다는 말인가.

더군다나 이 상황을 더욱 장기화시키고 있는 것이 바로 금나라 오랑캐들이다. 군벌들은 모두 다 금과의 접경 지역에 자리 잡고 있다. 그런 만큼 그들은 금과의 전쟁에서 살아남기 위해 서로 협력해야만 했고, 추밀원으로부터 보급 물자를 얻어 내기 위해 그들의 말을 듣는 척이라도 해 주고 있었다.

그리고 추밀원은 추밀원대로 군벌들을 혁파할 엄두를 못 내고 있었다. 방어선의 중심축을 담담하고 있는 군벌들 중 일부가 수틀린다고 금나라에 투항이라도 하는 날에는, 그야말로 송나라가 쫄딱 망할 수도 있기 때문이다. 그렇기에 추밀원은 말 안 듣는 군벌들을 살살 달래 가면서 뒤에서 지원만 해 주는 것으로 만족하고 있었다.

"아무래도 보통 일이 아닌 듯한데, 일정을 계속 유지하실 필요가 있겠사옵니까? 대인. 이런 중차대한 사유라면 성주님께 잘 아뢰면 그냥 넘어가 주실 지도 모를 일이 아니옵니까?"

"아닐세, 이미 섭평에게 지시를 내려놨네. 류태청에게 압력을 가하여 그를 풀어 주도록 하라고 말일세. 나는 나중에 돌아가서 둘을 화해시키기만 하면 될 게야."

말은 그렇게 하고 있지만 그 일이 결코 말처럼 쉬운 게 아님을 박 교령은 잘 알고 있었다. 상대는 송에서 가장 강대한 병권을 쥐고 있는 대 군벌이다. 그런 자를 감옥에 처박아 놨으니 그게 보통 일이겠는가.

"대인, 이왕에 이렇게 된 것, 그자를 없애 버리는 것이 좋지 않겠사옵니까?"

하지만 진회의 반응은 싸늘하기만 했다.

"말도 안 되는 소리!"

"얕은 소견이라 탓하셔도 할 말은 없습니다만, 대인께서도 잘 아시지 않사옵니까? 한 번 틀어져 버린 관계를 회복하는 것이 얼마나 어려운 것인지 말이옵니다. 더군다나 그 관계가 회복되지 않을 시에는 대인께 크나큰 위해가 가해질 수도 있음이옵니다. 그가 병사를 이끌고 황도로 진격한다면……."

하지만 진회는 박 교령의 말을 더 이상 듣지 않았다.

"노부는 그를 믿는다. 그는 그렇게 속 좁은 인물이 아니야."

생각하고 있는 바는 다르지만 무엇보다 중요한 것은 대송제국에 대한 충성심이다. 비록 사사건건 부딪치고는 있어도 진회에게 있어 이런 혼란한 시국에 악비만큼 듬직한 장수가 없었다. 그런 유능한 장수의 목을 벤다니……. 인재를 아끼는 그로서는 절대로 할 수 없는 일이었다.

* * *

오랜만에 바람을 쐬러 나온 묵향은 풍광이 수려한 만현에 자리 잡고, 모든 일을 잊은 듯 만통음제와 느긋한 시간을 보내고 있었다. 만통음제의 몸이 썩 좋지 못한 상황이라 그와 마음 편히 유람을 다닐 형편은 아니었기에, 이곳 만현 주위의 경치가 좋은 곳을 찾아다니며 술과 음(吟)을 즐기면서 의형제 간의 정을 흠뻑 맛보고 있었던 것이다.

그런 묵향의 앞에 갑자기 마화가 모습을 드러냈다. 여기까지 얼마나 급히 달려왔는지 온몸에 먼지투성이인 그녀는 너무나도 지쳐 보였다.

"어? 마화가 여기는 어쩐 일이야?"

마화는 묵향에게 인사한 뒤, 그의 뒤편에 서 있는 만통음제에게도 인사했다. 만통음제는 건강을 많이 회복하기는 했지만, 그래도 아직 완전히 낫지는 않은 듯 약간 핼쑥해 보였다.

"본교에서 온 급전입니다, 교주님."

마화는 만통음제라는 존재 때문에 직접 보고를 올리는 대신, 서찰을 통해 소식을 전했다. 만통음제는 화경급의 고수, 그가 자신의 보고를 엿들으려고 마음만 먹는다면 설혹 전음을 사용했다손 치더라도 도청이 가능하다는 것을 그녀는 잘 알고 있었기 때문이다.

그녀의 생각을 읽은 것일까? 아무 말 없이 서찰을 받아든 묵향은 서찰의 내용을 읽자마자 삼매진화로 태워 버렸다. 그리고는 씁쓸한 표정으로 만통음제를 바라봤다. 그도 황도에 만통음제를 데려갈 수 없다고 생각한 때문이다.

"무슨 일인가? 동생. 표정이 많이 굳었구먼."

묵향은 어설픈 미소를 지으며 대답했다.

"본교에 조금 문제가 생겼습니다."

"십만대산에 말인가?"

"예, 이렇게 헤어지는 건 썩 내키지 않지만, 지금 당장 떠나야겠습니다."

십만대산까지는 만 리도 넘는 너무나도 먼 거리다. 자신의 몸 상태를 잘 아는 만통음제는 십만대산이라는 말 한마디에 따라가는 것을 포기했다.

"급한 일이라면 내 걱정은 말고 빨리 가 보게. 아직 몸이 완벽한 것은 아니지만, 동생을 걱정시킬 정도는 아니라네."

"죄송합니다, 형님."

만통음제를 속인 것이 조금 찜찜했지만, 어쩔 수 없는 노릇이다.

"마화로 하여금 양양성까지 형님을 모시고 가도록 하겠습니다."

"아, 아닐세. 오랜만에 경치 좋은 이곳까지 왔는데 그냥 돌아갈 수야 없지 않겠나. 한동안 이곳에서 유유자적 지내다 돌아갈 생각이네."

"제가 모시고 왔는데, 급하게 일이 생기다 보니 너무 죄송해서……."

만통음제는 이럴 때 도움이 되지 못해 더 미안한 모양이다. 그는 묵향이 부담을 가지고 떠나지 않도록 최선을 다했다.

"허허, 별말을 다 하네 그려. 그보다 내 제자에게 내가 이곳에 있다고 전해 주게나. 말을 안 하고 와서 걱정할 게야."

"알겠습니다, 형님. 그럼 일이 끝나는 대로 곧바로 달려오도록 하겠습니다."

묵향은 만통음제와 헤어진 후 마화와 함께 최대한 빨리 황도를 향해 달려가기 시작했다.

아미파 여승들과 흑풍대 무사

과거 무림맹의 장로, 맹호검군 백량이 금나라 황제의 목을 베겠다며 부하들을 이끌고 금나라 황궁을 급습한 일이 있었다. 물론 그 일은 실패였다. 금나라 황제를 보호하기 위해 장인걸이 치밀한 조치를 취해 놓은 상태였기에, 섶을 지고 불속으로 뛰어든 것이나 마찬가지의 결과를 초래했던 것이다.

기습 작전이 실패한 후, 무림맹에서는 금나라에서 보복으로 이쪽 황제의 목을 베기 위해 암살자들을 파견할 수도 있다는 가능성에 주목했다. 만약 상대가 천마혈검대원들 중 일부를 투입해 온다면, 현재 황궁에 배치된 전력으로 그들을 막아 낼 수가 있을까? 개방에 의뢰해서 알아본 결과, 결론은 매우 비관적이었다. 그만큼 황병들의 무예 수준이 기대 이하였던 것이다.

무림맹이 이렇게 부산을 떠는 것도 어쩌면 당연한 일이다. 황제의 목을 벨 수만 있다면 전황이 일시에 뒤바뀔 수 있을 정도로 그의 목숨은 중요한 것이다. 무림맹의 지도부는 황궁에 고수들을 투입하기로 결론을 내렸다. 그런데 그곳에 누구를 파견하느냐 하는 것이 문제였다. 황제를 보호하기 위해 고수들을 파견한다고는 하지만, 황궁은 금남(禁男)의 구역이 아닌가. 그렇다고 맹의 고수들을 거세(去勢)해 환관으로 만들어 보낼 수도 없는 노릇이었다.

그러다가 생각해 낸 것이 여승들로 이뤄진 문파인 아미파(峨嵋派)의 투입이었다. 아미파는 9파1방의 한 축을 담당하고 있을 정도로 뛰어난 검의 명문이다. 불교에 심취한 아미파의 고승들은 무림의 일에 크게 간섭하지 않았고, 덕분에 요 근래 다른 문파들이 환란을 겪을 때도 그것을 피해 갈 수가 있었다.

여승이라 황궁에 투입하기도 좋았고, 타 문파에 비해 고수들도 온전히 보존되어 있었기 때문에 내린 결론이다. 고수들을 파견해 달라는 무림맹의 제안을 아미파는 어쩔 수 없이 허락해야만 했다. 만약 이 제의를 거절한다면, 다른 문파들처럼 양양성에 대규모의 고수들을 파견해야만 한다는 단서가 붙어 있었기 때문에 선택의 여지가 없었던 것이다.

아미파가 황실을 보호하기 위해 파견한 고수들 중 대표적인 인물이 바로 정진사태(靜眞師太)다. 예순네 살이라는 나이가 믿어지지 않을 정도의 미모를 간직하고 있으며, 그 행동 하나하나가 불도를 닦는 이들의 모범이 된다고 세인들의 칭송을 받고 있는 비구니였다.

"사부님, 제자 지선(智宣)이옵니다."

방에서 낮은 목소리로 경전을 외우며 염주를 굴리고 있던 정진사태는 애제자의 목소리에 반쯤 감고 있던 눈을 천천히 떴다.

"들어오너라."

문이 살며시 열린 후, 궁녀의 복장을 차려입은 지선이 들어왔다. 아미파의 승복을 입고 움직이면, 혹 다른 이들이 수상하게 여길 것 같아서 취한 조치였다. 황실에 파견되어 있는 아미파의 여고수들은 정교하게 만든 가발까지 뒤집어쓰고 있었기에, 얼핏 봐서는 일반 궁녀들과의 구분이 불가능했다. 지선은 1대제자였기에 꽤나 나이가 많았지만, 고강한 내공으로 인해 약간 나이든 궁녀 정도로밖에 보이지 않았다.

지선은 방금 끓인 향긋한 차를 스승에게 건넨 후, 살짝 고개를 조아리며 입을 열었다.

"연공공(燕公公)께서 스승님을 뵙자고 청해 오셨습니다."

그 말에 정진사태는 눈에 띄게 동요했다. 천천히 돌고 있던 염주 알이 그 움직임을 딱 멈췄던 것이다. 그녀의 가늘고 하얀 손가락 사이에 둘러져 있는 염주는 적동(赤銅)으로 만들어져 있었는데, 군데군데 푸른빛의 녹이 끼어 있어 유서 깊은 물건임을 한눈에 알 수가 있었다.

잠시 후, 마음을 어느 정도 가라앉혔는지 정진사태가 입을 열었다.

"연공공이?"

그렇게 말하는 정진사태의 표정만 봐도, 내심 그녀가 얼마나 연공공이라는 자를 싫어하는지 알 수가 있었다. 하지만 연공공은 황궁 내에서 꽤나 높은 직위의 환관인 데다가, 황궁을 경호하는 임무를 원활하게 수행하기 위해서는 그자의 청을 쉽게 거절하기도 어려웠다. 그럼에도 정진사태는 고개를 끄덕이지 않았다. 그만큼 싫었던 것이다.

잠시 생각에 잠겨 있던 정진사태는 느릿느릿 말했다.

"뭔가 깨달음을 얻어, 오늘 아침부터 연공에 들어가 만나 뵙기 힘들겠다고 전하거라."

그 말에 지선은 환히 웃으며 납죽 고개를 숙인 뒤 외쳤다. 가늘게 떨리는 그녀의 목소리에는 감출 수 없는 기쁨과 사부에 대한 존경심이 넘치고 있었다. 정진사태 정도 되는 고수가 깨달음을 얻었다면 화경의 벽을 깨트릴 수도 있다는 말이다. 강호무림에 또 다른 무(武)의 절대자가 탄생하는 것이다.

"경하드리옵니다, 사부님."

하지만 정진사태는 고개를 흔들며 씁쓰레한 미소를 지었다.

"아미타불…, 경하는 무슨. 그를 만나기 싫어 둘러대는 것이지. 아쉽게도 깨달음과는 관계없는 일이로구나."

"그, 그렇다면……."

여기까지 말한 지선은 급히 고개를 조아렸다. 불자의 신분임에도 거짓을 말할 정도로 사부가 연공공을 만나기 꺼려하는 마음이 전해 왔기 때문이다.

"연공공께 그리 전하겠습니다, 사부님."

사부의 방을 나선 지선은 연공공의 처소를 향해 발길을 돌렸다. 사부님과 마찬가지로 그녀 역시 연공공과 대면하고 싶은 생각은 추호도 없었다. 하지만 상대의 지위를 고려했을 때, 다른 사람을 보내 청을 거절하는 것은 상당히 실례되는 행위였다.
 "호오, 이게 누구신가요. 그래, 사태(師太)님의 답을 가져오셨나요?"
 환관 특유의 찢어지는 듯한 고성. 듣는 이로 하여금 뭔가 속이 메슥거리도록 만드는 오묘한 목소리를 지닌 것이 환관이었지만, 연공공의 목소리는 그 정도가 특히 심했다. 더군다나 위로 쭉 찢어진 날카로운 눈매와 얄팍한 입술, 매부리코가 합쳐지자 아무리 좋게 봐주고 싶어도 봐줄 수가 없는 인상이 되는 것이다. 특히 자신의 속살을 훑는 듯한 뱀과도 같은 저 음침한 시선을 받으면 애써 가라앉힌 마음이 금방이라도 터져 버릴 것만 같았.
 지선은 얼른 고개를 숙이며 최대한 공손하게 입을 열었다. 상대는 그런 대접을 받을 만한 위치에 있는 자였으므로.
 "사부님께서는 오늘 아침에 뭔가 작은 깨달음을 얻으신 모양입니다. 그 후로 계속 명상을 하고 계시기에, 아무래도 한동안 밖으로 나오시기 힘들 것 같습니다."
 "깨달음이라면…, 바로 그 깨달음을 말씀하시는 거요?"
 음침한 시선이 그녀를 훑고 지나가자, 지선은 상대가 자신의 속마음을 들여다보는 듯한 느낌에 소름이 쫘악 끼치는 것만 같았다. 하지만 지선은 애써 그런 내색을 하지 않으려 노력하며 공손하게 대답했다.

"예, 연공공."

"크흠, 살다 보면 크고 작은 깨달음을 조석지간에 얻을 수 있지요. 하지만 그 많은 깨달음 중에서 하나를 더 얻는 게 중요한 것이 아니라, 알고 있는 것을 얼마나 행할 수 있느냐 하는 것이 중요하지 않겠소이까?"

"지당하신 말씀이십니다."

지선은 실례되지 않을 정도까지만 시간을 끈 뒤 서둘러서 인사를 건넸다. 더 이상 계속 대화하기 싫었던 것이다.

"그럼 저는 이만 가 보겠습니다, 연공공."

"바쁘신 와중에 저와 사태님의 심부름까지 하시게 하여 죄송함을 금할 수가 없군요."

"그럼……."

서로 간에 오고 간 주된 대화를 가만히 곱씹어 보면, 연공공이 한 말은 누구나 흔히 할 수 있을 법한 그런 말들이다. 그런데 문제는 그자의 입에서 나오는 말에는 상대의 기분을 극도로 상하게 하는 뭔가가 있었다.

방금 전에 오간 대화도 그렇다. 깨달음의 문제가 아니라, 얼마나 행할 수 있느냐의 문제라고? 그때 지선이 받은 느낌은 '알고 있는 것도 실천하지 않는 주제에, 무슨 얼어 죽을 깨달음?' 이런 식으로 비웃는 듯이 느껴졌다는 점이다.

"아미타불! 아미타불!"

그녀는 다급히 '아미타불'을 연호했다. 안 그러면 무심결에 욕설이라도 튀어나올 것 같았기에. 오랜 시간 수련에 수련을 거듭

한 그녀의 심기를 단 몇 마디의 말로 이토록 뒤집어 놓은 것을 보면 연공공이란 인물도 참 대단한 사람임에 틀림없었다.

현재 궁에 파견되어 있는 아미파의 고수는 책임자인 정진사태(靜眞師太)를 포함하여 총 245명. 그중 50명 정도가 자신이 맡은 지점에 매복하여 침입자에 대비하고, 나머지는 교대로 휴식을 취하는 식으로 경비를 하고 있다.

그중 지선과 같은 1대제자들이 맡은 일이 가장 중요했다. 정진사태를 보좌하며 2대제자들을 중심으로 구성되어 있는 황궁 전체의 방어선이 제대로 움직이고 있는지 수시로 점검한다. 그리고 황제에 대한 근접 경호 또한 1대제자들이 맡은 임무였다. 그녀들 중에서 두 명이 상황이 허락하는 한도 내에서 가장 가까운 거리까지 다가가 황제를 경호하게 되는 것이다.

지선은 연공공의 방을 나오자마자 곧바로 자신이 맡은 지역을 한 바퀴 빙 돌면서 방어 상태를 점검했다. 처음 그녀가 황궁에 왔을 때는 곧잘 길을 잃어버렸을 정도로 황궁은 대단히 넓었다. 그런데 이런 엄청난 규모의 황궁조차도 옛 황도인 개봉에 비한다면 그 규모가 초라하다 할 정도라고 하니, 지선으로서는 옛 황궁의 규모가 얼마나 큰지 감히 상상도 할 수가 없었.

이때, 그녀의 귀에 작지만 날카로운 호각 소리가 들려왔다. 그녀 같은 내가고수가 아니라면 듣기도 힘들 정도로 작은 소리였지만, 의외로 그 소리는 멀리 퍼져 황궁 전체에까지 울렸다.

"침입자?"

지선은 지체 없이 호각 소리가 들려온 곳을 향해 신형을 날렸다. 그녀가 현장에 도착해 보니, 그곳에는 2대제자 다섯 명을 중심으로 3, 4대제자 20여 명이 여덟 명의 사내들을 포위하고 있었다. 사내들은 비무장인 듯 보였지만 그렇다고 방심할 수는 없었다. 독이나 암기를 품속에 숨기고 있을지 모르기 때문이다. 그래서인지 쌍방 간에는 일촉즉발의 긴장감이 흐르고 있었다.

"무슨 일이냐?"

지선의 물음에 2대제자인 혜인(惠仁)은 사내들에게서 눈을 떼지 않을 채 재빨리 대답했다.

"몇 시진째 아무 일도 하지 않으면서 황궁 내부를 기웃거리고 있었습니다. 그래서 제가 가만히 관찰해 보니 무공을 익힌 것이 틀림없어 보이기에……."

지선이 사내들을 바라보니 과연 눈빛이 형형하고 태양혈이 불쑥 솟은 것이, 혜인의 말대로 상당한 무공을 연마했음이 분명했다. 지선은 싸늘한 눈빛으로 사내들을 쏘아보며 냉랭하게 외쳤다.

"시주들의 정체를 밝혀 주시지요. 정체를 밝히지 않는다면, 이후에 벌어질 사태에 대한 책임은 시주들께서 지셔야 할 겁니다."

사내들의 입술이 달싹거리는 것으로 보아 어떻게 대응을 할 것인지 전음을 나누고 있는 게 분명했다. 어쩌면 포위망을 뚫고 도망칠 수 있을지를 저울질하고 있는지도 모른다. 지선은 제자들에게 은밀히 전음을 날려 만일의 사태에 대비하도록 지시를 내렸다. 제자들의 긴장감이 온몸에 느껴질 만큼 장내의 공기는 팽팽하게 긴장되기 시작했다.

잠시 후, 결론이 났는지 사내들 중 한 명이 앞으로 나서며 포권을 한 뒤 입을 열었다.

"우리들은 천마신교의 흑풍대 소속 무사들이오."

마교라는 말에 아미파 여승들의 안색이 조금 더 굳어졌다. 정파의 한 축으로서 마교와 오랜 세월 원수처럼 싸워 왔던 그녀들이니 이런 반응은 당연한 것이리라. 더군다나 이곳은 황궁, 마교의 무사들이 왜 왔단 말인가. 사내들을 바라보는 지선의 눈매가 실쭉 가늘어지는 순간이다.

"마교의 무사들이 이곳 황궁에는 무슨 일인가요?"

"우리들은 양양성에서부터 악비 대장군을 호위하여 이곳 황도로 왔소. 그런데 그분께서 어제 입궁하신 후 행방불명되셨소."

그런 말은 들어 본 적이 없었기에 지선은 주위를 둘러보며 물었다.

"대장군이 황궁 안에서 행방불명되었다는 얘기를 들은 사람 있느냐?"

물론 그녀의 이런 행위는 불필요한 것이었다. 사실 1대제자인 그녀가 모르는 일을 그녀보다 낮은 위치의 제자들이 알고 있을 리 없다. 그럼에도 물어본 것은 혹시 있을지도 모를 만일의 사태에 대비한 요식 행위에 불과했다. 제자들이 금시초문이라는 듯 고개를 가로젓는 순간, 지선의 뇌리를 번쩍 스치고 지나가는 것이 있었다.

금나라와의 전쟁 때문에 무림맹이 마교와 동맹을 맺었다는 사실은 그녀도 알고 있었다. 그런데 그녀의 눈앞에 서 있는 저 마교도들이 진짜 마교도일까? 하는 의심이 들었던 것이다. 지금껏 그녀가 상대해 온 마교도들은 하나같이 마기라고 불리는 아주 기분 나쁜 음습한 패도적인 기운을 뿜어냈었다. 그런데 저들은 전혀 그렇지 않지 않은가.

지선은 냉소를 지으며 싸늘한 어조로 말했다.

"빈니는 시주들의 말씀을 믿기 힘들군요. 먼저 귀하들이 천마신교 소속의 무사들이라는 증거부터 보여 주세요. 빈니는 시주들이 천마신교에 적을 두고 있다는 그 사실조차 믿기 힘드니 말이에요."

사내는 어쩔 수 없는지 품속을 뒤져 명패 하나를 꺼내 그녀에게 건네주며 말했다.

"나는 흑풍대 소속 제111십인대장 조창(趙彰)이라고 합니다. 그리고 이들은 내 수하들이지요."

하지만 지선은 명패만으로는 도저히 그들이 마교도라는 것을 믿을 수가 없었다. 명패라고 던져 준 사각형의 길쭉한 나무 전반에 걸쳐 문양이 양각되어 있었는데, '黑風隊 一一一 (흑풍대 일일일)'이라는 것 외에는 다른 글자는 찾아볼 수가 없었다. 비록 나무의 재질이 귀한 흑단목이었고, 문양이나 글자를 새긴 장인의 솜씨가 훌륭한 것은 사실이었지만, 그것만으로는 이것이 마교의 명패라는 증거가 될 수 없었다.

지선은 명패를 조창에게 돌려주며 냉랭하게 말했다.

"이것만으로는 증거가 불충분하군요."

"그렇다면 천인장께······."

여기까지 말하던 조창은 말을 멈췄다. 자신의 말도 믿어 주지 않는데, 임충의 말이라고 믿어 줄 가능성이 없다는 생각이 들었던 것이다. 그리고 괜히 임충의 위치를 가르쳐 줬다가, 이들이 임충까지 체포하겠다고 덤비면 그것만큼 난감한 일도 없다.
"양양성에 알아보도록 하시오. 아니, 전쟁이 한참이니 이곳에도 양양성 쪽과 연락을 주고받는 곳이 있을 거요. 그곳에 알아보면 본교에서 흑풍대를 양양성에 투입했음을 알 수 있지 않겠소?"
"물론 그렇게 하겠어요. 대신 신분이 증명될 때까지 귀하들을 구속할 수밖에 없음을 양해해 주셨으면 해요."
그녀의 말이 끝나기가 무섭게 아미파 여승들의 긴장감이 확연히 느껴질 정도로 높아졌다. 반항하면 무력을 행사하겠다는 의지의 표출이다.
순간 조창은 이들의 포위망을 뚫고 탈출하면 어떨까 하는 생각이 떠올랐다. 하지만 그는 애써 그 생각을 억눌렀다. 괜히 싸울 필요가 없었다. 자신들은 겨우 여덟 명. 자신들을 포위하고 있는 상대의 수가 네 배가 넘는다는 것도 불리했지만, 가장 큰 문제는 자신들은 지금 비무장이라는 사실이다. 황궁에 들어오기 위해 무장을 해제해야 했기 때문이다.
그리고 말투를 통해 여승들인 것으로 생각되는 상대편의 무공은 결코 만만한 것이 아니었다.
조창의 입에서 나직한 한숨이 새 나왔다.
"어쩔 수 없구려."

기묘한 동거

참회동(懺悔洞).

소림승들 중 죄를 지은 자들이 일정 기간 동안 면벽하며 참회하는 시간을 보낼 수 있도록 마련해 놓은 장소다. 물론 아무나 이곳에서 참회를 하는 것은 아니고, 최소한 1개월 이상의 참회를 필요로 하는 중죄를 저지른 승려들만 보내진다.

참회동은 깊게 파여진 굴도 아니고, 그렇다고 벽면이 매끄럽게 잘 다듬어진 것도 아니다. 사람이 사는 것 같은 흔적마저도 없다. 있다면 참회동 안쪽에서 새어 나오는 미약한 불빛뿐이다.

적막만이 감도는 참회동 앞에 허공에서 갑자기 나타나기라도 하듯 수라도제가 모습을 드러냈다. 수라도제는 잠시 참회동 안을 바라보다 조용한 음성으로 입을 열었다.

"대사, 들어가도 되겠습니까?"

그러자 잠시 후, 동굴 안에서 부드러운 음성이 흘러나왔다.

"들어오시구려."

수라도제가 안으로 들어서자, 동굴 안쪽에는 벽을 향해 돌아앉아 있는 노승의 뒷모습이 보였다. 낡은 장삼 위쪽으로 손으로 잡고 살짝만 힘을 줘도 부러질 것 같은 가느다란 목이 드러나 있다. 3황(三皇)의 으뜸을 차지하고 있는 공공대사의 뒷모습이라고 하기에는 너무나도 초라했다. 이것은 수라도제가 지금껏 상상해 왔던 공공대사의 모습이 절대로 아니었다.

"험험, 불도를 닦으시는 데 방해하게 되어 죄송합니다. 하지만 도저히 대사를 뵙지 않고는 견딜 수가 없어서……."

공공대사는 면벽을 하고 있는 자세를 그대로 유지한 채 다시금 입을 열었다.

"무슨 일인데 그러시오? 서문 시주."

공공대사가 뒤도 돌아보지 않고 자신의 정체를 알아채자 수라도제의 얼굴에는 가벼운 놀라움이 스치고 지나갔다.

"어찌 저를…, 대사를 뵌 것은 이번이 처음인데?"

"오래전, 시주의 몸에서 느껴지는 것과 똑같은 기운을 지니신 분과 만난 적이 있었지요. 그분의 이름은 서문종(西門宗)이라고 하셨던 것으로 빈승은 기억하고 있으니, 그분의 후예라면 서문 씨가 아니겠소이까?"

"아버지를 만나셨습니까?"

"참으로 대단한 분이셨지요. 그런데 서문 시주께서 빈승을 찾으신 까닭은 무엇이오?"

공공대사를 처음 봤을 때 느껴지던 초라함은 어느샌가 사라지고 없었다. 뒤를 돌아보지 않고 자신의 정체를 알 수 있다는 것도 놀라웠지만 무엇보다 자신의 아버지와 인연(因緣)이 닿아 있는 무림의 선배라는 것을 자각했기 때문이다. 수라도제는 예의를 갖춰 정중하게 입을 열었다.

"대사께서는 이리로 찾아온 마교 교주를 만나셨을 겁니다. 어쩌면 그자가 자신을 마교 교주라고 소개하지 않았을지도 모르는데……."

수라도제가 묵향의 생김새를 설명하려 하는데, 공공대사의 목소리가 들려왔다.

"교주를 만나 봤소."

"아, 그자가 자신의 소개를 제대로 했었던 모양이군요."

"허허, 아미타불."

긍정도 부정도 아닌 불호가 들리자 참회동 안에는 잠시 어색한 침묵이 흘렀다. 공공대사는 바짝 마른 손가락 사이로 커다란 염주를 습관적으로 돌리고 있을 뿐, 먼저 대화의 물꼬를 틀 마음은 전혀 없는 모양이었다. 그렇기에 수라도제는 다시 한 번 공공대사와의 대화를 시도했다.

"그자와 무슨 얘기를 나누셨습니까?"

"그 내용을 시주께서 관심을 가지실 이유가 있소이까?"

"물론 제가 관심을 가질 이유는 없겠지만……."

수라도제는 갈등하고 있었다. 말을 해야 할까? 아니면……. 하지만 곧 마음을 다잡았다. 사실 이런 쓸데없는 소리나 하자고 여기까지 달려온 것이 아니지 않은가.

"한 가지 묻고 싶은 것이 있어서 찾아왔습니다. 대사께서는 연배도 높으실 뿐 아니라, 3황 중에서 으뜸에 놓이셨지 않습니까? 대사께서 보셨을 때, 그 교주라는 자는 어떤 것 같던가요?"

하지만 공공대사에게서 흘러나온 대답은 수라도제가 원하던 것이 아니었다.

"허허, 3황의 으뜸이라니 별 말씀을……. 아무짝에도 쓸데가 없는 빈승이 어찌 그 높은 자리에 있을 수 있겠소. 단지 인언이 있어 마교의 교주를 만나 이런저런 이야기를 나누기는 했지만 지금껏 빈승이 알고 있던 마교인이라고는 믿어지지 않을 정도로 훌륭한 심성을 지니신 시주였소이다."

"제가 대사께 그자의 심성을 묻고 있는 것이 아님을 잘 알고 계시지 않습니까? 제가 말하는 것은 무공입니다. 혹자는 그가 탈마의 경지에 이르렀다고도 하는 그의 무공 말입니다. 대사께서 보시기에 그가 어느 경지에 있느냐 하는 겁니다. 사실은……."

말을 하던 수라도제는 묵향과 마주쳤을 때의 절망감이 떠올랐는지 안색이 창백하게 굳어졌다. 하지만 또렷한 어조로 그 당시 자신이 겪었던 상황을 비교적 자세하게 말해 주었다.

모든 설명을 다 듣고도 공공대사는 아무런 말이 없었다. 한동안 염주알만 굴리고 있던 공공대사는 어쩔 수 없다는 듯 한숨을 푹 내쉬더니 천천히 입을 열었다.

"이런 말을 하면 시주께서 너무 큰 충격을 받으실 것 같아 저어

되기는 하지만, 아무래도 말씀드리는 것이 좋을 것 같구려. 시주께서 생각하시는 것보다 화경과 현경 사이의 간격은 넓다오."

"그건 무슨 말씀이십니까?"

"시주께서는 화경에 못 미친 자와 화경을 이룩한 자의 무공이 비슷하다고 생각하시오?"

수라도제는 어이가 없었다. 자신이 이제 막 무공에 입문한 무사라면 모르겠지만 어찌 그런 것을 모르겠는가.

"엄청난 차이가 있다는 것을 대사께서도 잘 아시지 않습니까? 신검합일에 든 자가 화경에 오르기 위해서는 자신이 지닌 의식의 틀을 깨야 하죠. 그것이 얼마나 힘들면 모두들 그것을 화경의 벽이라고까지 부르지 않습니까."

가만히 수라도제의 말을 듣던 공공대사가 맞다는 듯 고개를 끄덕이며 입을 열었다.

"현경 또한 마찬가지외다. 화경의 무공을 지닌 자가 자신이 지니고 있던 모든 기본적인 관념까지 뒤집어 버려야 할 정도로 높은 벽이 존재하지요. 그리고 그 차이는 세인들이 생각하는 것보다 훨씬 더 크고 넓다고 할 수 있소."

이건 수라도제로서도 전혀 기대를 하지 못했던 대답이었다. 같은 화경급 고수로서 묵향과 있었던 일에 대해 토론하고, 상대에게 약간의 도움을 청하고자 찾아온 것이다. 그런데 공공대사의 대답은 자신과 비슷한 등급의 것이 아닌 한 차원 높은 것이 아닌가?

거기까지 생각이 미친 수라도제는 떨리는 음성으로 물었다.

"그렇다면 대사께서는 현경의 벽을 넘으셨다는 말입니까?"
"면벽수련을 하다가 두 번째 환골탈태를 경험했지요."
두 번째 환골탈태.
그것은 곧 현경의 벽을 뚫었다는 말이었다. 자신은 아무리 노력해도 그 끝자락조차 잡을 수 없었던 것을 이 비쩍 마른 노승이 이루어 냈다는 사실에 수라도제는 강한 질투심을 느끼면서도 억지로 축하의 말을 내뱉을 수밖에 없었다.
"겨, 경하드립니다, 대사."
"지금 생각해 보면 다 부질없는 짓. 시주께 축하받을 이유는 없소이다, 아미타불."
부러운 눈빛으로 공공대사를 바라보던 수라도제는 갑자기 입술을 질끈 깨문 뒤 간절한 음성으로 말했다.
"대사, 결례인 줄은 알지만 현경의 벽을 어찌 깨야 합니까? 부디 가르침을 내려 주십시오."
공공대사는 안쓰러운 눈빛으로 수라도제를 바라보았다. 자신도 그 벽을 넘기 위해 얼마나 고련을 했었던가. 진리는 멀리 있지 않았다. 하지만 그걸 깨닫기까지에는 죽음보다 더한 혼란과 절망감을 맛보아야 했다. 평생을 진리처럼 믿어 왔던 관념을 깨는 것이 어디 쉽겠는가.
물론 세속의 명리를 초월한 공공대사였기에 자신이 겪었던 깨달음의 조언을 해 주는 것은 어렵지 않지만 오히려 상대에게 더욱 큰 혼란만 안겨 줄 것 같아 망설이는 것이다. 사람마다 체질이나 성품이 다른 것처럼 나타나는 현경의 벽이 같을 리 없다. 그 말은 벽을 깨기 위한 실마리는 스스로가 얻어야 한다는 말이다.

"빈승이 무슨 길을 알려 드릴 수 있겠소. 오히려 시주의 깨달음에 방해만 될 뿐일 게요."

공공대사의 거절에 수라도제는 억장이 무너지는 것만 같았다. 물론 그도 잘 알고 있었다. 조언 몇 마디 듣는다고 화경의 벽을 넘을 수 있다면 얼마나 좋겠는가. 그렇다면 무림에 존재하는 화경급 고수의 제자들은 모두 다 화경이 되어야만 했다.

하지만 현실은 전혀 그렇지 않다. 일례로 그토록 오랜 시간 공들여 교육시킨 자신의 아들마저도 화경으로 만들지 못했다. 벽은 스스로 깨야만 하는 것이다. 누가 대신 깨 줄 수는 없다. 대신 혼자서 고민하는 것보다는 스승의 작은 조언이라도 듣는 편이 훨씬 도움이 될 것은 당연한 사실이다. 자신이 가야 할 방향이라도 알 수 있을 테니 말이다.

수라도제는 잠시 고민을 하더니 넉살좋게 웃으며 들고 있던 도를 바닥에 내려놓았다. 그리고는 주위를 빙 둘러보았다.

"대사의 조언을 듣기 전에는 절대 돌아갈 수 없습니다. 말해 주실 때까지 한동안 여기서 기거해야겠군요."

"허허, 나무아미타불."

능글맞은 모습으로 빙글거리는 수라도제를 바라보던 공공대사는 그저 미소를 지으며 불호를 외울 뿐이었다. 그날부터 수라도제와 공공대사의 어색한 동거가 시작되었다.

이 남자가 살아가는 법

　교주의 아버지, 즉 아르티어스가 자기 발로 마교를 나가겠다고 하자 수석장로는 이게 웬 떡이냐 싶었을 것이다. 총단 내에서 그의 골치를 아프게 만드는 유일한 존재가 바로 아르티어스였으니까. 그렇기에 그는 왕지륜이라고 하는 똘똘한 부하 놈을 제공하는 것으로도 모자라, 오래오래 중원 유람을 즐기시라는 바람을 안고, 무려 은자 만 냥이나 되는 전표를 안겨 줬다.
　두둑한 돈이 있으니, 유람이 즐겁지 않을 수 없다. 더군다나 눈치 빠른 왕지륜은 총단을 나선 지 채 며칠 지나지도 않아 아르티어스가 원하는 것이 뭔지 파악해 냈다. 아르티어는 술을 좋아했고, 지방 고유의 색다른 음식을 먹는 것도 좋아했다. 그리고 모든 드래곤들이 다 그렇듯 아부받는 것도 아주 좋아했다. 성깔 있는 노인네인 수석장로를 모시며 터득한 아부들이 빛을 발하는 순간이었다.

사실 왕지륜의 아부가 잘 먹혀 들어간 것은 문화적 차이가 컸다. 마치 입 안의 혀처럼 곰살맞게 구는 왕지륜의 아부는 지금까지 기사도니 뭐니 하는 인간들의 뻣뻣한 아부와는 비교 자체를 불허하고 있었다. 당연히 아르티어스는 흡족해했고, 왕지륜은 처음과 달리 어느 정도 여유를 가지고 아르티어스를 모실 수 있었다. 물론 아직까지도 살얼음을 걷는 듯한 심정으로 필사적인 아부를 해야 했지만 말이다.

양양성으로 가며 왕지륜은 경치 좋다는 곳이 있으면 조금 길을 돌아가더라도 그쪽을 경유해서 갔고, 맛난 음식을 제공한다는 곳이 있다면 필히 그곳을 들렀다. 거기다가 부드러운 그의 세치 혓바닥으로 연신 아부까지 해 대니, 아르티어스로서는 이국적인 풍취를 흠뻑 즐기기만 하면 그만이었던 것이다.

어쨌건 그 둘은 총단을 떠나 양양성을 향해 천천히 이동했다. 마교 총단에서 양양성으로 들어가는 길이야 여러 갈래가 있을 수 있겠지만, 왕지륜이 기가 막힌 풍광을 자랑하는 장강삼협을 이동로에서 빼 놨을 리 없다.

만현에 도착한 왕지륜은 최고급 객잔을 골라 가장 훌륭한 방을 빌렸다. 그곳에서 아르티어스가 편히 휴식을 취할 수 있도록 조치해 놓은 후, 그는 밖으로 나가 주위를 돌아다니며 이곳에서 가장 음식 솜씨가 뛰어난 객잔이 어딘지, 그리고 특산의 명주(名酒)는 어떤 것이 있나 알아봤다.

그날 저녁, 화려한 누각에서 아르티어스가 아름다운 여인의 시중을 받으며 술과 음식을 즐기고 있을 때, 이제 겨우 퍼지고 앉아서 쉴 여유를 얻게 된 왕지륜은 간단한 안주를 시켜 놓고 술을 들이켜고 있었다.

"젠장, 내가 이러고 살아야 하나?"

이제 익숙해져 아르티어스를 모시는 것이 그런대로 편하게 되었다고 하지만, 그래도 자신의 신세가 처량하지 않을 수 없다. 조금이라도 마음에 안 들면 잡아먹을 듯 들볶으면서도, 마음에 들게 잘 처리했을 때는 마치 그게 당연하기라도 한 듯 아무런 치하도 없다. 아르티어스의 행태에 은근히 화가 치밀었지만, 그렇다고 따질 수도 없었다. 수석장로마저도 그의 앞에서 벌벌 떠는 판에, 자신이 뭐라고 배짱을 튕길 수 있단 말인가?

그는 품속에 손을 넣었다. 수백 장에 달하는 두툼한 전표 다발들이 만져졌다. 여기까지 오면서 그야말로 돈을 물 쓰듯 써 댔지만, 별로 줄어든 것 같지도 않다.

"그냥 이걸 들고 확 튀어 버려?"

은자 만 냥, 평생 돈을 물 쓰듯 해도 아마 다 쓰기 힘들 것이다. 거대한 장원을 하나 구입하고, 수십 명의 하인과 하녀들을 고용한다. 그런 다음 아름다운 여인을 부인으로 맞이해서, 아들 딸 낳아 오손도손……. 왕지륜의 머릿속에는 귀여운 아이들에게 마교의 검술을 가르치고 있는 자신의 모습이 떠올랐다. 바로 그때, 문짝이 부서지며 수석장로가 등장했다. 지은 죄가 있으니 왕지륜은 사색이 되어 부들부들 떨 수밖에 없었다.

"아, 아니, 수석장로님. 여기는 어쩐 일로 친히……."

어디서 쥐어 터졌는지 얼굴이 떡이 되어 있는 수석장로가 악에 받쳐 외쳤다.

"어르신을 뫼시고 양양성으로 가라고 했더니, 도중에 돈을 들고 튀어? 이런 망할 새끼. 내가 네놈 때문에 어르신께 얼마나 깨졌는지 알기나 해? 태어난 걸 후회하게 만들어 주마."

가공할 만한 무공을 지닌 수석장로에게 애초부터 대항은 불가능. 그렇게 자신의 부인과 아들과 딸이 처참하게 죽임을 당하고…….

여기까지 상상하던 왕지륜은 몸을 부르르 떨며 고개를 세차게 흔들었다. 돈 들고 튀어 봐야 마교에서 자신을 찾으려고 하면, 아무리 중원이 넓다 해도 숨어 들어갈 곳이 없었다. 마교의 의뢰를 받은 중원의 청부 단체라는 청부 단체들은 몽땅 다 자신을 쫓을 테니, 어디로 도망칠 수 있단 말인가.

"젠장, 양양성에 도착한 후에도 계속 시중을 들라고 하면 어쩌지?"

어쩔 수 있나? 아르티어스의 처분만 기다리고 있어야지. 신경질적으로 술을 단번에 들이켠 왕지륜은 기루의 총관을 불러들였다.

"찾으셨습니까? 손님."

엄청난 돈을 써 대는 특급 손님이다. 그런 만큼 총관의 얼굴에는 비굴한 미소가 연신 떠오른다.

"어르신께서 흡족해하시던가? 만약 그분께 내가 나중에 잔소리를 듣게 된다면, 자네 눈에서는 피눈물이 흐르게 될 게야."

그렇게 말하며 왕지륜은 술잔을 꽉 쥐었다 놨다. 그의 손이 펴지자 술잔이 마치 곱게 갈아놓은 모래처럼 가루가 되어 탁자 위에 떨어졌다. 그걸 본 총관의 얼굴이 창백하게 질려 버렸다. 그의 몸에서 풍기는 범상치 않은 기운을 보고 이미 느꼈었지만, 이 손님은 무림인이었다.

"여부가 있겠습니까? 본루 최고의 기녀들인 매향과 월아가 시중을 들어 드리고 있습니다. 절대 대접이 소홀했다는 말씀은 하시지 않을 테니, 안심하십시오."

채찍을 가했으면 이제 당근도 줘야 했다. 왕지륜은 은근한 어조로 말했다.

"잘 모시면 자네에게도 은자 열 냥을 주겠네. 그러니 잘해 주기 바라네. 알겠는가?"

자신에게까지 떨어질 몫이 있다는데, 총관은 고개를 조아리며 외쳤다.

"염려 놓으십시오. 아예 뼈가 흐물흐물 녹아 버리게 만들어 드리겠습니다, 헤헤헤."

"자, 빨리 가서 최선을 다해 봐."

"옛."

오늘도 무사히 끝날 수 있을 것 같다. 왕지륜은 밖에 대고 술상을 좀 더 봐 오고, 예쁜 아가씨 한 명을 들이라고 일렀다. 여자에 둘러싸인 아르티어스는 내일 아침이 될 때까지 자신을 찾지 않을 게 분명했다. 그렇다면 이제 자신도 좀 즐겨야 하지 않겠는가. 어느 순간부터 간덩이가 조금씩 커지고 있는 왕지륜이었다.

 양 옆에 앉아 있는 아름다운 여인들의 시중을 받으며 술과 음식을 먹고 마시는 아르티어스. 드래곤이 변신한 몸인 만큼 아무리 먹고 마셔도 살찔 염려가 없으니 얼마나 좋은가. 한참 기분 좋게 즐기고 있을 때, 어디선가 아름다운 음률(音律)이 그의 귀에 흘러 들어왔다. 홀린 듯 그 소리에 취해 있을 때, 옆에 앉아 있는 계집이 콧소리를 울리며 살짝 안겨 왔다.
 "대인, 무슨 생각을 그렇게 하세요? 소첩들이 뭐 잘못한 게 있나요? 마음에 안 드시는 부분이 있으시면 말씀해 주세요."
 모처럼 음악에 취해 있는데, 아무것도 모르는 멍청한 계집이 옆에서 방해를 하자 아르티어스의 눈이 분노로 번쩍 뜨였다.
 "이런 멍청한 년, 잘 안 들리잖아!"
 아르티어스가 벌떡 일어서자, 계집들이 그의 몸을 재빨리 붙잡았다. 자신들의 시중이 마음에 들지 않았을까? 엄청난 돈을 지닌 봉이었다. 이렇게 허무하게 놓칠 수는 없는 것이다. 어쩌면 하룻밤 잘만 하면 팔자를 고칠 수 있을지도 모르는데…….
 "상공, 제발 불만이 있으시면……."
 실랑이 할 시간도 아까웠기에 그냥 가려 했는데, 감히 엉겨 붙어? 아르티어스의 손이 모질게 움직였다.
 짝!
 "아악!"
 갑자기 손찌검을 하자, 그녀들은 놀란 모양이다. 하지만 아르티어스는 그녀들이 어떤 반응을 보이던 전혀 관심조차 없었다. 위대한 종족인 드래곤인 자신에게, 저 계집들은 비천한 호비트의 아종일 뿐이었으니까.

이때 잔잔하게 들려오던 음률이 끊어질 듯 점차 약해지기 시작했다. 그는 음률을 좀 더 들어 보고 싶었다. 계집과 실랑이를 하고 있을 틈이 없었다. 아르티어스는 정신을 집중해 그 소리가 들려오는 곳을 찾아내기 시작했다. 그리고 어느 순간, 팟 하고 그의 몸이 꺼지듯 사라졌다. 공간 이동을 한 것이다.

산 정상 근처 바위 위에 앉아 교교한 달빛을 받으며 금을 타고 있는 사람의 모습이 보였다. 마치 신선이라도 현세에 내려온 듯, 탈속한 분위기를 풍긴다.

"호오, 정말 그럴듯하군."

이렇게 감탄하고 있는 아르티어스의 몸은 지금 허공에 둥둥 떠 있는 상태다. 아무런 자료도 없는 위치로 공간 이동을 하자니, 당연히 가급적 높은 허공 위쪽으로 할 수밖에 없다. 그게 가장 안전하니 말이다.

감탄성 때문에 아르티어스의 위치가 상대방에게 들켜 버렸다. 바위 위에 앉아 금을 타던 사람의 시선이 빠른 속도로 주위를 훑는다. 그런데 놀랍게도 사람의 기척이 없다. 이때 그는 허공 위에 떠 있는 기척을 읽었다. 당황한 그의 시선이 하늘 위를 향했다.

아르티어스와 상대의 눈이 마주쳤다. 이제 겨우 20대 후반 정도밖에 되지 않은 탱탱한 얼굴이다. 그럼에도 불구하고 허리까지 내려오는 길고 아름다운 수염을 늘어뜨리고 있다. 얼굴이 너무 젊게 보이다 보니 마치 가짜 수염을 단 듯한 느낌이다. 완벽을 추구하는 아르티어스로서는 이놈이 장난하나 하는 생각이 들 정도로 그 모습은 괴이하기만 했다.

달빛 아래 천하의 사고뭉치 아르티어스가 만통음제라는 기인을 만나 얻은 첫인상이었다.

『〈묵향〉 23권에 계속』